FLUCHNÄCHTE

Gabriella Queen

Zwei Männer gegen das Schicksal

Nach der Enthüllung einer grausamen Wahrheit, stürzen sich Esra
und Blake in einen ungleichen Kampf. Kann man einen Feind, der
so übermächtig ist wie der Fluch, überhaupt besiegen?
Um eine Chance zu haben, müssen sie sich mit alten Rivalen zusam-
menraufen, in Menschen vertrauen, die vorher ihre schlimmsten
Feinde waren, und über ihre eigenen Grenzen gehen.
Die beiden Männer kommen sich auf ihrer Jagd nach der Freiheit
so nahe wie nie zuvor. Doch wer hoch fliegt, kann umso tiefer fallen.

Teil 2 der Fluchnächte-Trilogie

Band 1: Fluchnächte - Verlorene Freiheit
Band 2: Fluchnächte - Vergessene Träume
Band 3: Fluchnächte - Verbotene Hoffnung

GABRIELLA QUEEN SCHREIBT über Pizzaboten, Piloten, Pornostars
und alles dazwischen. Ihre Romane sind nie 'bloß' Liebesge-
schichten. Zwischen den Zeilen verbergen sich alltägliche Probleme
genauso wie Tabuthemen, bei denen sie regelmäßig großes Finger-
spitzengefühl beweist. Es geht um Sex und Liebe, Angst und Mut,
Freiheit und Grenzen. Was alle Geschichten vereint, sind die Protagonisten: Stets Männer, von asexuell bis schwul, immer authentisch.

Es gelten die Inhaltswarnungen von Band 1.

FLUCH NÄCHTE

Vergessene Träume

Gabriella Queen

IMPRESSUM

Gabriella Queen | post@gabriella-queen.de | gabriella-queen.de
Letzte Reihe 92, 06869 Coswig Anhalt

COVERGESTALTUNG

Casandra Krammer | https://casandrakrammer.de
Covermotiv: © sanneberg, solarseven, Iakov –
depositphotos.com

ILLUSTRATIONEN

Mai Khanh Huynh | https://www.instagram.com/mai.kh4
Raúl González | https://www.artstation.com/raul-illustrated

ISBN: 9783746024561

Herstellung und Verlag: BoD – Books on Demand, Norderstedt

Für Sabrina und Claudia,

die das Meer besonders lieben.

WAS BISHER GESCHAH

Achtung – massive Spoiler zu Band 1

Vor sieben Jahren wurden Esra, Blake und eine Anzahl anderer junger Männer verflucht. Ihr Leben ist seitdem gezeichnet vom Willen eines finsteren Fluches, der sie zu Mördern, Vergewaltigern und Brandstiftern macht. Der Fluch manifestiert sich jeweils als ein schwarzer Schriftzug auf ihrem Unterbauch und wechselt nach bestimmten Gesetzmäßigkeiten, die Blake anfangs ein Rätsel sind.

Nachdem Blake seiner Schwester Hannah an deren Grab versprochen hat, den Fluch zu brechen, trifft er eines Tages auf Esra – den ersten anderen Verfluchten, der nicht direkt vor ihm abhaut. Die beiden verbindet eine unsichtbare Kette, die nicht erlaubt, dass sie sich mehr als fünfzehn Meter voneinander entfernen. Tun sie es doch, erleiden sie grässliche Schmerzen, die binnen kürzester Zeit zum Tod führen würden.

Nach anfänglichen Feindseligkeiten wird aus den beiden unterschiedlichen Männern eine Art Team und es entwickelt sich sogar eine Freundschaft.

Esra klärt Blake darüber auf, dass er mit drei anderen Verfluchten – John, Mike und Eugen – ein Spiel um die Freiheit spielt. Es gibt ein Tattoo namens FREE, das einem ein normales Leben ermöglicht, und wenn man dessen Träger die Kehle durchschneidet, bekommt man es selbst, während alle anderen Verfluchten neue Tattoos zugewiesen bekommen. Da Verfluchte einander nicht töten können und ihre Verletzungen generell übernatürlich schnell verheilen, ist die Angelegenheit zwar brutal, schmerzhaft und blutig, aber nicht tödlich. Die Jagd nach dem FREE beginnt fast jede Nacht von Neuem. Mit ihren besonderen Fähigkeiten und etwas Teamwork schaffen Blake und Esra es, das FREE zu erringen – die Kette wird davon aber nicht aufgelöst, wie Esra anfänglich hoffte.

Die beiden beginnen, das FREE untereinander zu tauschen – doch der Fluch macht das nicht lange mit und verpasst ihnen rätselhafte Tattoos als Strafe. Es stellt sich heraus, dass die Cheat-Tattoos mehrere Plagen gleichzeitig auf ihren Träger loslassen.

Blake gelingt es, Esra davon zu überzeugen, dass nicht das FREE ihr Ziel ist, sondern sie gemeinsam nach den Ursachen des Fluches forschen müssen. Dank Esras Hackerfreund Tick stoßen sie dabei auf die Holistic Spiritual Church, kurz HSC, eine zwielichtige Sekte mit sehr reichen und mächtigen Mitgliedern.

Die Spur führt von einem unheimlichen Kindergarten zum Sektenhauptquartier nach Chicago – doch Esra und Blake sind in New York City eingesperrt. Der Fluch hält sie seit Jahren davon ab, die Stadtgrenze zu überqueren.

Esra gibt die Hoffnung auf und Blake hat aufgrund der Kette keine Chance, sein Ziel, den Fluch zu brechen, weiterzuverfolgen. Sie verfallen in Lethargie und Blake droht, an der Hoffnungslosigkeit zu zerbrechen. Esra, der inzwischen starke Gefühle für Blake entwickelt hat, wird davon aufgerüttelt und versucht, ihm zuliebe wieder eine Art Alltag zu leben.

Blake bittet ihn, mit ihm zur Stadtgrenze zu fahren, und tatsächlich ist die unsichtbare Wand fort. Sie brechen ohne Umschweife nach Chicago auf. Ein beherzter Sprung über eine Häuserschlucht, der beide fast das Leben kostet, bringt sie ins Hauptquartier der HSC, wo sie von einer jungen Frau namens Joy erfahren, wie der Fluch entstanden ist. Sie ist eine von drei Schwestern mit extrem starken übernatürlichen Fähigkeiten. Die Drillinge und ihre Mutter wurden direkt nach ihrer Geburt von der Sekte gefunden und manipuliert, damit sie ihre Fähigkeiten nutzen konnten.

In einem finsteren Ritual verbanden die Schwestern die Leben von acht Kleinkindern mit denen von acht jungen Menschen aus der Sekte, deren Eltern Unmengen an Geld dafür bezahlten. Dabei wurde das Glück, das normalerweise auf alle Leben ungefähr gleichmäßig verteilt ist, von den Schicksalen der verfluchten Kinder abgelöst und den Sektenkindern gutgeschrieben. Zusätzlich formten sie das Spiel mit dem FREE und den Tattoos und die Stadtgrenze, um einen Kreislauf des Leidens zu erschaffen und aufrecht zu erhalten. So wurde sichergestellt, dass die Fluchnutzer ein Leben lang von perfektem Glück, Gesundheit und Erfolg gesegnet sein würden, solange die Verfluchten für sie litten. Beendet werden kann dieser Fluch nur, wenn die Fluchnutzer sterben. Dann wird das Band gekappt und das Gleichgewicht wiederhergestellt. Nur die Verfluchten können die Fluchnutzer töten, weil sie gegen deren Glück immun sind, das sie normalerweise vor allem Schlechten schützt. Leider weiß niemand, wer mit wem verbunden ist, aber Esra und Blake schwören sowieso, alle Fluchnutzer umzubringen und alle Verfluchten zu befreien.

Joy bittet Esra und Blake, sie zu töten, damit sie nicht mehr in der Gefangenschaft der Sekte leiden muss. Sie gibt beiden mit ihrer letzten Kraft zusätzliche neue Fähigkeiten. Esra entdeckt seine bereits, als sie aus dem Gebäude fliehen – es ist eine massive Steigerung seiner körperlichen Kraft, die es ihm nun auch erlaubt, ohne Probleme jemanden mitzunehmen, wenn er über die Dächer springt.

Die beiden Männer sind fest entschlossen, als Team für ihre Freiheit zu kämpfen und den Fluch zu brechen. Nachdem er sich vorher von Blake distanziert hatte, erneuert Esra ihre Freundschaft.

PROLOG

WENN ER DIE Augen schloss und sich auf das finstere Gefühl in seinem Inneren konzentrierte, war es, als würde der Boden seines Bewusstseins sich öffnen und ihn in ein klebriges Netz aus dunklen Fäden stürzen lassen.

Dort lag er dann wie in einem Kokon aus schwarzer Seide. Ein schlummernder Verfluchter, verbunden mit acht Menschen, die seinem Leben das Glück aussaugten. Nein, er schlief nicht mehr. Er war wacher, als ihnen lieb sein konnte.

Esra folgte den Strängen. Sie zogen sich meilenweit über den Globus. Über Land und Meer. Die Fluchnutzer waren da draußen und lebten ihre verdammt perfekten Leben.

An jedem einzelnen Faden zupfte er, vollzog seinen Weg nach. Einer von denen war seine ganz persönliche Fessel. Wenn er die durchtrennte, wäre er frei. Frei ... so ein absurdes Wort. Seine Erinnerung daran, was es bedeutete, war bis in die Unkenntlichkeit verblasst.

Esras Hände ballten sich zu Fäusten. So sehr er sich auch auf die dunklen Gestalten konzentrierte – sie wollten ihm ihre Gesichter nicht zeigen. Schatten verhüllten sie, beschützten sie vor seinem wütenden Blick. *Ihr könnt euch nicht verstecken*, dachte er. *Ich werde jeden Einzelnen von euch finden.*

»Zwei sind in Westeuropa«, sagte er mit rauer Stimme. »Einer unten in Florida. Mehrere in den Staaten verteilt.«

Ein Stift kratzte über Papier. Das war Blake, der alles aufschrieb.

Der letzte Faden, den er berührte, war kurz. So kurz, dass die Silhouette der Stadt sich um ihn herum erhob, als er ihm folgte. Dieser Fluchnutzer war in Chicago. Esras rechter Mundwinkel hob sich.

»Einer ist hier.« Er flog auf den Schatten zu. Die Person wurde immer greifbarer. Esra riss den Schleier aus Dunkelheit fort wie einen Vorhang. Zum Vorschein kam eine Frau, die alterslos wirkte. Keine einzige Falte verunstaltete das puppenhafte Gesicht. Hellbraunes Haar fiel in langen Wellen über ihre schmalen Schultern. Sie trug falsche Wimpern und ein Lächeln, das so vor Glück und Fröhlichkeit überlief, dass sich ihm der Magen zusammenzog.

»Eine Frau«, murmelte er. Seine eigene Stimme kam ihm weit weg vor, während er in diesem Gedankenschattenabbild der Stadt verweilte. »Ich habe sie schon mal gesehen.«

Er ging so nahe an sie heran, wie er konnte. Trotz Highheels war sie erstaunlich klein. Sie bewegte sich nicht, stand nur da wie ein Ausstellungsstück im Wachsfigurenkabinett.

Ganz langsam erkannte er, wer sie war. Nicht, weil er sich erinnerte. Es war das Fluchnetz, das es ihm zuflüsterte.

»Das ist Kelly Hopkins.«

Das Kritzeln stockte. »Die Schauspielerin?«

»Nein, die Kassiererin«, erwiderte er tonlos. Natürlich waren die Fluchnutzer Promis. Das hatte Joy ihnen ja schon verraten. Dennoch verstand er Blakes Reaktion. Auch ihm kam es zwei Tage nach der großen Offenbarung noch so unwirklich vor. Jetzt wirklich einen Menschen vor sich zu haben, Namen und Gesicht von jemandem zu kennen, der mit einem von ihnen verbunden war ... dessen Tod die Freiheit für einen von ihnen bedeutete – das war ein seltsames Gefühl.

Die Laptoptastatur klimperte leise.

Esra schlug die Augen auf. Er musste diese Frau nicht länger betrachten, die Schatten der anderen sieben nicht länger in der Ferne zucken sehen. Sonnenlicht blendete ihn, obwohl es nicht einmal direkt hier aufs Bett fiel. Alles schien zu hell, wenn man so tief in das Wirken des Fluches eingetaucht war.

»Sie dreht gerade einen neuen Film«, sagte Blake. »Deswegen ist sie in Chicago.«

»Wie kriegen wir sie zu packen?«, überlegte Esra. »Gibt es Autogrammstunden? Ein Panel auf irgendeiner Convention?«

»Nein, aber was anderes.« Wieder das leise Geräusch der Tasten. Normalerweise beruhigte ihn das. Es erinnerte ihn daran, wie Blake an seinen Geschichten schrieb. Aber jetzt war er zu aufgerieben. »Es gibt ein Casting. Die suchen Statisten. Junge Männer und Frauen, die Clubbesucher darstellen können. Gerne mit Tattoos.«

»Perfekt!« Esra setzte sich auf. »Wir nehmen daran teil.«

»Das ist ... heute. In zwei Stunden schon.«

»Und? Hast du da einen Friseurtermin, oder was?«

Blake zog eine Grimasse und fuhr sich durch die blonden Haare.

»Wollen wir wirklich schon los, bevor wir wissen, was meine neue Fähigkeit ist?«

Während sie im Sterben lag, hatte Joy ihnen beiden neue Kräfte gegeben, jedoch nicht erwähnt, worum es sich dabei handelte. Während seine übermenschliche Stärke sich sofort bemerkbar gemacht hatte, schien sich bei Blake gar nichts verändert zu haben. Er konnte weder Dinge mit Gedankenkraft bewegen, noch irgendwelche neuen Elemente kontrollieren.

Aber deswegen noch zögern? Esra schüttelte den Kopf. »Ich warte keinen Tag länger, Blake. Ich will wissen, ob es funktioniert. Außerdem läuft die Zeit. Wir wissen nicht, wann die Tattoos wieder wechseln.« Er hob sein Shirt an, als könne er mit einem Blick auf die schwarzen Buchstaben abschätzen, wie lange sie ihm erhalten blieben. RAGE stand direkt unter seinem Bauchnabel. Die untere Hälfte der Buchstaben verschwand unter dem Bund seiner Jeans. Blake hatte mit THEM einen guten Treffer gelandet. Das sollten sie nutzen.

»Kannst du mir die Location zeigen?«, fragte er und rückte zur Bettkante, neben Blake. Ein paar Klicks, dann öffnete sich die Seite eines Clubs. »Sieht stinknormal aus«, kommentierte er. »Gut. Wir melden uns da an, du packst dir irgendein Kabel, verursachst einen Stromausfall, damit es dunkel wird, und ich springe unser Ziel an. Das dauert keine halbe Stunde und der erste von uns ist frei.«

Es klang zu gut, um wahr zu sein, obwohl er es selbst ausgesprochen hatte. Euphorie kribbelte in seinen Fingern. »Dafür brauchen wir keine zusätzlichen Kräfte. Die alten reichen.«

Blake nickte. »Gut.«

Esra stieß ihn mit der Schulter an. »'Gut'? Das ist deine Reaktion auf unser erstes Attentat auf einen Fluchnutzer?

Etwas mehr Elan bitte. Heute beginnt der Kampf um unsere Freiheit.«

Endlich zeigte Blake ihm ein kleines Schmunzeln. »Fällt mir schwer, das alles zu realisieren«, erwiderte er. »Stell dir vor, du wärst in drei Stunden frei.«

»Wenn es überhaupt funktioniert, stehen die Chancen immer noch Eins zu Acht«, gab Esra zu bedenken. »Ich war auch vor dem Fluch schon kein Glückspilz, also gehe ich nicht davon aus, dass Kelly mein Ticket in die Freiheit ist.«

Blake schwieg für einen Moment. »Hannah wollte auch mal Schauspielerin werden. Das hat sich immer abgewechselt mit Sängerin und Tierärztin. Einmal habe ich sie zu so einem Casting gefahren. Sie war ganz enttäuscht, dass es gar keine Sprechrollen gab. Irgendwie hatte sie sich das anders vorgestellt.« Blakes Lächeln wirkte immer so zerbrechlich, wenn er von Hannah sprach.

Esra legte ihm eine Hand auf die Schulter. »Wir lösen dein Versprechen heute ein.«

KAPITEL 1

SIE BEGEGNETEN DER Warteschlange noch bevor sie die Adresse des Castingbüros erreichten. Dicht gedrängt reihten sich hunderte junge Erwachsene und Jugendliche aneinander. Mit all den Toten dazwischen ergab sich ein gruseliges Bild. Die Lebenden nahmen sie natürlich nicht wahr. Viele hoben ihre Handys hoch und filmten, andere machten Selfies. Das Stimmengewirr war hier fast so laut wie das Dröhnen der Autos auf den vollgestopften Straßen.

»Was suchen die alle hier?«, brummte Esra dicht an seinem Ohr. »Haben die nichts Besseres zu tun?«

Blake lachte leise. »Du redest wie ein alter Mann.« Er gesellte sich ans Ende der Schlange und schob die Hände in die Hosentaschen. »Hätte mich gewundert, wenn hier nicht so ein Andrang herrschen würde.«

Esra sah sich grimmig um. Hier in der Menge war er einer der Größeren. Und der Einzige mit so einer angepissten Miene.

»Entspann dich. Die suchen Partygäste, keine Miesmuffel.«

»Warst du schon mal in einem Club, in dem alle happy rumgrinsen?« Esra verschränkte die Arme. »Ich frage mich nur, ob wir so überhaupt reinkommen.«

»Ich kenne es so, dass sie sich bei den Castings alle ansehen, es sei denn, die Zeit wird knapp. Aber so eine Schlange ...« Er reckte den Kopf. »Sollte anderthalb, maximal zwei Stunden dauern. Ich glaube nicht, dass wir uns Sorgen machen müssen.«

»Wer hätte gedacht, dass ich mal anstehen würde für einen Mo...« Blake starrte Esra an und der rollte mit den Augen. »für einen Moment medialer Aufmerksamkeit.«

Hoffentlich würde er sich zusammenreißen können. Zwei Stunden Warteschlange waren für einen ungeduldigen Typen wie Esra an sich schon eine Prüfung – wenn RAGE sich noch einmischte, konnte das gefährlich werden.

»Dafür lohnt es sich doch«, murmelte Blake und überlegte fieberhaft, wie er Esra davon abhalten konnte, sich in seinen Ärger über das Anstehen hineinzusteigern. Mit Hannah war es leichter gewesen. Damals hatte er ihnen Getränke und Snacks geholt und sie hatten auf seinem Handy ein paar Videos angesehen, um sich in Stimmung für das Casting zu bringen. Leider war Esra aber kein Teenie-Mädchen, das einen Star anhimmelte.

Immerhin bewegte sich die Warteschlange voran. Esra grummelte zwar die ganze Zeit herum und geizte nicht mit abfälligen Kommentaren, aber er blieb ruhig, während er sich eine Zigarette nach der nächsten anmachte.

Inzwischen waren sie auch um die Ecke gebogen und konnten beobachten, wie die Leute am Anfang der Schlange Schwung für Schwung in das Castingbüro eingelassen wurden.

Hinter ihnen waren jetzt mehr Leute als vor ihnen, obwohl auch immer wieder welche gingen. So rückte eine Gruppe junger Frauen zu ihnen auf. Alle trugen bunte Haare und Outfits, die von Manga-Figuren inspiriert sein mussten. Dazu passte, dass eine von ihnen alles 'kawaii' fand, was ihre Freundin ihr auf dem Handy zeigte. Sie mochten vielleicht sechzehn sein, auch wenn sie durch das bunte und quirlige Auftreten noch jünger wirkten. Er hatte da ja ein bisschen Erfahrung.

Eine der jungen Frauen hustete übertrieben und warf einen anklagenden Blick zu Esra, obwohl sein Qualm sichtbar in eine ganz andere Richtung davontrieb. Blake schob sich geistesgegenwärtig zwischen Esra und das Mädchen und hoffte, dass der sich davon nicht provozieren ließ.

»Mister, kannst du deine Kippe ausmachen?«

Blake zuckte innerlich zusammen. Das war nicht gut. Alarmiert schaute er Esra an und versuchte, seinen Blick aufzufangen. Es gelang ihm nicht. Die grauen Augen schauten einfach an ihm vorbei.

»Könnte ich, will ich aber nicht«, erwiderte er und nahm demonstrativ einen weiteren Zug.

»Arschloch«, kommentierte eine von ihnen wenig damenhaft.

Sie kamen wieder ein paar Schritte voran. Die Mädels folgten ihnen. Esra rauchte die Zigarette bis zum letzten Zug. Normalerweise waren die Stummel, die er wegwarf länger. Machte er das, um die Frauen zu provozieren, oder um dem steigenden Fluchdruck standzuhalten?

»Wir sind schon fast da«, sagte Blake, um Esras Aufmerksamkeit auf etwas Positives zu lenken. Der nickte nur. Zwischen ihnen und dem Eingang waren jetzt noch etwa zwei Dutzend Bewerber.

Die Mädelsclique spielte Musik auf ihren Handys ab und sang dazu. Laut und nicht allzu treffsicher, was die Töne betraf. Sie johlten und giggelten, tanzten – das merkte er vor allem daran, dass sie immer wieder gegen ihn stießen. Er stand immer noch wie ein Schutzschild zwischen ihnen und Esra, den er konzentriert im Auge behielt.

Auch wenn er immer wieder angerempelt wurde, bewahrte er die Ruhe. Es störte ihn nicht, dass die jungen Frauen gute Laune hatten, aber er machte sich Sorgen. Neben einer tickenden Bombe zu tanzen, war nun mal riskant.

Hoffentlich können wir schnell rein.

Blake zuckte zusammen. Zwei Arme legten sich von hinten auf seine Schultern und filigrane Hände, die mit bunten Ringen geschmückt waren, verschränkten vor ihm die Finger.

»Komm, wir tanzen uns schon mal warm«, rief eine fröhliche Stimme. »Mit deinem Kumpel wird das eher nichts.« Sie lachte und versuchte, ihn dazu zu bringen, sich hin und her zu wiegen.

Blake ließ sich halbherzig mitziehen, aber sein Blick ruhte starr auf Esra, dessen Miene sich verdunkelte. »Nicht«, sagte er und wollte Esras Hand abfangen, aber der war schneller und schlug die fremden Arme von ihm weg.

»Noch aufdringlicher geht's wohl nicht?«, knurrte Esra und schob sich an ihm vorbei, als sei er derjenige, der *ihn* vor einer schlechten Entscheidung bewahren musste.

»Schon gut«, sagte er schnell und versuchte seinerseits wieder, sich vor Esra zu schieben.

»Bist du eifersüchtig? Hättest doch die ganze Zeit mit ihm tanzen können, Mister Teerlunge.«

»Ich möchte gerade gar nicht tanzen, danke«, fuhr er abwiegelnd dazwischen und versuchte, Esras Aufmerksamkeit auf sich zu lenken. »Denk an den *Moment medialer Aufmerksamkeit*«, zischte er ihm zu. Was für ein sperriges Codewort.

Esra verzog das Gesicht. In seinen Augen blitzte die Wut – ein Anblick, den Blake nur zu gut kannte. Seit sie die aktuellen Plagen hatten, war RAGE im Schatten geblieben. Jetzt schien der Moment zu sein, den es auserkoren hatte. Der denkbar schlechteste. Wenn Esra hier eine Schlägerei begann, konnten sie sich das Casting abschminken, und auch unabhängig davon war es eine unheimlich schlechte Idee, hier aufzufallen. Was, wenn einem der hochrangigen HSC-Mitglieder ihre Gesichter in einem Chicagoer Blatt auffielen? Würde das nicht Fragen aufwerfen?

Aber wie sollte er einen RAGE-Anfall abwenden? Das war unmöglich, selbst mit einem Elektroschock. Anders als bei DELUSIONS oder RAPE, fütterte der Strom die Wut nur.

Seine Hand schnellte vor und schloss sich um Esras. Er sollte gar nicht erst daran denken, jemanden zu schlagen. *Konzentrier dich auf mich*, sagte er in Gedanken und sah Esra durchdringend an. *Bitte beherrsch dich. Ist doch alles halb so schlimm. Heb dir deine Wut für die Fluchnutzerin auf.*

Er spürte Esras Hitze. Das war der Fluch, der sein Feuer schürte. RAGE brauchte keinen guten Grund für einen Ausbruch. Etwas so Kleines reichte schon. Manchmal war es nur ein Blick, der es losbrechen ließ.

Esras Finger bebten. Er wollte ihm seine Hand entziehen, aber Blake umklammerte sie fest. *Beruhig dich. Bitte.* Er versuchte, es mit seinen Augen zu sagen. Doch Esra schaute nur wütend und verständnislos zurück. Gleich würde er ihn wegstoßen und auf die Mädels losgehen. Die Musik aus ihren Handys bohrte sich schrill in seinen Kopf.

Doch ein Stromstoß? Was für eine Wahl hatte er? Im Notfall war es seine einzige Waffe. Wenn er nur wenig benutzte, funktionierte es vielleicht als Warnschuss, aber er musste sich beruhigen, wenn er ihn so kontrolliert einsetzen wollte – im Moment war er wahnsinnig nervös.

Blake schloss die Augen und atmete durch. Vor seinem inneren Auge erschienen Bilder aus immer weiter verblassenden Erinnerungen. Ein Abend in Hannahs Zimmer, ein Buch auf seinem Schoß und ihre tiefer werdenden Atemzüge, während er leise vorlas. Der Kuss, den er ihr auf die Stirn hauchte, bevor er ging.

Warme Abendluft, die ihn umwehte, während er mit den Leuten vom Tattoostudio rumhing, sein frisch gestochener Arm unter der Folie ... ein Joint, der herumgereicht wurde. Ein langer Zug und die Zufriedenheit, die ihn dabei durchströmte.

Ein Spaziergang durch den Park mit seinem Lieblingssong im Ohr. Schlappohren, die hinter fröhlichen Hunden her wehten, unterwegs mit ihren Herrchen und Frauchen. Das Sonnenlicht, das durchs Blätterdach fiel. Raschelndes Laub.

Blake spürte, wie die Anspannung aus seinem Nacken wich. Ja, so konnte er den Strom dosieren, er konnte ...

Esra trat einen Schritt zurück, brummte etwas, zog seine Hand weg und wandte sich mit einem Schnaufen von der lauten Mädelsclique ab, um in der Warteschlange aufzurücken. Ohne einen Funken Strom. Blake seufzte erleichtert. *Ich sollte mehr Vertrauen in Esra haben.*

Sie waren jetzt wieder ein Team und natürlich wusste Esra genau so gut wie er, was auf dem Spiel stand. Er hatte sich von selbst beherrscht und RAGE in seine Schranken gewiesen.

Sie würden das schaffen. Bestimmt.

Esra rauchte noch zwei Zigaretten, bis sie endlich vor der Tür des Büros standen. Der Fluch meldete sich nicht noch einmal, abgesehen davon, dass hier überall Tote herumliefen und -saßen.

Blake ließ sich von ihnen nicht beeindrucken und heute suchte er auch bewusst nicht nach bekannten Gesichtern. Wenn er Joy zwischen ihnen entdecken würde, würde ihn das nur aus der Bahn werfen. Der Gedanke an sie brannte wie eine eben erst aufgerissene Wunde, aus der warmes Blut floss.

Zwei Leute kamen heraus – offensichtlich Zwillinge. Das Personal winkte Esra und ihn hinein. »Gehen wir es an«, sagte er leise und hielt sich nahe bei Esra. *Hoffen wir, dass sie Gefallen an deinem grimmigen Blick finden.*

Er selbst bemühte sich, ganz natürlich zu bleiben, während sein Verstand ihm immer wieder sagte, wie wichtig das hier war. Wenn sie nicht zu dem Dreh zugelassen wurden, müssten sie einen neuen Weg finden, um in Kellys Nähe zu kommen. Einen, der es ihnen vielleicht bedeutend schwerer machte, weil sie erst irgendwo einbrechen müssten ... Überwachungskameras, Sicherheitspersonal ... das hier war einfach perfekt. Es musste klappen.

Sie betraten einen Raum, der wirkte, wie ein zurückgelassenes Designer-Atelier. Länglich und in einem modernen Grau gehalten. An den Wänden scharten sich nackte Kleiderstangen mit zahlreichen leeren Bügeln umeinander und hinten bei den Fenstern lagen verschiedene Stoffrollen auf langen Tischen.

Die Casting-Leute saßen direkt vor ihnen beiden an einem Tisch. Es waren vier Personen, von denen zwei auf Papierstapel und ein Tablet starrten. Die anderen beiden musterten sie direkt von oben bis unten.

Blake spürte die Blicke, sah, wie die Frau mit einem Stift auf seine Arme deutete. Seine Tattoos schienen gut anzukommen. Er lächelte. Lächeln war eigentlich nie verkehrt, wenn man Menschen für sich gewinnen wollte.

»Kyle und Jack«, las die Frau mit dem Tablet vor. Natürlich hatten sie wieder ihre Fake-Identitäten benutzt.

»Wir sind gerade zu Besuch in der Stadt und dachten, bevor wir in einem normalen Club tanzen gehen, können wir auch als Komparsen in einem Club tanzen.«

»Ihr passt gut rein«, sagte der Mann, der mit seinem Rüschenhemd und dem dünnen, roten Brillengestell besonders wichtig wirkte. »Vor allem du. Deine Tattoos gefallen mir.« Er lächelte Blake zu, was ihn zu einem dankbaren Nicken veranlasste.

Es war alles viel einfacher als gedacht. Sie winkten ihn und Esra heran und der Mann hinter dem Papierstapel reichte ihnen je einen Flyer und eine dünne Mappe. »Das durchlesen und unterschreiben«, sagte er knapp. »Da drüben.«

Blake nickte und sie gingen zu einem kleinen, runden Café-tisch hinüber, auf dem auch einige Kugelschreiber verstreut lagen. Mit klopfendem Herzen beugte Blake sich über sein Formular und trug die Stammdaten seiner Fake-Identität ein. Dann blätterte er auf die letzte Seite des Vertrages und unterzeichnete als Kyle.

Esra tat dasselbe. Es war so einfach, dass Blake fast laut gelacht hätte.

»Warte Mal, was ist das da an deinem Hals?«, fragte die Frau, die vorher mit dem Stift auf seine Tattoos gedeutet hatte. Jetzt lag ihr Blick auf Esra. Blake presste die Lippen aufeinander. Esras Halstuch war verrutscht und die Narben sichtbar. Mehrere schmale Schnitte quer über den Hals.

»Ist das auch ein Tattoo? Mann, ihr jungen Leute müsst immer so übertreiben«, murmelte sie. »Deckt das bitte ab, wenn ihr heute Abend ans Set kommt, ja? Wichtig.«

»Ja, klar, versprochen«, antwortete Blake schnell und lächelte wieder. »Machen wir.« Sie legten ihre Verträge auf den Stapel und eilten aus dem Büro.

KAPITEL 2

DER CLUB, IN dem der Dreh stattfinden sollte, wirkte von außen ziemlich unspektakulär. Es handelte sich um ein einfaches Ziegelsteingebäude, das ihm beim Vorübergehen nicht aufgefallen wäre.

Von New York City war er da anderes gewöhnt. Nie würde er die Nacht vergessen, in der er sich in diesen Dom von einer Diskothek verirrt hatte. Zum ersten Mal zu Hause rausgeschlichen, gerade erst sechzehn. Kurz bevor er und Nathan ein Paar geworden waren.

Dieses Ding war riesig gewesen, rund, mit einer gläsernen Decke, an der sich bunte Lichter brachen. Wie eine Mischung aus Arena und UFO. Das hier war dagegen echt langweilig.

Das sollte keine Beschwerde sein – es war gut, wenn das Gebäude klar strukturiert und übersichtlich war. Das half bei der Orientierung, wenn er nach dem Attentat mit Blake floh.

Alles war voller Menschen. Esra stapfte in einem Zug aus gut dreißig Komparsen an den Technikleuten vorbei, die die

Kameras aufbauten. Die Luft war dick und muffig und vollgestopft mit allen möglichen Parfüms.

Esra ließ den Blick durch den gesamten Raum schweifen und merkte sich alle wichtigen Positionen. In der Ecke war ein kleiner Bereich für die Maske, hinten links zweigte sich ein Flur von dem großen Raum ab und führte wohl zu den Vorratsräumen. Toilettenschildchen blinkten auf der anderen Seite, genau gegenüber.

Mittig an der hinteren Wand erhob sich eine Bühne, auf der ein DJ-Pult thronte, das von violetten Scheinwerfern beleuchtet wurde. Der dazugehörige DJ schien schon bereit zu sein, er spielte gelangweilt mit dem Reißverschluss seiner silbernen Glitzerweste.

Wo war Kelly Hopkins?

Esra verengte die Augen und tastete gedanklich nach den Strängen, die auf die Schicksalspartner wiesen. Ja, sie war hier. Im Nebenzimmer, links. Dort, wo er die Vorratsräume vermutete. Vielleicht war da auch das Büro des Eigentümers, das man temporär in die Umkleide des Stars umgewandelt hatte.

Eigentlich arbeitete er lieber mit Lageplänen, aber das Radar, mit dem Joy sie ausgestattet hatte, würde für heute Nacht gut genug sein. Ja, heute Nacht würde der erste Fluchnutzer sterben. Ein Kribbeln floss in seine Hände und die Vorfreude hob seine Mundwinkel.

Er schaute zu Blake, der die ganze Zeit dicht neben ihm lief.

»Alles klar?«, versicherte er sich. Blake war ziemlich still, aber wahrscheinlich bedeutete das nur, dass er sich auf die Aufgabe konzentrierte. »Denkst du, es gibt ein Problem?«

Blake lehnte sich zu ihm herüber und sprach an seinem Ohr: »Es gibt überall Steckdosen. An der Theke und auf der anderen Seite bei den Sofas. Das wird leicht, wenn ich mich am Rand der Tanzfläche halte.«

»Ich wüsste zu gerne, wo Kelly während der Szene sein wird«, murmelte er.

»Das sehen wir nachher. Die drehen sowieso mehrere Takes von derselben Sache. Du kannst es dir in Ruhe ein oder zweimal ansehen, bevor du zuschlägst.«

Esra nickte. Das war wirklich ideal. Wer bekam schon die Möglichkeit zu einer Generalprobe vor einem Attentat? Er konnte sich das Grinsen nicht verkneifen. Das gefiel ihm alles verdammt gut. Endlich waren sie diejenigen, die die Fäden in der Hand hielten.

»Ist mein Tattoo gut abgedeckt?«, fragte er und zog kritisch die Brauen zusammen.

Blake lachte und warf tatsächlich einen Blick auf seinen Hals. »Unsichtbar«, versicherte er. Vorhin hatte er wirklich geschlagene zwanzig Minuten auf seiner Haut herumgetupft. Viel gebracht hatte das seiner Meinung nach nicht, aber das Halstuch verdeckte die Narben, wenn es saß, wie es sollte.

Aus den Lautsprechern des Clubs drang eine Stimme und im Eingangsbereich erschien parallel dazu ein Mann, der in ein Mikrofon sprach.

»Komparsen bitte auf der Tanzfläche verteilen. Bis zur gestrichelten Linie. Es ist Samstagabend und ihr feiert in eurem Lieblingsclub. Verhaltet euch ganz natürlich, tanzen und Spaß haben. Kein Entblößen, bitte, und nicht in die Kameras schauen. Auch nicht Miss Hopkins anstarren. Ihr fangt an, wenn ich euch das Zeichen gebe und hört auf, wenn ich es euch sage. Keine eigenmächtigen Pipi- oder Raucherpausen. Das wird auch angesagt.« Er ratterte das alles so herunter, als hätte er es schon eine Million Mal durchgekaut. »Auf geht's. Musik an und Party ab.«

Im nächsten Moment drangen Beats aus den Lautsprechern und Esra wurde schnell klar, dass der DJ nicht live auflegte. Er war auch nur ein Schauspieler. Wie langweilig. Sein Blick ging zu Blake, der ein wenig zögerlich anfing, sich zur Musik zu bewegen. Esra tat es ihm gleich und beobachtete aus dem Augenwinkel, wie sich im Eingangsbereich des Clubs die Kameras in Position brachten.

Er musste nicht den Kopf drehen, um Kelly dort zu orten. Wahrscheinlich sollte es in der ersten Szene so aussehen, als käme sie gerade hier an. Sie verharrte eine Weile dort, unterhielt sich mit einer anderen Schauspielerin. Esra achtete nicht genau darauf, was sie tat, sondern versuchte, die Entfernungen abzuschätzen. Die Entfernung von hier bis zu ihr – das war grob die Maximaldistanz für die Kette, aber sie würden sie definitiv überschreiten, wenn Blake sich zu einer der Steckdosen am Rand des Raumes durchkämpfte und er sich schon auf den Weg zu ihr machte.

Es war am besten, wenn sie erst gemeinsam zu den Steckdosen rübertanzten und sich dann im Dunkeln wieder weiter in den Raum drückten. Das Radar sagte ihnen ja jederzeit, wo Kelly sich aufhielt. Wenn sie es gut anstellten, wurde die Kette gar nicht aktiv.

Esra machte einen Schritt auf Blake zu, dessen Haut im abwechselnd weißen und blauen Licht des Clubs leuchtete. Seine Tattoos sahen noch schöner aus, wenn die Farben über seine Arme wanderten, fast, als würden sich die Zweige der Bäume sanft bewegen. Er wollte sie berühren, aber das war ein dummer Gedanke, den er sich direkt wieder verbot. Blake und er waren wieder Freunde. Ein Team. Sie hatten eine wichtige Aufgabe. Keine Zeit für Streicheleien.

Dennoch tanzte er etwas näher an ihn heran und legte eine Hand an seine Hüfte, damit es natürlicher aussah. Dann lehnte er sich vor und erklärte Blake seinen Plan. Zuerst zu den Steckdosen, dann im Dunkeln zurück in Kellys Richtung. »Benutz dein Radar, wenn du die Orientierung verlierst.« Blake nickte. Sie tauschten entschlossene Blicke.

Nadeln stachen in seinen Bauch. Der Schmerz überfiel ihn so plötzlich, dass Esra leise keuchte. Angespannt hielt sich sein Blick an dem von Blake fest. Ausgerechnet jetzt musste eine Kehle in New York durchgeschnitten werden? Esra unterdrückte ein Knurren. Hätte das nicht warten können, bis sie hier fertig waren?

Noch immer tanzten sie miteinander. Die Musik lief einfach weiter. Natürlich tat sie das. Esra blickte an sich herab, ohne den Kopf zu neigen, bewegte nur die Pupillen. Blake fasste nach dem Bund seines Shirts, aber Esra hielt ihn davon ab. »Kein Entblößen«, murmelte er. »Wir wollen keine Aufmerksamkeit erregen.« Ein leises Husten entkam ihm. »Ich hab DISEASE, ziemlich sicher.« Die Scheiße wirkte sich bei ihm ja immer sofort aus. Wenigstens kein DELUSIONS, das hätte ihnen hier echt Probleme machen können.

»Merkst du irgendwas?«, fragte er Blake. Der schüttelte den Kopf und sah aus, als fühle er sich ziemlich unwohl damit. »Dann lass es uns einfach schnell erledigen.« Je schneller sie es durchzogen, umso schneller waren sie hier weg. Nicht zu wissen, welchen Fluch man hatte, während man zwischen hunderten Unschuldigen herumtanzte, war keine angenehme Situation.

Möglichst unauffällig schob er sie beide beim Tanzen voran, durchquerte die Menge und steuerte auf den Rand des Raumes zu. Die Steckdosen hoben sich weiß von den dunklen Wänden ab. Niemand schien sie beide zu beachten.

Die Leute tanzten und hatten Spaß, genau wie die Regie es gefordert hatte.

Von den Gerüchen der anderen Komparsen wurde ihm übel. Eindeutig DISEASE. Esra kämpfte gegen Übelkeit und Hustenreiz. Blake wirkte ganz normal und ruhig. Sein Blick hatte nicht das raubtierhafte Funkeln von RAPE und seine Hände bebten nicht, wie die von jemandem, der dringend etwas anzünden musste. Vielleicht hatte er einfach NIGHT-MARE erwischt oder seine Plage schlummerte. Manchmal meldete sich der Druck erst am nächsten Tag.

Ihr Füße berührten fast die gestrichelte Linie. Weiter nach außen sollten sie besser nicht gehen, wenn sie keine Ermahnung und damit unnötige Aufmerksamkeit kassieren wollten. Esra nickte Blake auffordernd zu und der drehte kaum merklich den Kopf, suchte sich wohl eine Steckdose aus. Dann ging Blake vor ihm in die Hocke und ein ganz merkwürdiges Gefühl, das nichts mit der Fluchkrankheit zu tun hatte, durchzuckte ihn. Es war allerdings auch schnell wieder fort, als Blake sich von ihm wegdrehte und auf dem Boden entlang krabbelte wie eine zu groß geratene Katze.

Niemand schien ihn zu bemerken. Zwei Sekunden später gab es ein leises Zischen und die Lichter über ihnen zuckten, bevor alles dunkel wurde. Auch die Musik fiel aus. Es war stockdunkel, der ganze Club in undurchdringliches Schwarz gehüllt.

Esras Herz machte einen Satz. Es hatte geklappt. »Blake?«, fragte er und tastete im Dunkeln nach seiner Hand.

Die Leute um ihn herum murmelten, kreischten und fragten, was los war. Irgendwo fing jemand an, zu heulen und kurz neben ihm lachten sich ein paar Jungs fast kaputt. Die Geräuschkulisse wurde immer chaotischer. Wo war Blake?

Als er ihm nicht antwortete und auch nicht zu packen war, schob Esra sich allein zurück über die Tanzfläche. Immer wieder prallte er gegen fremde Körper. Er bekam einen Ellbogen gegen die Rippen, eine Hand ins Gesicht und stolperte fast über einen Fuß. Die Kette meldete sich nicht, also musste Blake in seiner Nähe sein. Wahrscheinlich hielt er sich an seinen Ratschlag, sich an Kelly zu orientieren. Gut so.

Nun war er nahe genug dran, um sie gezielt anzuspringen. Esra wandte sich ihr zu. Obwohl seine Augen nur undeutliche Bewegungen im Dunkeln erfassen konnten, wusste er ganz genau, wo sein Ziel war. Joys Radar war exakt. Er ging in die Knie und stieß sich vom Boden ab.

Adrenalin kribbelte in seinen Adern. In hohem Bogen flog er über den Rest der Darsteller, wahrscheinlich auch über einige Kameras hinweg. Er prallte gegen irgendeinen Menschen, der ächzend unter ihm einknickte, und schoss vor zu Kelly. Sie kreischte, als er sie an der Schulter packte.

»Was zum---? Lassen Sie mich los! Hilfe!«

Es ging blitzschnell, Esra schlang den Arm um ihren Oberkörper, drückte sie gegen sich und legte die andere Hand an ihren Kopf. Es war so leicht, sie unter seine Kontrolle zu bringen. Menschen waren ihm schon immer unterlegen gewesen, aber mit seiner neuen Stärke fühlten sie sich wirklich an wie Papierfiguren.

Er brach ihr Genick mit einer einzigen, schnellen Bewegung. Das Knacken ging ihm durch Mark und Bein. Selten hatte er auf diese Weise getötet. Meistens mit Schüssen oder Messern. Dennoch – es war so verdammt richtig. Zum ersten Mal war es richtig.

Noch mehr Stimmen erhoben sich.

Esra ließ Kelly los und ihr Körper sank einfach zu Boden. Lichter blinkten auf. Smartphones. Eilig sprang er nach oben und bekam einen der metallenen Balken zu fassen, zog sich hoch.

»Kelly? Was ist hier los? Wir brauchen Licht, verdammt!« Alle riefen durcheinander. Panik machte sich breit, auch unter den Komparsen. Wo war Blake, verdammt nochmal? Irgendwo da unten ... aber wo?

Blasse Lichter zuckten durch die Halle. Alle entdeckten jetzt die Taschenlampenfunktion ihres Telefons, erhellten die Gesichter ihrer Kollegen, aber niemand kam auf die Idee, zum Dach zu leuchten. Es war ein wahnsinniges Gewusel – keine Chance, Blake irgendwie zu erkennen. Sein blonder Schopf war nirgends zu sehen.

Esra kletterte zu einer Säule und ließ sich dort herunterfallen, um nicht bemerkt zu werden. Immer noch kein Zug an der Kette.

»Blake?«, rief er immer wieder. Es schrien sowieso alle durcheinander. »Blake?«

Schmerzenslaute mischten sich in das schrille Chaos. Jetzt lachte niemand mehr. »Sie wurde angegriffen?« Das Flüstern breitete sich aus wie eine Seuche. Immer mehr Leute jammerten, sagten, dass sie Angst hatten, suchten den Ausgang. Irgendjemand rief, dass sie Ruhe bewahren sollten, aber das fruchtete nicht. Die Leute waren wie eine wildgewordene Büffelherde.

Von irgendwoher kam ein seltsames Knacken. Als würden sie auf Nussschalen laufen. Irgendetwas zog Esra in genau diese Richtung. Ein Schauer lief ihm über den Rücken. »Blake? Wo bist du?«

Dann trat er auf etwas. Eine unerwartete Erhebung im Boden. Seltsam nachgiebig und unförmig. Gänsehaut wuchs kalt und kitzelnd auf seinen Arme. Wieder kroch Übelkeit seine Kehle hinauf und dieses Mal konnte Esra das Husten nicht zurückhalten.

Menschen strömten rechts und links an ihm vorbei wie reißende Wellen. Einige gerieten ins Stolpern. Wieder dieses Knacken, direkt unter ihm. Dann ein leises Röcheln, das Ringen um Atem. Esras Blut gefror direkt in seinen Adern, als er verstand.

»Scheiße!«, rief er aus und ging in die Hocke, tastete in dem Dschungel aus Beinen und Füßen herum. Knie prallten gegen ihn. Jemand taumelte und fiel auf ihn drauf. Wieder Gekreische.

»Pass doch auf!«, rief ein Mann.

»Ich will hier raus«, jammerte jemand.

»Merkt ihr nicht, dass hier jemand liegt, verdammt?!«, keifte er. Niemand reagierte darauf. Sein Herz hämmerte. Mit kalten Händen tastete er vor sich auf dem Boden herum, trotzte den Tritten, die er die ganze Zeit abbekam. Sein Körper war hart genug, um das auszuhalten.

Da. Er fühlte Haut. Einen Arm. Dünne Härchen. Vorsichtig strich er darüber und krabbelte weiter in die Richtung. Der Körper, der an diesem Arm hing, war schlank und muskulös. Ein Mann.

Stöckelschuhe und Turnschuhsohlen traten auf Esras Hände. Das Geschrei und Geschimpfe der Leute wurde immer mehr zu einem einzigen verzerrten Geräusch, das sich mit seinem dumpfen Herzschlag mischte.

Esra achtete nicht mehr darauf. Schmerzimpulse prasselten wie Hagel auf ihn ein, während er sich über den zusammengekrümmten Körper schob, der hier auf dem Boden des Clubs lag, um ihn mit seinem eigenen abzudecken.

»Scheiße«, keuchte er. Jemand fiel über ihn. Noch mehr Geschrei.

Vorsichtig tastete Esra nach dem Kopf des Mannes unter sich. Er hatte sich so über ihn gebeugt, dass sein Oberkörper ihn abschirmte. Weiches Haar, längere Strähnen. Etwas Feuchtes unter seinen Fingern.

»Blake!«

Hustend wandte Esra den Kopf. Ihm war schwindelig und die stolpernde Meute über ihm schien dem Raum immer mehr Sauerstoff zu entziehen. Sie hatten Blake einfach unter sich begraben. Vielleicht war er gestürzt oder es war direkt jemand auf ihn getreten, als er noch wegen der Steckdosen auf dem Boden herumkroch.

Sein Rücken und seine Seiten wurden langsam taub von den ständigen Tritten und Rempeleien. Nur seine Hände pochten die ganze Zeit und egal, wie er sich positionierte, schaffte es immer wieder jemand, seinen verdammten Absatz hineinzubohren.

Esra hasste sie alle. Im Moment hasste er jeden einzelnen dieser Komparsen, die wie kopflose Tiere alles niedertrampelten. Als hätte Blake nicht schon genug durchgemacht. Keuchend hielt er stand, kämpfte gegen DISEASE und jeden einzelnen Tritt, den er abbekam. Er musste Blake beschützen.

Endlich ebbte der Menschenstrom ab und es wurde leiser um sie herum. Der Club schien sich zu leeren und draußen wurden die Rufe der Regie laut. Anscheinend hatte jemand ein funktionierendes Megafon aufgetrieben.

»Wir müssen hier weg«, murmelte Esra und schob die Arme vorsichtig unter Blakes Körper. Zum Glück heilte der Fluch ihre Verletzungen mit unmenschlicher Geschwindigkeit. Wenn sie von einem anderen Verfluchten zugefügt wurden, flickte er sogar verdammte Kopfschüsse. Blake würde schnell wieder okay sein.

»Ich bringe uns raus.« Der Körper in seinen Armen war dank seiner Stärke unheimlich leicht. Er drückte ihn an sich und stolperte zum Rand des Raumes, hinüber in den Flur, wo die Toiletten waren. Mit dem Fuß schob er eine Tür auf und war erleichtert, ein Fenster vorzufinden.

Eilig öffnete er es, bog die lächerlich schwachen Gitter beiseite, die wohl Leute davon abhalten sollte, diesen Hintereingang zu nehmen, um vorne nicht bezahlen zu müssen, und quetschte sich mit Blake im Arm hindurch.

Angenehm frische Nachtluft empfing sie, strich über seine Haut und durch sein verschwitztes Haar, als wollte sie ihm zuflüstern: *Du hast es geschafft.*

Esra wagte ein Lächeln. Schnell verschwand er mit Blake im Arm um eine Ecke und drückte sich in den Schatten einer Gasse. Wenn jemand auf die Idee kam, einen Notarzt für ihn zu rufen, würde das zu viel Aufsehen erregen.

»Alles wird gut«, raunte er Blake zu und ließ sich mit ihm auf den Boden hinter einem großen Müllcontainer sinken.

Blakes Anblick ließ ihn schlucken. Mehrere große Blutergüsse färbten sein Gesicht rot und blau und violett. Seine Nase wirkte irgendwie verschoben und auf seiner Lippe und am Kinn saß eine Blutkruste, die immer noch feucht glänzte. In seiner Stirn und auf der linken Wange prangten richtige Löcher, die nur von Highheels stammen konnten. Auch aus ihnen sickerte das Blut, aber es wirkte seltsam träge.

Der Rest von ihm sah nicht besser aus. Ein Arm schien ausgekugelt zu sein und hässliche Verletzungen zerstörten das schöne Bild der Tattoos. Die Brust hob und senkte sich nur schwach. Verbissen starrte Esra die blutigen Stellen an.

Eigentlich sollten sie sich jede Sekunde schließen. Aber es tat sich nichts.

»Blake?«, fragte er. »Hörst du mich?«

Ein unverständlicher Laut drang aus Blakes Kehle. Die geschwollenen Augenlider öffneten sich mühsam. Ja, er konnte ihn hören. Aber es ging ihm schlecht. Und er heilte verdammt nochmal nicht.

Esra beugte sich zur Seite, um Blake nicht ins Gesicht zu kotzen. Es kam nur ein rasselnder Husten, der Kehle und Lunge brennen ließ. Dann zog Esra Blakes Shirt nach oben. Er hatte es schon befürchtet.

»Schon wieder DECAY«, stellte er grimmig fest. »Dein Schicksalspartner scheint grad eine gute Zeit zu haben.« Und er ließ Blake ordentlich dafür bezahlen. Esras Hand ballte sich zur Faust. Die Verletzungen würden so schnell nicht heilen. Er musste irgendwo einen Unterschlupf suchen und abwarten. So konnte er ihn nicht unbemerkt durch die Stadt transportieren, nicht ins Hotel gehen, auch wenn er Blake am liebsten in ein weiches, warmes Bett gelegt hätte.

»Ich hab sie erwischt«, sagte er, um sich weniger hilflos zu fühlen. »Aber für uns hat sich nichts geändert, was? Ob jetzt einer von denen in New York fröhlich durch die Gegend tanzt, weil sein Tattoo plötzlich weg ist?« Er konnte sich das überhaupt nicht vorstellen.

Während er mit Blake redete, schaute er sich um, blickte nach oben, kurz zur Straße und dann zum Ende der Gasse, wo ein erbärmlich aussehender Zaun den Weg in einen Innenhof versperrte.

KAPITEL 3

IN DEM KELLER roch es nach Staub und alter Wäsche. Wände aus nacktem Feldstein blickten sie von allen Seiten an und das Fenster, durch das Esra hineingestiegen war, ließ sich nicht richtig schließen. Dennoch war es der beste Unterschlupf, den er auf die Schnelle hatte finden können.

Blake sah immer noch so aus wie vor einer halben Stunde. Nur das frische Blut hatte sich inzwischen verkrustet, so wie es das auch bei einem normalen Menschen getan hätte. Esra legte ihn auf dem Sofa ab, das mitten in dem kleinen Raum stand und ging zurück zum Fenster, um es behelfsmäßig zu verbarrikadieren. Mit einem alten, faserigen Seil, das er am Knauf und einem Haken befestigte, der wahrscheinlich mal für eine Wäscheleine gedacht gewesen war, fixierte er es, damit es geschlossen blieb.

Dann wandte er sich dem Kamin zu, der in die Wand neben der Treppe eingelassen war. Holz lag hier auch herum. Esra zückte sein Feuerzeug, zündete ein Scheit an und legte es hinein. Blake sollte zusätzlich zu seinen Schmerzen nicht auch noch frieren müssen. Als es ausreichend gut brannte, bestieg er vorsichtig die Treppe und prüfte die Tür, die nach oben in den Wohnraum führte. Sie war verschlossen. Das Haus hatte von außen unbewohnt gewirkt. Vielleicht konnten sie hierbleiben, bis der nächste Fluchwechsel sie erlöste.

Seufzend stieg er die Stufen wieder hinunter und warf einen Blick auf Blake, der die Augen geschlossen hatte. Er verzog keine Miene, obwohl ihm jeder einzelne Muskel wehtun musste. Während Esra so dastand und ihn musterte, kam ihm in den Sinn, dass er das schon einmal gesehen hatte.

Blake, der einfach stoisch ertrug, was ihm angetan wurde. Damals war er derjenige gewesen, der ihn durchlöchert hatte. In seiner Raserei und dem Versuch, ihn zu töten, gegen ihre Unsterblichkeit anzukämpfen, hatte er seinen ganzen Körper zerfetzt. So viele Stichwunden. Die Erinnerung befeuerte seine Übelkeit. Esra hielt sich den Arm vor den Mund und wandte sich ab.

Die herumstehenden Schränke boten die Ablenkung, die er brauchte. Vielleicht konnte er etwas finden, das ihnen half, die Lage etwas erträglicher zu machen. Alkohol zum Beispiel.

Die Scharniere der alten Möbel knarrten. Esra fand Kleidung. Weite, graue Mäntel aus Wolle, die modrig rochen, aber immerhin warm halten konnten. Er nahm einen von ihnen heraus und klopfte ihn ab. Dazu noch einen Pullover.

Letzteren knüllte er zusammen und schob ihn Blake vorsichtig als Kissen unter den Kopf. Dann breitete er den Mantel über ihn. Draußen herrschten winterliche Temperaturen und diese Wände schienen nicht sonderlich gut isoliert zu sein.

Für sich selbst legte er ebenfalls ein paar Klamotten auf dem Boden aus, auch wenn er daran zweifelte, überhaupt schlafen zu können.

In einem anderen Schrank fand er tatsächlich zwei Kästen Bier, aber die Flaschen waren leer. Esra hob jede einzelne an und stieß so tatsächlich noch auf zwei volle Exemplare.

Zufrieden mit seinem Fund zog er sie heraus und betrachtete die Etiketten im Licht des Feuers. Die Marke kannte er nicht. Aber war auch egal.

Er setzte sich auf den Boden, lehnte den Rücken an Blakes Sofa und öffnete die erste Flasche mit einem gezielten Biss. Ein leises Zischen. Ein vertrauter Geruch. Der erste Schluck war unerwartet herb und schmeckte überhaupt nicht. Scheiß DISEASE, konnte einem auch echt alles madig machen.

Er trank trotzdem weiter. Schon aus Protest. Nach dem dritten Schluck war es ganz okay und er wandte sich zu Blake um. Der schien zu schlafen. Schulterzuckend drehte Esra sich wieder weg und leerte die Flasche.

Die Nacht verging langsam und sie brachte viele unerwünschte Gedanken mit. Immer wieder rechnete Esra nach, wie viele Stunden seit dem Wechsel vergangen waren und wann endlich der Schutz desjenigen mit dem FREE endete, damit die anderen ihn aufspüren konnten.

Er spielte ein Dutzend Szenarien durch, wer jetzt wohl welchen Fluch hatte. Wenn die Jäger auf zu bequemen Plagen saßen, wie THEM oder PYROMANIA, dann konnte es Tage dauern, bis sich etwas bewegte. Dann würden sie ewig hier festsitzen.

Wenn er nicht über die anderen nachdachte, dann vertiefte er sich in das Netz der Schicksalspartner. Tatsächlich fehlte jetzt ein Faden. Es waren nur noch sieben. Irgendjemand musste frei sein. Verdammt, er hätte viel dafür gegeben, zu wissen, was genau mit demjenigen passiert war und wen es getroffen hatte.

Allein die Vorstellung, dass John oder Mike oder seinetwegen auch der verfickte Eugen jetzt für immer fluchfrei waren, half ihm, die quälende Tatenlosigkeit hinzunehmen.

Blake schlief die meiste Zeit. Esra legte Holz nach, nicht zu viel, damit ihr Vorrat noch ein paar Stunden reichte. Der Tag brach an und zog sich genauso hin wie die Nacht.

Als sein Magen zu knurren begann, stand Esra auf und stieg nochmal die Treppe hoch. Von hier aus hatte er noch acht oder neun Meter, bis die Kette sich melden würde. An der durfte er auf keinen Fall ziehen, solange es Blake so schlecht ging. Aber sie brauchten was zu essen und hier oben gab es vielleicht welches.

Kurzerhand trat Esra die Tür auf. Sie hatten Glück: Die Küche lag direkt über dem Keller. Das Haus schien noch nicht allzu lange herrenlos zu sein. Zwar zog sich eine sichtbare Staubschicht über die Theken, aber es gab keine riesigen Spinnennetze oder sonstige Spuren von langjähriger Verwaisung.

Der Kühlschrank hatte keinen Strom mehr und die wenigen Nahrungsmittel darin waren verdorben. Würgend schloss Esra die Tür wieder. Hinter einer der Schranktüren fand er ein paar Konserven, die tatsächlich noch haltbar waren. Na bitte.

Er kramte eine alte Pfanne heraus, füllte Champignons (2. Wahl) und Bohnen hinein und trug alles nach unten, um es mithilfe des Kaminfeuers zu garen. Blake hätte mit seiner Fähigkeit sicherlich auch den Herd zu einem temporären neuen Leben erwecken können, aber dafür fehlte ihm zweifellos die Kraft.

Seine Methode war unbequem und sorgte dafür, dass einiges von dem Gemüse verbrannte, aber der leckere Geruch von Essen war es alleine schon wert. Er stellte die Pfanne auf den kalten Steinboden und holte eine Gabel von oben, um Blake füttern zu können.

»Ich habe uns was gekocht, Schatz«, sagte er süßlich und nahm im Schneidersitz neben dem Sofa Platz. Blake blinzelte. »Alles, was die Bude hergibt«, erklärte Esra. »Aber besser als nichts. Dein Körper braucht jede Kraft, die er kriegen kann.«

Er spießte eine kleine Portion auf, pustete für Blake und hielt sie ihm vor den Mund. Träge bewegte Blake den Kiefer. Immerhin schienen seine Zähne weitestgehend heil geblieben zu sein.

Vorsichtig kaute Blake und Esra genehmigte sich selbst eine Gabel aus der Pfanne. Sie leerten das Ding gemeinsam. Dann ging das Warten weiter. Blake sprach nicht und das störte Esra mehr, als er normalerweise zugegeben hätte. Wahrscheinlich hatte seine Zunge was abbekommen.

Wie ätzend, dass sie hier festsaßen. Er wollte die Jagd fortsetzen. Ihren Triumph feiern. Stattdessen versteckten sie sich hier und warteten auf einen Fluchwechsel und hatten nicht mal einen Fernseher zur Verfügung.

Esra seufzte und tigerte in dem Kellerzimmer auf und ab. Zum Rauchen ging er in die Küche, damit Blake nichts abbekam, aber seine Zigaretten gingen auch langsam zur Neige. Die Zeit verging unendlich langsam und Blakes leises Stöhnen, wenn er sich auf dem Sofa umdrehte, kroch unter seine Haut.

Er wollte mehr für ihn machen und konnte es nicht. Untätigkeit war grässlich. Aber es gab hier weder einen Erste-Hilfe-Kasten noch Schmerzmittel. Am Nachmittag des zweiten

Tages hatte DISEASE einen Schub und Esra übergab sich in die alte Spüle oben in der Küche. Hustend richtete er sich wieder auf und wischte sich mit dem Vorhang übers Gesicht. Aus der Leitung kam nur noch ein kleiner Rest, mit dem er sich den Mund ausspülte.

Blake musste auch durstig sein. Bestimmt hätte er jetzt gerne einen Tee getrunken. Esra schnaubte. Nochmals fing er an, Schranktüren zu öffnen, auch wenn er alles schon einmal durchsucht hatte. Hinter einem Karton in der Nische zwischen Kühlschrank und Küchentheke entdeckte er eine Glasflasche, die noch verschlossen war. Das Etikett verwies auf irgendeine Quelle. Perfekt.

Er ging nach unten und half Blake dabei, das Wasser zu trinken. Er war richtig gierig danach, auch wenn es ihm schwerfiel, alles zu schlucken. Esra hielt die Flasche für ihn. Blakes malträtiertes Gesicht zu sehen, fiel ihm schwer. Die Löcher von den Absätzen waren das Schlimmste. Wenn er sich vorstellte, wie hunderte Menschen über ihn hinweggetrampelt waren wie über ein Stück achtlos weggeworfenen Müll ...

Die aufgeplatzten Lippen formten ein stummes 'Danke'.

In der Nacht kam endlich die Erlösung. Vier Uhr Morgens, schätzte Esra. Sein Handy war vor ungefähr einer Stunde ausgegangen.

Die unsichtbaren Nadeln schrieben sein Tattoo um und Übelkeit, Fieber und Kopfschmerzen verschwanden endlich aus seiner Wahrnehmung. Wie gut sich das anfühlte. Noch besser aber war es, Blake zu mustern, dessen Körper sich jetzt sichtlich schnell regenerierte, so als hätte er auch nur darauf gewartet, endlich heilen zu können. Die Wunden auf Stirn und Wange schlossen sich, das Violett und Grün der

Blutergüsse verschwand und sein Körper gewann etwas Spannung zurück.

Als er sich aufrichtete, sah Blake müde aus, aber in seinen Augen glänzte ein Lächeln. Esra schluckte. Er wollte Blake umarmen, weil er so erleichtert war. Was für ein Blödsinn – als wäre seine Heilung ein Wunder oder so. War sie nicht. Das war einfach nur der Fluch. Wenn du mit DECAY am Arsch warst, stellte der Wechsel dich wieder her. Das hatte jeder von ihnen schon zigmal durch.

Esra stand vom Boden auf und lugte unter sein Shirt. NIGHTMARE. Damit konnte er arbeiten. Blake schob den Mantel von sich und setzte sich auf. Unter seinem Shirt kam PYROMANIA zum Vorschein.

»Ich hab sowieso Lust, was anzuzünden«, kommentierte Esra und grinste. Endlich konnten sie sich wieder bewegen. Hier abhauen und irgendwo was zu trinken besorgen. Und einen Burger. Und neue Kippen.

Blake betastete sein Gesicht. »Ist sie wirklich tot?«, fragte er mit rauer Stimme. Seine Gedanken schienen noch bei dem Club zu sein.

»Ich habe ihr Genick gebrochen. Mit STRENGTH ging das wahnsinnig leicht.«

»Gibst du deiner Fähigkeit einen Namen? Wie den Fluchplagen?«

Er zuckte mit den Schultern. »Warum nicht?«

Zögerlich stand Blake auf. Seine ersten Schritte wirkten schwankend, aber er kam zurecht. Ihn schien es auch hier raus zu treiben. Er ging zur Treppe und Esra folgte ihm.

»Warte, du kannst so nicht rausgehen.« Ein wenig belustigt musterte er ihn von oben bis unten. Sein Shirt war zum Teil zerrissen und an vielen Stellen mit Blutflecken getränkt. Die Hose sah nicht viel besser aus.

»Zieh am besten den Mantel über.« Er holte ihn vom Sofa und legte ihn Blake über die Schultern.

»Danke.« Er lächelte peinlich berührt. »Ich will nur unbedingt wissen, wen wir befreit haben«, sagte er.

»Geht mir auch so. Wir müssen sowieso zurück nach New York. Ich will ein paar Sachen holen, bevor wir weitermachen. Aber zuerst wäre ich für eine Dusche und eine ordentliche Stärkung.«

KAPITEL 4

IM RÜCKSPIEGEL LEUCHTETEN orangene Flammen in der Nacht. Esra drückte aufs Gas und Blake sank zufrieden in die Polster des vertrauten Wagens. Im Kofferraum lag ihr Gepäck und auf dem Rücksitz drängten sich mehrere Kartons mit Energy-Drinks. Alles war wieder beim Alten – zumindest oberflächlich betrachtet.

Sie ließen Chicago hinter sich. Die Stadt, in der sie nach all den Jahren die Wahrheit gefunden hatten. Es war immer noch so verdammt unwirklich. Was würden die anderen sagen, wenn sie es erfuhren? Wenn sie ihnen von Joy erzählten?

Erst vor ein paar Tagen waren sie hier angekommen, voller Hoffnung auf ein Ende des Fluches, aber auch voller Angst vor dem, was sie erwartete. Es war ein weiter Weg gewesen. Ein langer Kampf gegeneinander und gegen die Mächte des Fluches, gegen die Wunden, die er in all der Zeit gerissen hatte und die niemals verheilten.

»Wie überzeugen wir die anderen, wenn der Befreite keiner von den Jägern sein sollte? Wenn es einer von denen ist, die wir nicht näher kennen?«

Esra runzelte die Stirn, schaute aber weiter auf die Straße raus.

»Überzeugen? Wovon denn? Wer frei ist, wird's schon merken und die anderen müssen abwarten, bis wir die anderen Schicksalspartner erwischt haben.«

»Na, uns zu helfen«, sagte er. Das lag doch auf der Hand.

»Die können uns nicht helfen, weil sie die Stadt nicht verlassen können. Und wir brauchen sie auch nicht.«

Das war so typisch Esra, dass es ihm ein richtig heimeliges Gefühl gab. Trotzdem ...

»Also ich hätte es schon sehr hilfreich gefunden, wenn wir in diesem Kellerversteck einfach einen Anruf hätten machen können, um einen Fluchwechsel zu bekommen.«

Esras Miene verspannte sich. Ein klares Zeichen dafür, dass er sein Argument einsah, aber die anderen trotzdem außen vor lassen wollte.

»Als ob wir denen vertrauen könnten. Wir haben uns jahrelang gegenseitig die Kehlen durchgeschnitten. John oder Mike könntest du vielleicht noch überzeugen, aber Eugen hasst mich aus tiefster Seele und das beruht auf Gegenseitigkeit.«

»Will er nicht befreit werden?«

»Du denkst zu sehr wie du, Blake. Es sind nicht alle so kooperativ und verständnisvoll.« Das klang beinahe wie eine Beleidigung, aber er überging das.

»Ja, die Erfahrung habe ich auch gemacht«, gab er entspannt zurück und verschränkte die Hände hinter dem Kopf. Es tat so gut, sich wieder schmerzfrei bewegen zu können.

»Aber ich denke, als Gemeinschaft könnten wir funktionieren. Wir verlassen uns ja nicht auf Eugen als einzelne Person, sondern auf alle Verfluchten. Team Fluch.«

Esra gab ein Zischen von sich. »Hörst du dich reden? Team Fluch? Willst du T-Shirts mit Team-Logo verteilen?«

Blake lachte. »Ich dachte eher an Kugelschreiber.« Er zog eine Grimasse. »Gut, das war ein bisschen übertrieben. Aber ich glaube, wenn wir den anderen klarmachen, dass wir ihnen die Freiheit zurückgeben können, wenn sie uns unterstützen, dann werden sie mitmachen. Selbst Eugen. Wenn wir Beweise dafür haben, dass es funktioniert.«

»Einer von ihnen muss befreit sein. Das Netz ist kleiner geworden.«

Blake nickte. Das hatte er auch gespürt. Kellys Tod hatte definitiv etwas bewirkt.

»Wenn wir dann das nächste Mal einen Fluchwechsel brauchen, könnten wir Bescheid geben und einer würde dem mit dem FREE die Kehle durchschneiden. Ich meine, selbst wenn Eugen sich wehren sollte ... gegen drei oder vier Verfluchte gleichzeitig, die ihre Freiheit vor Augen haben, wird er nicht ankommen.«

Esra gab ein Brummen von sich.

»Den Wechsel kontrollieren zu können, wäre gut. Aber das mit dem Überzeugen musst *du* erledigen.«

»Darin habe ich Übung.«

Die Umrisse der Stadt, die in den vergangenen sieben Jahren ihr Gefängnis gewesen war, erschienen am Horizont und Blake spürte eine seltsame Euphorie.

Esra und er waren ausgebrochen. Jetzt kehrten sie zurück, und in ihm regte sich die Angst, dass die Tore sich hinter ihnen einfach wieder schließen könnten. Gleichzeitig wollte er unbedingt zurück, wollte einen Befreiten mit eigenen Augen sehen.

Was hatten sie erreicht?

Er schluckte, als die Bilder aus seiner Erinnerung an die Oberfläche drängten. Während er auf dem staubigen Sofa in dem Keller gelegen hatte, hatte er ständig davon geträumt. Er war wieder in dem Club gewesen, begraben unter hunderten Füßen, die über ihn hinweg rannten, stolperten, stampften.

Angestrengt schob er das beiseite. Er hatte beileibe Schlimmeres erlebt. Wenn das der Preis für das Ende des Fluches für sie alle war, dann würde er sich auch noch sieben Mal halbtot trampeln lassen.

Er hatte gar nicht gemerkt, dass er die Hand an seine Wange gehoben hatte, und ließ sie jetzt sinken. Esra starrte immer noch auf die Fahrbahn. Sie waren die ganze Nacht und den ganzen Tag unterwegs gewesen, ohne Pause, dafür mit zu viel Energy. Esra kippte die Dinger runter, als wäre es nichts. Der ganze Wagen roch danach.

Die Ringe unter seinen Augen waren wieder tiefer geworden, aber sein Blick wirkte scharf wie ein frisch gewetztes Messer.

»Vielleicht wäre es am besten, zuerst zu John zu gehen«, begann Blake. Sie hatten jetzt eine ganze Weile nicht gesprochen, nur den Rock- und Metal-Songs gelauscht, die aus dem Radio dröhnten. »Wir haben ihm zuletzt das FREE geschenkt. Er ist wahrscheinlich derjenige, der uns gegenüber am wenigsten feindselig eingestellt ist.«

Esra nickte nur. Er schien kein Interesse an einem Gespräch zu haben. Vielleicht hatte er auch nur Angst, zu zeigen, dass er unter dieser Maske aus Trotz doch ganz schön müde war.

Blake hatte noch die typischen Sprüche im Ohr.

NIGHTMARE ist ein Spaziergang für mich. Ich kann sowieso nicht schlafen. Dabei erinnerte er sich genau an die Nächte, in denen sie nebeneinandergelegen und geschlafen hatten. Zu genau.

Die Stadt kam näher. Aus den Schatten wuchsen echte Gebäude, die sich in den Himmel streckten wie finstere Türme. Eine Gänsehaut wuchs in seinem Nacken und Blake krallte sich an seiner inneren Entschlossenheit fest.

Den schwersten Teil hatten sie hinter sich. Er hatte Hoffnung in der dunkelsten Nacht gesät, bei einem Mann, der an nichts mehr geglaubt hatte. Er würde es auch schaffen, die Jäger zu überzeugen.

Sie fuhren über die imaginäre Grenze und Blake schloss für einen Moment die Augen, erwartete einen Aufprall, der nicht kam. Sein Herz schlug aufgeregt. Sie waren zurück.

Esra fuhr gar nicht erst in eine seiner Wohnungen – er steuerte direkt Johns Adresse an. »Hoffentlich ist er da. Ohne das Verfluchtenradar wird's schwierig, einen zu finden, wenn er sich versteckt.« Er stellte den Wagen auf dem Parkplatz 'nur für Anwohner' ab und machte sich eine Zigarette an. Blake sprang aus dem Auto. Er wollte nicht riskieren, dass John vor ihnen abhaute.

Wie ein normaler Mensch betätigte er die Klingel. Der Summer ging an und Blake drückte die Tür auf. Esra folgte ihm hinein, ohne seine Kippe auszumachen. Sie marschierten durch den Flur, direkt auf Johns Wohnungstür zu ... die direkt vor ihnen aufschwang.

Überrascht blieb Blake stehen.

John sah ihn entgeistert an. »Ich dachte, es ist das Taxi.« Er trug einen schief zugeknöpften Trenchcoat und einen Koffer in jeder Hand. Schock und Angst flackerten in seinen

Augen, als er ihn und Esra erkannte. Sein Gesicht wurde blass und er verlagerte das Gewicht auf der Türschwelle.

»Warte«, sagte Blake, bevor John losrennen konnte. »Du ... bist du frei?«

Statt an ihm vorbeizurennen, machte John ein paar Schritte rückwärts in seinen Flur hinein, stieß gegen eine Kommode, die Koffer immer noch fest umklammert.

»Ihr etwa auch?«

»Es hat funktioniert, Esra.«

»Zeig mal«, sagte der und zog die Wohnungstür hinter ihnen zu. »Hast du kein Tattoo mehr?« Er baute sich neben ihm auf.

John wirkte immer eingeschüchterter. Er stellte die Koffer neben sich ab und knöpfte an seinem Mantel herum.

»Was wollt ihr hier? Ich hab das FREE nicht und ich brauch's auch nicht mehr, falls ihr wieder eins loswerden wollt.« Als er zwischen ihnen beiden hin und her schaute, wirkte er etwas gefasster, aber es war leicht, zu durchschauen, dass er Schiss hatte.

»Wir wollen euch erzählen, was wir herausgefunden haben. Wie man den Fluch brechen kann«, sagte Blake. Sein Blick folgte Johns Händen, die unter dem Mantel noch ein Hemd aufknöpften. Hinter dem Stoff, den er beiseiteschob, war nichts als blanke Haut mit ein paar dunklen Härchen. Kein Fluchtattoo.

Blake ballte die Hände zu Fäusten. Ein Kribbeln machte sich in seinem Magen breit und flatterte hoch bis in seine Lungen.

»Es hat wirklich funktioniert. Das ist ...« Er musste durchatmen. »Ich bin so froh. Alles, was sie gesagt hat, stimmt.« Nicht, dass er Joy misstraut hatte, aber ... es sehen zu können, leibhaftig vor sich, das war etwas ganz anderes, als es nur zu hören. John war frei. Er hatte kein Tattoo mehr.

Lächelnd drehte er sich zu Esra. In seinem Gesicht zeichnete sich ebenfalls etwas ab. Sie harte Maske aus Gleichgültigkeit wurde von etwas verzerrt, das zutiefst menschlich aussah.

John schüttelte den Kopf. »Wenn das wirklich ihr wart, dann danke ich euch. Aber jetzt muss ich los. Ich verpasse meinen Flieger.«

»Was?«, zischte Esra.

»Ich verstehe, dass du weg willst«, sagte Blake schnell und schob sich ein Stückchen vor Esra, bevor der auf dumme Ideen kam. »Aber lass uns kurz reden. Wir haben herausgefunden, wie man den Fluch brechen kann und wir wollen alle von uns befreien. Aber dafür brauchen wir die anderen Verfluchten hinter uns. Als Team. Und ich schätze, die werden uns eher zuhören, wenn wir einen Beweis für das haben, was wir erzählen.«

»Mich?«, fragte John und hob eine Braue. Der Unglaube in seinem Gesicht wandelte sich in Amüsement. »Vergesst es. Ich treffe mich nicht mit einem Haufen anderer Verfluchter. War lange genug selbst einer, um zu wissen, dass das eine ganz schlechte Idee ist.«

»Aber—«

Esra schob ihn grob beiseite. »Was soll der Scheiß? Du schuldest uns was.«

John schnaufte. »Wir schulden einander gar nichts, Esra.« In seinem Blick funkelte etwas, das Gefahr verhieß. John schleuderte den rechten Arm nach vorn und Hitze flirrte in der Luft. Mit einem Schrei taumelte Esra zurück, prallte gegen einen Schrank und drückte sich die Hand aufs Gesicht.

»Wichser!«, fauchte er. »Das wirst du bereuen.«

John hatte zwar kein Tattoo mehr, aber für seine Fähigkeit schien das nicht zu gelten. Blake packte sein Handgelenk. Nein, er durfte nicht abhauen. Sie brauchten ihn. »Warte. Lass mich ein Video von dir aufnehmen. Das geht doch, oder? Keine Gefahr für dich.«

Widerwille blitzte in Johns Augen auf.

»Bitte«, sagte Blake. »Wir haben dich befreit. Wir wollen dasselbe für die anderen tun. Aber wir brauchen Hilfe dabei.«

»Kann mir nicht vorstellen, dass Esra unseren Retter spielen soll«, brummte er.

»Er hat deiner Schicksalspartnerin das Genick gebrochen. Ihr Tod hat dich befreit. Wir haben sie aufgespürt und umgebracht.«

John schien kein Wort davon zu verstehen, aber er trat ein Stück zurück.

»Nimm dein Video auf.« Er streifte sich den Trenchcoat von der Schulter. Blake warf Esra einen Blick zu, der sagte 'bleib´, wo du bist, und misch dich nicht ein'. Dann zog er sein Handy aus der Tasche, das er in Esras Auto aufgeladen hatte.

Er hob es hoch und filmte zuerst Johns Gesicht und dann langsam an ihm hinab, während der ehemalige Verfluchte die freie Hautpartie unter seinem Bauchnabel präsentierte.

»Das Tattoo ist weg«, murmelte er.

»Hab auch keinen Fluchdruck mehr«, sagte John. »Es ist wie früher. Nur das Feuer ist noch da.« Er streckte seine flache Hand aus und zeigte, wie eine kleine Flamme darin wuchs, die er allerdings gleich wieder in seiner Faust erstickte. »Reicht dir das?«

Blake stoppte das Video und nickte. »Danke.«

»Du solltest *ihm* danken, Arschloch. Es ist sein Verdienst, dass du jetzt einfach abhauen kannst«, knurrte Esra, als John sich wieder anzog und erneut die Koffer packte. Die Blicke der beiden allein hätten gereicht, um eine Explosion hervorzurufen.

John schnaufte und musterte ihn. Dann sagte er mit deutlich ruhigerer Stimme: »Danke, Blake. Du scheinst in Ordnung zu sein. Sorry, dass ich letztes Mal deine Kehle aufgeschnitten habe.«

»Weißt du zufällig, wer gerade das FREE hat?«, fragte er mit einem schiefen Lächeln.

»Mike hatte es zuletzt, als ich ... noch einer von euch war.« Er lachte knapp. »Alter ... ich fass es immer noch nicht.«

»Dann hat es jetzt Eugen. Es gab danach noch einen Wechsel«, sagte Esra.

»Na, der wird sich über euren Besuch freuen.« John warf einen Blick auf seine Armbanduhr und zuckte. Auf einmal schien er es wieder eilig zu haben. »Pass auf, dass du nicht zu sehr wie er wirst. Ihr scheint ja viel Zeit miteinander zu verbringen.« Damit schob er sich an Esra vorbei und war aus der Tür.

»Bastard«, fauchte Esra ihm hinterher.

»Lass ihn«, meinte Blake. »Wir haben unseren Beweis.« Esra erwiderte sein Lächeln nicht, aber er ging John auch nicht nach. »An seiner Stelle wären wir doch auch abgehauen, oder?«

Esra verschränkte die Arme. »Ich hätte gar nicht gepackt. Ich wäre einfach so gegangen.«

»Ich wäre unterwegs zu meinem Vater«, sagte er und spürte Sehnsucht in sich aufsteigen. Er hatte ihn so unglaublich lange nicht mehr gesehen. Selbst seine Stimme ... er musste ihn anrufen, wenn das alles vorbei war.

Das alles könnte bald vorbei sein.

»Gut, dass wir ihn noch erwischt haben«, sagte er und verdrängte die Gefühle, die ihn überwältigen wollten. Noch hatten sie einiges an Arbeit vor sich. Noch sieben Attentate und vorher noch fünf Verfluchte, die sie überzeugen mussten, mit ihnen an einem Strang zu ziehen.

»Sollen wir gleich zu Eugen, damit wir es hinter uns haben?«

Esra verzog das Gesicht. »Gönnen wir dir eine Nacht Ruhe. Du bist hier der Diplomat. Du brauchst deine Kraft. Und womöglich auch deinen Strom.«

Blake schmunzelte. Dass Esra nicht nur wegen ihm eine Pause einlegen wollte, war offensichtlich. Er hatte keinen Bock auf Eugen. Hatten sie beide nicht. Jedes Zusammentreffen mit ihm war grässlich gewesen.

Kopfschüsse, grausame Bilder, die direkt aus ihren Gedanken gezogen und für alle sichtbar gemacht wurden – das war genauso ekelhaft wie der Fluch selbst.

»Eine Nacht in Ruhe klingt gut«, sagte er und verließ Johns Wohnung. Esra zog die Tür zu.

Sie fuhren zu Esras pompösem Hauptsitz, in das Wohnhaus mit dem Fahrstuhl direkt ins Zimmer, dem großen Fitnessraum und den vielen gemeinsamen Erinnerungen.

KAPITEL 5

WIE ERWARTET SCHLUG Esra sein Angebot aus, über seinen Schlaf zu wachen. Er hatte sich eine Pizza in den Ofen geschoben, ein paar Flaschen neben das Sofa gestellt und es sich mit dem Playstation-Controller auf den Kissen bequem gemacht. Über den Bildschirm flimmerte ein Action-Spiel, das Blake schon mehrmals bei ihm gesehen hatte. So würde er also die Nacht verbringen.

Mit einem leisen *Gute Nacht* verabschiedete Blake sich in das alte Abstellzimmer, das ihm inzwischen so vertraut war. In diesem Bett hatte er gelegen, nachdem Esra ihn niedergestochen hatte. Und auch, nachdem ihn die Halluzination seiner toten Schwester heimgesucht hatte. Hier waren sie sich zum ersten Mal nahegekommen. Und dort auf diesem Fensterbrett hatte er gesessen, als, ...

Blake fuhr sich übers Gesicht und zog seine Sachen aus. Zeit für eine Mütze Schlaf. Morgen würden sie Eugen gegenüberstehen.

In seinen Träumen folgte er in völliger Dunkelheit einem Netz aus glimmenden Fäden. Es war ein eiskaltes Leuchten, das einem in Augen und Gedanken schnitt, wenn man sie zu lange ansah, und wenn er ihnen zu nahe kam, rissen sie Löcher in seine Seele, fühlten sich an, wie die Aura des Kellers, die Aura des Fluches.

Trotzdem folgte er ihnen, als wären sie die Brotkrumen, die ihn aus diesem endlosen Labyrinth führen würden. Sein Ziel erreichte er nie. Es war ein endloses Umherirren, bei dem ihn Stimmen und Erinnerungsfetzen begleiteten.

Als er am Morgen die Augen öffnete und Sonnenlicht durchs Fenster scheinen sah, stieß er erleichtert den Atem aus. Sein Körper fühlte sich steinhart an, als hätte er die ganze Nacht verkrampft dagelegen. Eine warme Dusche würde seine Muskeln entspannen.

Esra war so grummelig wie eh und je. Er setzte ihm kalte Pizza als Frühstück vor und servierte Kaffee und Orangensaft. Das Wohnzimmer roch nach kaltem Rauch und Alkohol. Eine vertraute Mischung.

Sie aßen und tranken schweigend. Blake wusste inzwischen gut genug, dass morgens die mit Abstand schlechteste Zeit war, um wichtige Dinge mit Esra zu besprechen.

Er betrachtete das Video von John auf seinem Handy und las in den Nachrichten alles über den Tod einer jungen Schauspielerin bei einem Dreh in Chicago. Offenbar war man sich noch nicht einmal sicher, ob jemand sie ermordet hatte oder ob sie im Dunkeln gestürzt war und sich das Genick gebrochen hatte. War das die Immunität, von der Joy gesprochen hatte? Er konnte sich nicht vorstellen, dass bei einer genaueren Untersuchung nicht herauskommen würde, dass es Mord gewesen war.

Sein Blick blieb zu lange an Kellys Fotos hängen. Die Zusammenfassung ihres Lebens übersprang er und konzentrierte sich wieder auf das, was vor ihnen lag.

Inzwischen war der Tag vorangeschritten und Esra zockte wieder. Blake sah eine Weile dabei zu, wie eine junge Frau mit einer Augenbinde durch die Luft wirbelte und ihr Schwert auf kunstvolle Weise schwang.

»Wann machen wir uns auf den Weg?«, fragte er.

Esra seufzte genervt. »Du willst immer noch unbedingt diese Team-Sache durchziehen, oder?«, erkundigte er sich.

»Wie brauchen die anderen.«

Die Knöpfe am Controller klickten. Dann legte Esra ihn auf den Couchtisch und stand auf. Blake erhob sich. Ein kleines Lächeln breitete sich auf seinem Gesicht aus. Der Esra von früher hätte sich viel länger gesträubt und versucht, ihm klarzumachen, dass er falschlag. So war es jetzt nicht mehr.

Sie fuhren zu Eugens Hauptwohnung. Die Sonne stand hoch am Himmel – vielleicht wurde das Gespräch dadurch einfacher, dass sie sich nicht wie Diebe in der Nacht anschlichen.

»Was ist dein Plan?«, fragte Esra, als sie in die Straße einbogen. Er trat auf die Bremse und ließ den Wagen auf einen Parkplatz rollen.

»Ihm das Video zeigen und erzählen, was wir erfahren haben.«

»Okay«, erwiderte Esra langsam. »Und wie genau planst du, nahe genug an Eugen heranzukommen, damit du ihm das Video zeigen kannst?«

»Wir sagen ihm, dass wir nur reden wollen.«

Esra lachte. »Ach, Blake.« Er zog den Schlüssel und steckte ihn in seine Jackentasche. »Die beste Chance, dass er uns zuhört, haben wir, wenn wir seine Kehle aufschlitzen und ihn in der Zeit bequatschen, in der er heilt. Da muss er zuhören und kann nicht weg.«

»Du meinst, ihn nochmal daran zu erinnern, dass du ihm dutzende Male das Messer über den Hals gezogen hast, wird ihn dazu motivieren, mit uns zusammenzuarbeiten?«

»Ich *weiß*, dass Eugen nicht abwarten wird, was du ihm vorzutragen hast. Er wird uns angreifen, sobald wir in Reichweite sind, und er wird nicht zimperlich sein.«

»Seine Kehle bleibt heil. Das ist der erste Schritt, um das Vertrauen aufzubauen, das wir künftig ineinander haben müssen. Wir werden meilenweit weg sein, wenn wir die anderen Fluchnutzer jagen. Wenn das funktionieren soll, müssen wir uns jederzeit und an jedem Ort sicher sein können, dass die Verfluchten keine Wechsel ohne unsere Ansage durchführen, und dass sie das FREE genau dann tauschen, wenn wir es sagen. Gleichzeitig müssen sie uns vertrauen, dass wir tun, was wir ihnen versprechen werden. Dass wir jeden Tag an ihrer Befreiung arbeiten, und uns nicht einfach ein nettes Leben mit bequemen Fluchplagen außerhalb ihrer Reichweite machen.«

Esras Blick bohrte sich in seinen und Blake konnte genau erkennen, dass es ihm schwerfiel, ihn nicht zu unterbrechen, wenn er von Vertrauen unter den Verfluchten sprach.

»Du hast selbst gesagt, dass ich der Diplomat von uns beiden bin. Lass es mich so versuchen. Wenn es nicht funktioniert, können wir beim zweiten Anlauf immer noch das Messer nehmen.«

Esra gab ihr Blickduell auf und stieg aus dem Wagen. Das nahm er dann wohl als Zustimmung. Blake atmete tief durch und folgte Esra ins Haus. Während er die Treppen hochstieg, machte er sich darauf gefasst, jede Sekunde von Eugens Illusionsmagie getroffen zu werden oder in den Lauf einer Pistole zu blicken.

Sein ganzer Körper stand unter Spannung, als er an die Tür klopfte. Das Geräusch hallte dumpf durch das Treppenhaus. Nichts regte sich. Blake legte die Hand auf den Knauf und drehte. Es war offen.

»Eugen?«, rief er in die Wohnung hinein. »Hör zu, wir wollen dein FREE nicht. Wir wollen nur–«

Die Realität drehte sich, stülpte sich um. Übelkeit überfiel ihn wie ein lauerndes Monster mit riesigen Pranken und grub sich in seine Eingeweide. Eine Eisschicht zog sich über seine Haut. Schneeflocken.

Blake ging in die Knie. Sein ganzer Körper zitterte vor Kälte und Angst. Da vorn war Hannah mit den Typen, die sie festhielten und dreckig lachten. Binnen eines einzigen Herzschlages steckte er so tief in dieser grauenhaften Erinnerung, dass er glaubte, tatsächlich eine Zeitreise gemacht zu haben, nur um diesen Moment nochmal zu erleben, in dem alles zerbrach.

Die Gedanken in seinem Kopf, die ihm sagten, dass das hier nicht real war, sondern nur Eugens fauler Zauber, drangen wie durch Watte in sein Bewusstsein. Mühevoll wandte Blake den Blick zur Seite, sah Esra neben sich kauern. Er hatte sich zusammengekrümmt und die Arme um seinen Kopf geschlungen. Blake biss sich auf die bebende Unterlippe. Esras Schmerz mischte sich mit seinem eigenen und er vergaß, wofür er hergekommen war, bis er Eugens Stimme hörte.

»Wird das irgendein running gag, den ich nicht verstehe? Dass ihr beide immer wieder bei mir auftaucht?«

»Wir haben herausgefunden, wie man den Fluch brechen kann«, presste Blake hervor. Hannahs Schreie gellten in seinen Ohren. Ihr Weinen schnürte ihm die Kehle ab. Seine eigene Tatenlosigkeit. Seine Ohnmacht. Er konnte sie nicht beschützen.

»Ach ja? Wird ja immer unterhaltsamer mit euch.« Eugen lachte, aber Esra unterbrach ihn dabei.

»Hör ihm zu«, knurrte er.

»Was wäre, wenn du ... ganz frei sein könntest?«, fragte Blake heiser. Er musste bei jedem Wort gegen die Übelkeit kämpfen, die aus ihm herausbrechen wollte, gegen den Schmerz, der Schreie formen wollte. »Für immer FREE sozusagen.«

Eugen machte einen Schritt auf sie beide zu. Hatte er es geschafft? Glaubte er, dass es möglich war? Zumindest schien er seine Neugier geweckt zu haben.

Etwas bewegte sich. Ein metallisches Schaben drang an seine Ohren. Blake schaffte es nicht, den Kopf weit genug zu heben, um zu sehen, was Eugen tat. Die Illusion raubte ihm nicht nur die Kontrolle, sondern auch die Kraft. Er kniff die Augen zusammen, um Hannahs Leid nicht mehr sehen zu müssen, aber es änderte nichts. Die Erinnerung war überall, auch hinter seinen Augenlidern.

Lautes Rumpeln links von ihm. Wie ein Kampf. »Ich mach dich fertig!« Esras Stimme wurde dumpf. Dann brach die Illusion und als ihr Griff ihn entließ, kippte Blake beinahe zur Seite. Nur mit Mühe hielt er sich auf Armen und Knien und sank vorsichtig in eine sitzende Position. Schweiß rann an seiner Schläfe hinab und seine Wangen waren feucht von Tränen. Zittrig wischte er sie mit dem Ärmel ab.

Eugen stand vor ihm. Sein Blick unbeeindruckt, seine Arme verschränkt.

»Mit dir verhandle ich. Mit dem da nicht.« Er nickte kurz in Richtung einer schweren Tür, die irgendwie neu aussah.

Dahinter dröhnten Schläge und Rufe. Eugen hatte Esra eingesperrt. »Hab den Panic Room damals für mich selbst gebaut, um dem Fluchdruck standzuhalten. Der kann einiges ab.«

Blakes Herz wummerte laut und immer heftiger, je mehr die Taubheit aus ihm wich. Der Schrecken der Illusion fiel von ihm ab und machte Platz für klarere Gedanken. Eugen war bereit, mit ihm zu reden. Das war seine Chance.

Zweifelnd blickte er auf die Tür, hinter der Esra eingesperrt war. Ein Panic Room. So einen hätte er damals auch gern gehabt.

»Zieh deine Sachen aus.«

»Was?«

Eugen neigte den Kopf. Er stand immer noch gut zwei Schritte entfernt von ihm. »Ich hab das FREE. Ich bin nicht so naiv, zu glauben, dass du nicht in meine Haut schneiden könntest, auch wenn du wie ein Kindergärtner aussiehst. Also, ausziehen. Ich will sehen, ob du irgendwo eine Klinge versteckt hast.«

Blake biss die Kiefer aufeinander und zerrte sich den Hoodie über den Kopf. Dann löste er den Gürtel, zog die Hose runter.

»Ein Kindergärtner mit ziemlich großen Tattoos. Nun gut«, kommentierte Eugen und war offenbar zufrieden damit, dass er kein Messer am Körper trug. »Schuhe noch aus. Dann mitkommen. Und wehe du streckst die Hand nach mir aus. Ich weiß, dass du Elektroschocks drauf hast.«

Er tat, was Eugen wollte und tappte ihm dann auf Socken hinterher. Die Wohnung war ziemlich langgestreckt. So lang, dass Blake hinter sich schaute, um abzuschätzen, wie weit er schon von Esras Gefängnis entfernt war. Das könnte knapp werden.

Eugen lief bis ganz ans Ende des Flures und öffnete dort eine Tür. Blake ging langsamer. Gleich würde der Kettenschmerz einsetzen. Oder? Reichte es noch?

Hinter der Tür strömte Sonnenlicht in einen hübsch eingerichteten, quadratischen Raum. Alles war in einem sanften Mintgrün gehalten – Sesselpolster, Teppiche, Blumenvasen. Die Wände setzten ein warmes Hellgrau dagegen und verliehen dem Wohnzimmer Gemütlichkeit. Mit so viel Stilgefühl hatte er bei Eugen gar nicht gerechnet, aber um ehrlich zu sein kannte er ihn ja auch kaum.

»Setz dich da hin.«

Blake musterte den Sessel, den sein Gastgeber ihm zugewiesen hatte und bewegte sich langsam darauf zu. Seine Schritte wurden immer kleiner. Dann stieß er gegen die Wand und der innere Sog, den die Fluchkette jedes Mal auslöste, traf ihn unerwartet hart.

Scheiße, er hatte vergessen, wie grässlich dieser Druck im Kopf war. Manchmal fühlte es sich so an, als würde jemand immer mehr Luft in dich hineinblasen, ohne, dass es ein Ventil gab, durch das man sie entlassen konnte. Jetzt bekam er das Gegenteil davon zu spüren – einen heftigen Unterdruck, der alles in ihm zusammenzog.

Blake versuchte, es sich nicht anmerken zu lassen, und setzte sich in den Sessel. Alles in ihm protestierte. Jede einzelne Faser wollte sich von ihm losreißen und zurück in Esras Richtung. Blake ballte die Hände auf den Oberschenkeln und drückte die Fersen gegen die Beine des Sessels.

»Was ist mit dir«, fragte Eugen. »Geht's dir nicht gut?«

Blake schluckte. Natürlich konnte er das nicht vor Eugen verbergen. Der Kerl war genauso misstrauisch wie Esra. Er entschied sich für die Wahrheit. Vertrauen. Er brauchte Eugens Vertrauen.

Schwer atmend stand er wieder auf und machte den Schritt zurück, den es brauchte, damit der Kettenschmerz aufhörte. Dann zog er den Sessel kurzerhand zu sich hin – näher zur Tür – und setzte sich erneut darauf.

»Esra und ich sind durch eine unsichtbare Kette verbunden«, erklärt er ein wenig benommen, versuchte aber, Eugens Blick mit seinem festzuhalten. »Joy hat das so eingerichtet, damit wir zusammenarbeiten, um den Fluch zu brechen.«

»Moment, langsam. Ihr beide hängt aneinander? Und wenn ihr zu weit weg voneinander seid, habt ihr Schmerzen?«

Das Funkeln in Eugens Augen verhieß nichts Gutes. Esra würde ihn für wahnsinnig erklären, wenn er erfuhr, dass er Eugen die Wahrheit gesagt hatte. Das Wissen über die Kette zu teilen, machte sie noch verwundbarer. Es war dumm, einem vermeintlichen Feind diese Information zu geben. Aber wie sollte er Eugens Vertrauen gewinnen, wenn er ihm keinen Vorschuss gab?

»Jetzt ergibt so einiges mehr Sinn. Ich wusste, dass sich niemand freiwillig an Esra hängt.« Ein zufriedenes Grinsen zog sich über Eugens Gesicht. »Erzähl mir mehr. Nein, warte ... Wenn du unter dieser Kette leidest, tut er es auch, richtig?«

Das Grinsen wurde breiter und Eugen überwand seine Angst vor einem Stromschlag und zerrte ihn aus dem Sessel hoch, zwang ihn dazu, die Grenze zu überschreiten.

Der Druck war wieder da. Blake wurde schwindelig. Und wenn er Eugen doch schockte? Er war nahe genug. Ein Keuchen schälte sich aus seiner Kehle. Schmerz bohrte sich in seine Eingeweide. Er konnte nicht denken. Eugen hasste Esra wirklich. Es machte ihm Spaß, sie so zu quälen. Vielleicht wäre das Messer doch ...

»Du wolltest reden, also rede. Erzähl mir, was ihr rausgefunden habt.«

Und Blake redete. Gepresst und mit möglichst wenig Worten erzählte er von der offenen Stadtgrenze, von der HSC und der Begegnung mit Joy. Von den Dingen, die sie ihnen erklärt hatte. Und von ihrem ersten Mord an einem der Schicksalspartner in Chicago.

Kalter Schweiß lief in Strömen über seinen Körper. Jeder Muskel bebte und in seinem Brustkorb pressten sich die Lungenflügel immer enger zusammen. Aus seinen Atemzügen wurde ein dünnes Pfeifen. Seine Beine wurden schwach. Und alles, was Eugen tat, war, ihn zu mustern wie ein Untersuchungsobjekt.

Dann stieß er ihn zur Seite. Ohne jede Vorwarnung. Blake taumelte, stolperte und landete wieder innerhalb des Kettenradius'. Schwer atmend blieb er auf dem Boden knien und raffte seine Kräfte zusammen.

»Ich habe ... ein Handyvideo ... von John ... er ist befreit.« Blake rang sich die Worte ab, während er nach Luft schnappte. Esra musste in dem Panicroom halb umgekommen sein. Sie mussten ihn da rausholen.

»Ist in meiner Hose«, erklärte er und richtete sich vorsichtig an der Wand auf. Dann arbeitete er sich Schritt für Schritt Richtung Flur voran.

»Warte.«

Blake war gerade erst am Türrahmen angekommen. Er drehte sich zu Eugen um. Was wollte er jetzt noch? Wann hatte er genug davon, Esra und ihn zu foltern? Langsam musste er ihm doch glauben, dass er nicht hergekommen war, um das FREE zu rauben. Das hätten sie mit Esras Methode viel leichter erreichen können. Er musste ihm doch glauben, oder?

Angespannt sah Blake Eugen an. Es war viel härter, als er es sich ausgemalt hatte. Er hatte wirklich geglaubt, dass er

Eugen überzeugen können würde, weil er es bei Esra geschafft hatte. Aber das ließ sich nicht vergleichen.

Esra hatte er wochenlang studiert, hatte verstanden, wie er dachte, wie er tickte, wie er fühlte ... und warum. Dabei hatte er ebenfalls eine Menge eingesteckt. Eine verdammt große Menge Schmerzen und Leid. Er konnte Eugen nicht auf dieselbe Art lesen. Er hatte sich maßlos überschätzt.

Eugen kam auf ihn zu. Blake rechnete mit einer neuen Illusion und auch damit, dass er eine Pistole ziehen könnte, vollkommen ohne sichtbaren Grund. Aber dann ging er doch nur an ihm vorbei. Angespannt folgte Blake ihm zu dem Klamottenhaufen auf dem Boden.

Mit spitzen Fingern fischte Eugen das Handy aus seiner Kleidung und gab es ihm. Blake nahm es erleichtert entgegen, entsperrte es und suchte schnell das Video heraus. »Hier«, er gab es Eugen in die Hand.

»Ich hab mich gerade daran erinnert, wie du mich damals gegrillt hast«, sagte Eugen und betrachtete nicht das Handy, sondern sein Gesicht.

»Ohne ein bisschen Wiedergutmachung kann ich das Kriegsbeil zwischen uns leider nicht begraben.« Eugens Worte kamen ihm übertrieben laut vor. Hinter der Tür hämmerte es. Blake schluckte. Was wollte Eugen denn noch von ihm? Eine förmliche Entschuldigung?

»Geh auf die Knie.«

Verwirrt starrte er Eugen an. Diese Miene, die nur zwei verschiedene Ausdrücke kannte: brutale Gleichgültigkeit und beißendes Amüsement. Aus schmalen Augen schaute er ihn an. Was sollte das werden?

Blake blickte auf sein Telefon, das Eugen noch in der Hand hielt. Dann kniete er sich hin, so wie Eugen es wollte. Wenn es half, dann würde er sich eben kniend entschuldigen.

Ehrlich, das war ihm scheißegal, wenn sie dafür dann endlich alle an der Beendigung des Fluches arbeiten konnten.

»Ich schaue mir das Video an, und du hältst brav still«, sagte Eugen. Er sprach immer noch so laut. Wahrscheinlich, damit Esra sie besser hören konnte. Das laute Dröhnen hinter der Tür klang, als würde Esra nicht mehr boxen, sondern sich mit dem ganzen Körper dagegen werfen.

Eugen startete das Video. Mit der freien Hand strich er ihm über die Wange und steckte ihm zwei Finger in den Mund. Blake verzog das Gesicht. Was sollte diese kranke Scheiße? Angespannt hielt er sich davon ab, Eugen zu beißen. Der fummelte in seinem Mund herum, zog die Hand dann wieder raus und verteilte den gesammelten Speichel auf seinem Gesicht. Was für ein ekelhaftes Gefühl.

Blake zitterte vor Anspannung und Demütigung. Er schaute absichtlich nicht nach oben und konzentrierte sich nur auf die Geräusche aus dem Handy. Eugen schaute das Video. Das war es, was er erreichen wollte. Der Spuk hier war gleich vorbei.

Harscher Schmerz brannte sich in seine Wange. Blake japste nach Luft. Die Ohrfeige war aus heiterem Himmel gekommen. Seine Fingernägel gruben sich in die Handflächen. Er verstand immer besser, warum Esra Eugen hasste, aber er beherrschte sich. Er musste das hier durchstehen. Sie brauchten Eugens Unterstützung. Er war derjenige, dem das FREE am schwersten abzunehmen war, wenn er sich wehrte ... zumindest, soweit sie wussten. Sie brauchten ihn auf ihrer Seite.

»Wenn du swipst, siehst du eine Liste von den Leute, die wir über das Fluchnutzer-Radar identifizieren konnten«, sagte Blake, gerade noch rechtzeitig, bevor Eugen schon wieder mit den Fingern an seinem Mund herumspielte.

Blake verzog das Gesicht.

In dem Panicroom donnerte es und der Aufprall dort drinnen war so heftig, dass Blake die Vibration im Boden spürte. Ob Eugen wohl Esras STRENGTH in den Bau mit einkalkuliert hatte?

Im nächsten Moment ächzte das Metall. Ein schrilles Kreischen bohrte sich in seine Ohren. Ein Teil der Tür brach.

Eugen hatte es auf einmal eilig. Er fuhr ihm mit einer Hand wild durchs Haar und zerzauste sie schmerzhaft. Mit der anderen Hand öffnete er seine Hose.

»Du warst ja echt schnell, Esra«, bemerkte er.

»Lass die Finger von ihm, Bastard!« Esras Stimme grollte so tief und dunkel, dass selbst Blake Angst vor ihm bekam. Mit einem Satz war Esra bei ihnen, stieß Eugen von ihm weg und nagelte ihn auf dem Fußboden fest wie ein Löwe. Der Aufprall der beiden Männer hallte durch die ganze Wohnung.

»Ich reiße dir deinen verfickten Kopf ab«, drohte Esra und hatte bereits eine Hand an Eugens Hals. Blake war sich sicher, dass er das in die Tat umsetzen würde. Ein wenig taumelnd kam er auf die Beine, wischte sich übers Gesicht und stolperte zu den beiden hinüber.

»Hey hey hey«, erwiderte Eugen hustend. Er machte einen seltsam ruhigen Eindruck. »Nicht so aggressiv, mein Lieber. Wir sind doch jetzt ein Team.«

»Ein Team?«

»Dein Fuckbuddy hat mich überzeugt.« Eugen wedelte mit dem Handy herum, auf dem das Video immer wieder von vorn begann. »Ich helfe euch.«

KAPITEL 6

ESRA WARTETE MIT verschränkten Armen vor der Badezimmertür und hörte dem Rauschen des Wassers zu. Blake hatte darauf bestanden, dass sie gleich nochmal losfuhren, um auch Mike noch ins Boot zu holen, auch wenn *ihm* die Laune reichlich vergangen war.

Das Bild von Eugen, der überheblich grinsend mit offener Hose vor dem knienden Blake stand, die Hand in seinem Haar ... Esra schlug gegen die Wand.

»Ich bin ja gleich fertig«, kam es von drinnen.

Hitze durchflutete ihn. Er hasste diesen verdammten Wichser. Hasste ihn so sehr. Seinen bescheuerten Panicroom verwüstet, und die Tür demoliert zu haben, brachte nicht ansatzweise genug Befriedigung mit sich. Eugen hatte Blake angepackt.

Auch wenn der behauptete, es sei nichts gewesen und alles nur Show, konnte er das nicht ganz glauben. Blake hätte doch alles gesagt, um ihn zu beruhigen. Für das verfickte Team und so.

Ihm wurde speiübel, wenn er daran dachte, dass Blake für das Team vielleicht Eugens stinkenden Schwanz ...

Endlich ging die Tür auf.

Blakes Gesicht war leicht gerötet vom Abtrocknen und seine Haarspitzen noch nass, aber er sah wieder sauber und frisch aus. Sein Lächeln glättete die peitschenden Wogen in ihm nur mäßig.

»Wir können los.«

Sie brachen wieder auf. Dieses Mal zu Mike, der es ihnen zum Glück nicht ganz so schwer machte. Sie mussten einem Beistelltischchen, einem Briefbeschwerer und ein paar Stiften, die wie spitze Geschosse durch die Luft sausten, ausweichen, ehe Blake es schaffte, ihm das Video zu zeigen und alles zu erklären.

Mike war viel leichtgläubiger und unvorsichtiger als Eugen, was ihnen in diesem Fall zugutekam. Es gab kein langes Rumgemache. Mike musterte sie beide mit großen Augen, nachdem er John in dem Video gesehen hatte, und fiel Blake dann lachend in die Arme. Gut für ihn, dass er das nicht bei ihm versucht hatte.

»Natürlich helfe ich«, versicherte er.

»Gut. Wir treiben noch die fehlenden drei auf und beraumen dann ein Treffen an. Gibst du mir deine Nummer?«

»Ein Treffen mit allen Verfluchten? Das wird ja fast wie früher«, murmelte Mike und ließ sein Handy zu sich fliegen. Er griff es aus der Luft und fing an, darauf herumzutippen. Schließlich sagte er Blake die Nummer an und speicherte ihn ebenfalls ab.

Sie konnten sich schnell wieder aus dem Staub machen und noch etwas zum Anzünden für Blakes PYROMANIA suchen. Das war bitternötig, denn Blake bekam schon wieder leuchtende Augen, sobald er sich eine Kippe anzündete.

Esra hätte ihm gerne Eugens Wohnung zum Anzünden angeboten, aber am Ende fuhren sie doch nur raus ins Industriegebiet, wo es irgendeine heruntergekommene Lagerhalle traf. Das hielt nie lange vor – PYROMANIA gefiel es besser, wenn es Menschen in Gefahr bringen konnte, aber sie waren sich beide einig, dass das nicht infrage kam.

Auf dem Weg nach Hause fielen ihm mehrmals fast die Augen zu. Esra schloss die Finger fester um das Lenkrad. Normalerweise schaffte er mehr als lausige drei oder vier Tage ohne Schlaf, aber die Scheiße, die Eugen abgezogen hatte, hatte ihn ganz schön ausgelaugt. Das Zerren an der Kette und der Kampf gegen die Metallwände, während er genau wusste, dass Eugen irgendwelche Scheiße mit Blake abzog.

Mit zu Schlitzen verengten Augen starrte er auf die Straße, versuchte, sich nichts anmerken zu lassen. Zu Hause würde er noch ein bisschen Energy kippen und dann ging es schon wieder.

»Hey, soll ich lieber fahren?«, fragte Blake. Das mit dem Nicht-Anmerken-lassen hatte wohl nicht funktioniert. Esra knurrte ein Nein und krallte sich am Lenkrad fest. Aus dem Augenwinkel sah er, wie Blake sich seinem Handy zuwandte, das gerade aufleuchtete. Hatte er eine Nachricht bekommen?

Seine Finger huschten über das Display, er tippte irgendwas ein.

»Schreibst du jetzt Nachrichten mit Eugen?«

»Er meint, dass er die Adresse und Telefonnummer von einem der anderen Verfluchten gefunden hat. Von denen, die nicht jagen.«

Esra schnaufte. »Ist ja schön.«

Blake tippte weiter. Eine Weile passierte nichts, dann schienen neue Nachrichten einzutrudeln. Ein Lächeln huschte über Blakes Züge. Esra überfuhr beinahe die Ampel und stieg so hart in die Eisen, dass hinter ihm jemand hupte.

»Zum Glück sind wir fast da«, murmelte Blake, der sich an der vorderen Konsole abgestützt hatte, und sich erneut dem Chat auf seinem Handy widmete. Nicht mal einen besorgten Blick warf er ihm zu.

»Was schreibt er denn noch?«, wollte Esra wissen und richtete nur mit Mühe den Blick wieder auf die Straße und die rote Ampel.

»Dass ich dich grüßen soll.«

Später am Abend kamen noch mehr Nachrichten. Blake erzählte ihm, dass Eugen das Treffen weitestgehend arrangiert hatte. Sie würden sich alle im Haus von einem Timothy einfinden. Die Adresse stammte aus einer Mittelklasse-Wohngegend am Rande der Stadt.

»Tim hat Kontakt zu den anderen beiden Verfluchten, die wir nicht kennen. Er sorgt dafür, dass sie kommen. Die anderen habe ich angeschrieben. Morgen treffen wir uns.«

Blake wirkte richtig aufgekratzt. Viel zu sehr, als würden sie in ein Sommercamp fahren. Morgen trafen sie fünf Verfluchte. Der Ärger war vorprogrammiert.

»Pack schon mal Verbandszeug und Schmerztabletten ein«, grummelte er. »Um die Waffen kümmere ich mich.«

Blakes Enthusiasmus schrumpft sichtlich. Er legte das Handy beiseite und zog die Beine aufs Sofa in den Schneidersitz. »Eine Online-Telefonkonferenz oder so wäre weniger gefährlich, aber ich mache mir Sorgen um unsere Sicherheit. Du hast das Hauptquartier von denen gesehen ... ich kann mir nicht vorstellen, dass es schwierig für die wäre, unser Telefonat zu hacken oder so. Nicht, dass ich mich sonderlich gut mit sowas auskenne.«

Esra seufzte genervt. Blake hatte schon Recht mit seinen Gedanken. Sie durften die HSC auf keinen Fall auf die leichte Schulter nehmen. Dass gerade eine von ihren Fluchnutzerinnen umgekommen war, gefiel ihnen sicher nicht und vermutlich gab es diesbezüglich auch Nachforschungen.

Wie sie sie wohl überwachten? Automatisch blickte er sich in seinem Wohnzimmer um, als könne da auf einmal eine Kamera sein, die er vorher nie bemerkt hatte.

»Es ist wahnsinnig, uns alle auf einem Fleck zu versammeln«, brummte er. »Eugen wird ganz sicher nicht dahin kommen, das kann ich dir jetzt schon sagen.«

»Er hat es versprochen.«

Esra lachte. »Ja, bestimmt hat er das. Und du glaubst ihm.«

Das Nicken kam zögerlich, aber es kam.

»Um was wollen wir wetten, dass ich Recht habe?«

»Wenn du Recht hast, ...« Blake grübelte. Ihm schien nichts einzufallen. Esra schnaubte.

»Wenn ich Recht habe, gibst du dir nochmal ernsthaft Mühe mit NBA 2k22«, sagte er und deutete auf die Konsole.

»Warum soll ich immer gegen die KI spielen, wenn ich einen anderen Typen hier hab?«

Blake lachte knapp. »Weil dieser andere Typ lausig in dem Spiel ist. Aber gut, wenn Eugen nicht auftaucht, gebe ich der Sache noch eine Chance.«

»Und für den lächerlich unwahrscheinlichen Fall, dass Eugen doch auftaucht? Was soll mein Einsatz sein?« So gefiel ihm das schon besser.

»Wenn du verlierst, erzählst du mir, wie das mit euch beiden angefangen hat. Warum er dich so hasst.«

Da gab es nicht viel zu erzählen, aber gut, das würde er eh niemals einlösen müssen. »Deal.«

Die Nacht vertrieb er sich genau wie die letzten mit Videospielen, Actionfilmen, Koffein und Zigaretten. Eine Tour über die Dächer hätte gut getan – kalte Luft und tiefe Schluchten – aber das ging wegen der Kette weiterhin nicht. Auch das Trainieren im Fitnessraum fühlte sich irgendwie überflüssig an, seit er diese neue Fähigkeit hatte. Von Blakes hingegen fehlte immer noch jede Spur. Ob bei ihm was schiefgegangen war?

Zum Frühstück rührte Blake irgendeinen Teig in einer Schüssel an. Esra hing in Boxershorts und T-Shirt auf dem Sofa und schlug sich durch den letzten Bosskampf von NieR:Automata. Mal wieder.

Inzwischen war er wirklich müde und das zeigte sich auch an seinen Reaktionen. Irgendwann letzte Nacht musste er für ein paar Sekunden eingenickt sein – das hatte ihn die Hälfte seines Lebensbalkens gekostet. Ein Wechsel wäre nicht schlecht.

Die Gelegenheit dazu bot sich ja heute, falls Eugen so dumm war, zu dem Treffen zu erscheinen. Er schnaufte. Nein, eigentlich brauchte er keinen Wechsel. NIGHTMARE eignete sich gut für die Jagd. Es pfuschte einem nicht rein. Viel besser als sowas wie DELUSIONS oder RAPE.

Blake stellte einen Teller vor ihm ab und ein leckerer Geruch stieg in Esras Nase. Aus dem Teig waren Pancakes geworden. Goldbraun leuchteten sie ihn an. Blake stellte das fast leere Glas Erdnussbutter auf den Tisch. Genau das, was er brauchte.

»Du hast dir gar keine Schürze umgebunden«, witzelte Esra und versuchte, damit zu überdecken, wie angenehm er es fand, dass Blake ihnen ein richtiges Frühstück gemacht hatte.

»Es gibt keine«, erwiderte Blake schlicht und strich Frischkäse auf seinen eigenen Pancake-Stapel. Esra sah stirnrunzelnd dabei zu, dann schüttelte er den Kopf und kümmerte sich darum, die letzte Erdnussbutter aus dem Glas zu kratzen.

In seinem müden Hirn lief alles ein bisschen anders. In der Nacht waren seine Gedanken träge dahingetrieben wie Holz auf dem Meer, während sie jetzt sinnlos durcheinandersprangen und alberne Bilder von Blake in einer Küchenschürze malten.

Blake in einer Küchenschürze.

Und Blake in einer Küchenschürze ohne etwas darunter.

»Weißt du irgendwas über die anderen Verfluchten? Worauf wir uns einstellen müssen?«

Esra kaute eine Weile auf seinem Pancake herum, bevor er antwortete. »Einer von denen ist so einmal im Jahr bei der Jagd aufgetaucht. Ein schwarzhaariger. Konnte, glaube ich, mit Wasser rumspielen.«

Blake gab ein Brummen von sich. »Also noch mehr Elementar-Fähigkeiten.«

»Wenn wir da hin kommen, musst du bereit sein, sie auch zu schocken«, mahnte er ihn. »Die Wahrscheinlichkeit ist groß, dass einer von denen RAPE, MURDER oder RAGE hat. Ich werde nicht dabei zusehen, wie du dich um des Friedens Willen oder um irgendjemandes Vertrauen zu gewinnen, von ihnen verletzen lässt.« Er bedachte Blake mit einem ernsten Blick. Er hätte das auch bei Eugen nicht zugelassen, aber gegen seine Fähigkeit war er so verdammt machtlos, dass nur der Gedanke daran ihn schon wieder die Fäuste ballen ließ.

»Wir passen auf, aber ich denke, wir werden klarkommen. Wir treffen uns bei Tageslicht und sicher werden alle dafür gesorgt haben, dass sie nicht unter dem heftigsten Druck leiden.«

Esra schüttelte den Kopf und warf dann einen Blick in das Glas. Jetzt war wirklich nichts mehr drin. Kurz flog sein Blick zu Blakes Frischkäse. Nein, dann lieber ohne alles.

Um Punkt sechzehn Uhr kam das Haus in Sicht, in dem sie die Verfluchten treffen würden. Es war eine kleine Siedlung, die schon beinahe nicht mehr zur Stadt zu gehören schien. Die Einfamilienhäuser hier wirkten ein bisschen heruntergekommen – wie eine düstere Version der typischen sauberen Vorstädte.

Sie fuhren an einer umgeworfenen Mülltonne vorbei, an der sich gerade zwei neugierige Katzen tummelten. Die Bushaltestellen waren mit Graffiti besprüht und einige der Zäune hatten dringend neue Farbe nötig. Viele der Gärten wucherten vor sich hin. Stirnrunzelnd schaute Esra sich um.

Trotz des heruntergekommenen Flairs war das hier ein Viertel, in dem es so etwas wie eine Nachbarschaft gab. Leute, die einen beobachtete. Neugierige Omis, die jeden deiner Schritte bemerkten, weil ihnen vor der Glotze langweilig wurde. Hier lebte ein Verfluchter?

Sie hielten vor einem kleinen Haus, dessen Fassade wahrscheinlich mal weiß gewesen war, und stiegen aus. Riesige Hecken umzingelten das Grundstück. Eine Gartentür aus schwarzen Metallstreben, die nach oben hin spitz zuliefen, versperrte den Weg.

»Mir gefällt das nicht«, murmelte Esra. Ihm fehlte das alte Radar. Die anderen Verfluchten nicht spüren zu können, schürte Unruhe. Wie viele waren in dem Haus? War Eugen dort oder nicht? Wartete man auf sie?

Blake drückte die Klinke herunter. Das Tor quietschte. Ein langgezogener, gequälter Laut. Sie betraten das Grundstück. Er konnte nicht zurückbleiben, wenn Blake so selbstbewusst voranging. Einerseits wegen der Kette – andererseits, weil Blake ihn verdammt nochmal brauchen würde. Er war schon mit Eugen viel zu naiv umgegangen.

Die Tür schwang auf, noch bevor Blakes Finger die Klingel berührt hatte. Ein junger Mann erschien in dem Spalt. Er war minimal kleiner als Blake, schlank und hatte blondes, kurzes Haar und ein paar Sommersprossen, die sich quer über seinen Nasenrücken zogen. Ein Blick aus wasserblauen Augen traf sie, der so offen und irgendwie ... verständnisvoll wirkte, dass Esra sich seltsam entwaffnet fühlte. Der Typ schaute zwischen ihnen hin und her, lächelte schwach und begrüßte sie mit einem: »Hallo, freut mich, euch kennenzulernen.«

»Bist du Tim?«, fragte Blake und schüttelte die Hand, die der Fremde ihm anbot.

Der Hausbesitzer nickte und trat zur Seite.

»Ich bin Blake und das ist Esra.«

Tim nickte, als wüsste er das bereits.

Sobald er im Flur stand und die Tür hinter ihm zufiel, unterzog Esra diesen Tim einer genaueren Musterung. Er trug Bermudas und ein ausgewaschenes Hemd mit hochgekrempelten Ärmeln, das er in den Hosensaum gesteckt hatte. Wirkte nicht, als ob er darunter noch eine Waffe verstecken könnte.

»Was ist deine Fähigkeit?«, fragte Esra und sah ihm durchdringend in die hellen Augen.

Tim neigte den Kopf. Er sah immer noch freundlich aus und so, als habe er rein gar nichts zu verbergen. Nicht einmal seine Angst. Dass er eingeschüchtert von ihm zu sein schien, war immerhin gut.

»Ich kann Gefahr spüren«, erwiderte er.

Esra zog die Brauen zusammen. Das klang unaufrichtig. Gefahr spüren? Das konnte er auch: Dieses Haus war vollgestopft davon. Lag an den ganzen Verfluchten.

»Ich werde dafür sorgen, dass das hier nicht außer Kontrolle gerät. Wenn bei jemandem der Fluchdruck zu groß wird, merke ich es.«

»Ja, das merke ich auch. Wenn er mir mit MURDER an die Kehle springt.«

Blake berührte ihn am Arm. Esra warf ihm einen Ist-doch-wahr-Blick zu. Der Kerl wollte sie wohl verarschen. Sowas wie Gefahr zu spüren war doch keine echte Fähigkeit. Timothy belog sie, das wusste er. Und dieses Wissen fütterte nicht gerade sein Vertrauen.

»Kommt mit ins Wohnzimmer«, sagte Tim.

In dem verdammten Wohnzimmer tummelten sich bereits mehrere andere Männer in ihrem Alter. Esras Blick huschte von einer Tür zur anderen und scannte die Lage der Fenster. Dann schaute er wieder zu Tim und bewegte sich dann an der Wand entlang zum anderen Endes des Raumes.

So lange sie hier waren, würde er Abstand von diesem Kerl halten. Er war ihm nicht geheuer und wer seine Fähigkeit verschleierte, der hatte vermutlich eine ziemlich starke. Shit, dabei hatte er immer gedacht, Eugen und Blake wären stark. Was hatte dieser Timothy in petto?

Er würde den Kerl genau im Auge behalten.

Leider schien Blake wie erwartet weniger misstrauisch an die ganze Sache heranzugehen. Er blieb bei dem Kerl stehen und redete mit ihm. Dem war wohl einfach nicht zu helfen.

Angespannt richtete Esra seine Aufmerksamkeit auf die anderen Typen. Einer hatte dunkles, kurzes Haar und saß übertrieben aufrecht auf dem Sofa. Neben ihm saß ein anderer, der ein Cappy trug, unter dem rote Strähnen hervorschauten.

Das waren also die beiden Nicht-Jäger, die zu Tim gehörten. Der mit den schwarzen Haaren war der Wasserwerfer. Was konnte der andere? Hoffentlich nicht irgendwelchen Psycho-Scheiß. Und noch wichtiger: Welche Flüche hatten die drei?

Eine Bewegung im Augenwinkel ließ Esra den Kopf drehen. Aus einem anderen Raum, der wahrscheinlich die Küche war, kam Mike herein. Er trug eine große Glasschüssel vor sich her, die er auf dem Tisch in der Mitte des Raumes abstellte. Der Kerl sah richtig vergnügt aus.

Tim füllte sie sogleich mit Chips und Mike schleppte Bier und Limonade herbei. Wurde das hier wirklich eine Verfluchten-Party mit Snacks und Netflix oder was?

»Ich will wissen, was jeder hier für Tattoos hat«, sagte er laut und unterbrach damit Blakes und Tims Gespräch und auch das leise Murmeln zwischen den beiden auf dem Sofa.

»Ich verstehe total, dass das hier eine angespannte Situation für alle ist«, sagte Tim so ruhig wie eh und je. Den Typen schien nichts aufzuregen. »Aber ich versichere euch, dass ich es merke, wenn sich hier bei jemandem der Fluch meldet. Im Moment ist alles ruhig, also ...«

»Dann hoffe ich mal, dass du kein DELUSIONS hast«, unterbrach Esra ihn.

Tim schüttelte den Kopf. »Ich hab DECAY.« Er zog sein Hemd aus dem Hosenbund und zeigte ihm die schwarzen Buchstaben. Immerhin das stimmte. Esra brummte vor sich hin.

Dieser Tim sollte also ihre Versicherung sein, dass nichts passierte? Sein Blick wanderte über die beiden auf dem Sofa.

»Esra, das sind Freddie und Sam, zwei Freunde von mir.« Timothy stemmte die Hände aufs Sofa und musterte die beiden. »Wir kannten uns schon lange vor dem Fluch. Freddie beherrscht jegliches Wasser und kann auch welches erschaffen, Samuel kann sich und andere teleportieren. Euch droht keine Gefahr von uns.«

Von euch Weichlingen vielleicht nicht, aber vom Fluch allemal. Was konnte der Kerl? Mit Gedankenkraft töten oder so? Es wäre witzig, wenn es bei ihm so wie bei Blake wäre – dass er sich nicht traute seine Kraft einzusetzen. Das würde dann auch erklären, warum er trotz starker Fähigkeit nie gejagt hatte. Aber alles nur Theorien.

»Ich hab MURDER«, meldete sich Mike zu Wort. Er lehnte jetzt im Türrahmen der Küche.

Freddie hob die Hand und sagte: »DELUSIONS.«

Esras Blick wanderte zu Sam. »RAPE.«

»Na wunderbar«, kommentierte Esra. Er war so verdammt froh, dass er nichts hatte, das ihn im Kampf beeinflussen konnte. Wenn es hart auf hart kam, würde er nicht den Kürzeren ziehen. Er konnte sie alle in die Tasche stecken.

»Und ich hab das FREE«, drang eine Stimme zu ihnen ins Zimmer. Esras Augen weiteten sich. Er war tatsächlich hier. Eugen erschien in der anderen Tür, trat ins Wohnzimmer und zog die Tür hinter sich zu. Wie konnte er beim Anblick von sechs anderen Verfluchten so ruhig bleiben, wenn er derjenige mit der Zielscheibe auf der Kehle war? Hatte er so viel Vertrauen in diesen Tim oder lag es daran, dass er sich auch gegen sechs andere im Vorteil sah, weil er die stärkste Fähigkeit besaß? Wusste er eigentlich, was Tim konnte? Verdammt, er hasste es, dass er es nicht wusste.

Esra bezweifelte, dass er sechs Leute gleichzeitig mit seinen Illusionen beherrschen konnte. Mike, John und ihn hatte er früher nur gerade so gleichzeitig bändigen können. Doppelt so viele wären selbst für ihn eine Nummer zu groß, richtig?

Die von Anspannung getränkte Luft in diesem schicken Wohnzimmer ließ sich kaum atmen. Esra schaute zu Blake, der die anderen Verfluchten musterte. Dachte er immer noch, er könnte sie als Team hinter sich versammeln? Sie konnten froh sein, wenn sie hier rauskamen, ohne die Bude aus Versehen abzufackeln.

KAPITEL 7

BLAKE WUSSTE, DASS Esra ihn dafür ausgelacht hätte, aber er fühlte sich tatsächlich wie bei einer Art Klassentreffen. Das Treffen einer Schulklasse, zu der er früher nur auf dem Papier gehört hatte. Es war unheimlich, sechs anderen Verfluchten gegenüberzustehen, aber es erfüllte ihn auch mit einem Gefühl von Mut und Hoffnung. Diese Männer waren wie er. Tim und Freddie und Sam ... sie hatten dieselbe dunkle Zeit durchgestanden wie er und sie waren noch hier.

Tim konnte sogar noch lächeln. Er lächelte überraschend viel für jemanden, der verflucht war - das fiel sogar ihm auf. »Wir werden zusammen dafür sorgen, dass hier kein Chaos ausbricht«, sagte Tim leise zu ihm. »Ich spüre die Gefahr auf, bevor sie ausbricht und du kannst denjenigen mit einem kleinen Stromschlag dazu bringen, die Kontrolle über sich zurückzugewinnen.«

Blake nickte ihm zu. Das klang nach einem guten Plan.

»Und jetzt erzähl ihnen, was ihr erlebt habt.«

Tim ging an ihm vorbei und setzte sich neben Sam. Blake atmete durch und ging zwei Schritte in den Raum hinein. Hinsetzen wollte er sich nicht, auch wenn er Tim vertraute. Mike reichte ihm ein Glas Cola und Blake trank dankbar einen Schluck. Dann fing er an, zu erzählen. Die ganze Geschichte von der offenen Stadtgrenze bis hin zu Joy, die an haufenweise medizinischen Geräten hing und ihnen von ihren Schwestern und dem Ritual berichtete. Deren Stimme unter der Last ihrer Schuld bebte und die ihnen erklärte, wie sie den Fluch auflösen konnten.

Im Raum war es vollkommen still. Nicht einmal Atemzüge waren zu hören. Alle schwiegen und starrten ihn an. Vor allem Freddie und Sam musterten ihn fasziniert und ungläubig.

»Wir werden uns auf die Jagd nach den Fluchnutzern machen, sie umbringen und euch alle befreien. Aber wenn wir nicht hier sind, haben wir keinen Einfluss mehr auf den Wechsel der Plagen und der hat uns bei unserem ersten Attentat ordentlich reingefunkt«, berichtete er. »Um ein Haar wäre es schiefgegangen. Deswegen brauchen wir eure Hilfe als Team im Hintergrund. Ihr müsst dafür sorgen, dass die Flüche konstant bleiben, wenn wir arbeiten, und dass sie wechseln, wenn wir einen Wechsel brauchen.«

Nun stand Samuel auf, starrte ihn regelrecht fassungslos an. »Du willst, dass wir uns gegenseitig die Kehlen durchschneiden? Auf euer Kommando? Damit ihr tausende Meilen entfernt ... Also nichts für ungut, aber ... ihr könnt machen, was ihr wollt, sobald ihr aus der Stadt seid.«

»Er hat Recht, wir sind ja eurem Gutdünken ausgeliefert. Wer sagt uns denn, dass ihr wirklich vorhabt, uns alle zu befreien. Du hast erzählt, dass ihr vorher nicht wisst, wer miteinander verbunden ist, also könnte es auch sein, dass ihr zuerst befreit werdet, und dann sitzen wir hier fest.« Die beiden Brüder nickten fast gleichzeitig.

»Wenn ihr Blake kennen würdet, wüsstet ihr, was für einen Bullshit ihr labert.« Das kam aus Esras Ecke. »Blondie würde sich eher selbst umbringen, als euch hängen zu lassen, nachdem er versprochen hat, euch zu befreien. Team Fluch.« So ironisch er bei den letzten beiden Worten auch klang, so dankbar war Blake ihm für seinen Beistand. Ein dünnes Lächeln entspannte seine Züge.

Auf die Jungs schien das allerdings nur milde Eindruck zu machen.

»Ich glaube dir nicht«, sagte Freddie frei heraus.

»Sollen wir abstimmen?«, fragte Eugen sichtbar genervt und hob schon die Hand.

Blake schüttelte den Kopf. »Nein. Ich will, dass das einstimmig entschieden wird. Das werden aufreibende, harte Wochen. Es wird nur funktionieren, wenn alle dahinterstehen.« Er trat vor das Sofa zu den beiden Brüdern. Misstrauten sie ihnen, weil sie Jäger waren? Blake konnte sehr gut verstehen, dass das mit dem Kehlen durchschneiden sich grässlich anhörte. Es *war* grässlich. Aber ihre beste Möglichkeit, das alles bald zu beenden.

»Ich habe meiner kleinen Schwester versprochen, dass ich den Fluch breche. Und da reicht es nicht, wenn ich nur mich befreie. Ich werde alles beenden. Wir werden alle frei sein, vorher gebe ich keine Ruhe.« Er wandte den Kopf zu Esra. »Ich habe auch bei dem da keine Ruhe gegeben.«

Esra schnaubte. »Ich hab ihn abgestochen. Er hat trotzdem weitergemacht.«

Wurde Freddie gerade noch blasser, als er ohnehin schon war? Blake lächelte leidgeprüft. Er hatte nicht damit gerechnet, dass es so schwierig werden würde, die anderen zu überzeugen.

Er wandte sich Mike und Eugen zu. »Ihr wärt bereit, es so zu machen?«

Eugen verschränkte die Arme. »Ich bin nicht allzu überzeugt davon, dass Esra zu so viel Nächstenliebe fähig ist, aber ich sehe auch keine Alternative. Wir können nicht aus der Stadt. Ihr seid unsere einzige Möglichkeit.« Blake nickte und war froh über Eugens Pragmatismus.

Mike zuckte gelassen mit den Schultern. »Lieber den Versuch wagen als gar nichts. Wir hatten jahrelang überhaupt keine Aussicht auf Rettung. Ich bin bereit, das Spiel eine Weile mit geänderten Regeln zu spielen.«

Das machte Blake Mut. Aber es schien nichts an Freddies und Sams Meinung zu ändern. »Könnt ihr es nicht sowieso auch ohne uns machen? Habt ihr doch bisher auch. Ihr beide könnt euch gegenseitig aufschneiden.«

»Unglaublich, was für Schisser ihr seid.« Esra lachte.

»Es stimmt«, sagte Blake schnell. »Es stimmt, dass die Wechsel auch mit weniger Leuten durchgeführt werden könnten, aber wenn immer nur zwei hin und her tauschen, stellt der Fluch sich quer. Esra und ich haben das eine Weile versucht und das Ergebnis war verheerend.«

»Ich will das nicht machen«, sagte Freddie leise zu Sam und der drückte seine Schulter. Die beiden waren entschlossen, außen vor zu bleiben. Blake konnte es ja einerseits verstehen, aber andererseits brachte ihn das gerade zum Verzweifeln.

»Wir bieten euch die Freiheit an und ihr heult rum wegen ein bisschen Blut. Der Fluch heilt eure zarte Babyhaut wieder.« Esra schien langsam die Geduld auszugehen. Er kam aus seiner Ecke und stellte sich neben ihn. Wenn die beiden ihre Meinung nicht änderten, würde Esra ihn drängen, dass sie wieder gingen.

Nachdem John befreit war, waren abgesehen von ihnen nur noch Eugen und Mike als Jäger übrig. Was bedeutete, dass sie irgendwann auf einer Fluchkombination festsitzen würden, wenn von den anderen keiner eine Kehle durchschneiden wollte. Das kam zu ihrem Schlamassel noch dazu. Schön für den mit dem FREE ... aber was, wenn sie dann RAPE, DELUSIONS, NIGHTMARE oder DECAY hatten? Auch RAGE würde ihnen den Plan auf Dauer deutlich erschweren, ebenso wie DISEASE. Sie *brauchten* die Wechsel.

»Okay«, sagte Tim, der sich bis jetzt eher im Hintergrund gehalten hatte. Es klang, als hätte er die Lösung. »Ich ... Hört mir einen Moment zu, okay?« Alle Blicke wanderten zu ihm. Timothy umrundete das Sofa, stellte sein Trinkglas auf den Tisch und holte dann tief Atem.

»Ihr könnt Blake und Esra vertrauen.«

»Nur weil du die Gefahr *jetzt* noch nicht spürst«, setzte Freddie an, aber Tim unterbrach ihn mit einer Geste.

»Nein. Das ist es nicht.« Tim knetete seine Finger. »Ich war nicht ganz aufrichtig zu euch. Es stimmt zwar, dass ich Gefahr erkenne, bevor sie zuschlägt, aber das ist nicht meine Fähigkeit. Ich kann eure Gedanken hören. Die Gedanken von allen Menschen in meiner Nähe. Die ganze Zeit. Deswegen weiß ich, dass die beiden wirklich meinen, was sie sagen. Sie sind fest entschlossen, uns alle zu befreien. Jeden Einzelnen. Esra möchte sogar Eugen befreien, obwohl die beiden sich hassen.«

Freddie, Tim und Sam zuckten kollektiv zusammen, als Esra aus dem Stand durchs Wohnzimmer sprang und im Türrahmen der Küche landete – offensichtlich bestrebt, Abstand zu Tim zu gewinnen. Blake wusste, wie sehr er Psycho-Kräfte verabscheute, und sowas wie Gedankenlesen musste ziemlich weit oben auf der Hass-Liste stehen.

»Du ... kannst unsere Gedanken hören?«, fragte Samuel nach. »Die ganzen Jahre schon?« Seine Stimme war leise und nicht mehr so von Widerwillen geprägt wie zuvor. Dafür hatte sie nun etwas Lauerndes.

Tim nickte und senkte dann den Kopf. »Ich wollt's euch sagen, aber ... ich konnte nicht so richtig.«

Freddie schnaufte. »Ich dachte, wir sind beste Freunde.«

»Ich weiß. Ich weiß, dass das ziemlich krass ist. Wir müssen darüber reden. Aber ... zuerst lasst uns bitte die Sache mit dem Fluch klären. Blake und Esra brennen darauf, auf die Jagd zu gehen. Sie werden uns befreien. Ich ... weiß ein paar von den Dingen, die sie schon geschafft und durchgemacht haben. Und wenn ihr mir jetzt gar nichts mehr glaubt, weil ich euch angelogen habe, dann glaubt mir wenigstens diese eine Sache. Sie wollen uns alle befreien.«

Blake schaute zwischen den drei Männern hin und her. Wenn das stimmte, hatte Timothy seine Freunde sieben Jahre lang belogen, was seine Fähigkeit anging. Er konnte sich vorstellen, wie vor den Kopf geschlagen die beiden sich fühlen mussten. Das war nicht leicht. Dass er diese Lüge, die natürlich mit jeder Woche größer und schwerer geworden war, für sie aufgelöst hatte, flößte ihm dennoch Bewunderung für Tim ein. Nach so langer Zeit musste sich das wie der Einschlag einer Bombe anfühlen.

»Stimmt das wirklich?«, fragte Sam. Sein Blick wirkte seltsam verklärt, als er Tim anschaute. Der nickte.

»Ich weiß alles. Das ... war auch der Grund, warum ich es nicht sagen konnte ... Weil ...« Er unterbrach sich und machte einen Schritt auf Freddie zu, der auf einmal irgendwie weggetreten wirkte. Und er schwitzte. Das konnte die Aufregung sein, jeder reagierte anders auf so etwas, aber …

In diesem Moment hockte Tim sich vor Freddie, legte die Hände auf seine Knie und sah zu ihm hoch. Er fing an, auf ihn einzureden, leise, sodass sie es von hier aus nicht hören konnten.

»Ihr müsst euch in Sicherheit bringen«, drang Freddies Bitten durch den Raum. Er klang richtig verzweifelt.

»Ich wollte gar nicht erst herkommen«, witzelte Esra.

»Das ist nur eine Illusion. Du hast DELUSIONS«, beharrte Tim ruhig und hielt Freddies Hände fest. Blake musterte die beiden.

»Aber das Feuer … ich merke doch das Feuer …« Und sie alle konnten sehen, dass er es wirklich spürte. Freddies Gesicht und Hals waren ganz rot und der Schweiß, der ihm übers Gesicht lief, war ebenso real. Es von außen zu beobachten, war immer noch krass. Sich selbst hatte er ja nie dabei gesehen. Nur Esra ein paar Mal … zum Beispiel, wenn er geglaubt hatte, Nathan sei wieder da.

Blake schluckte den Kloß in seinem Hals herunter. Er betrachtete Esra, dessen Blick sich immer weiter verdunkelte. »Das klappt nicht«, murmelte er. »Auch ein Gedankenleser kann DELUSIONS nicht brechen.«

»Blake!«, rief Tim und winkte ihn zu sich. Er schien denselben Gedanken wie Esra gehabt zu haben.

Er nickte und eilte zu den beiden rüber.

Doch bevor er Freddie erreichte, schoss ihm ein Wasserstrahl entgegen. Kalt und erstickend warf sich ihm das Wasser ins Gesicht, floss in seine Nase, drückte gegen seine Augen. Blake taumelte zurück, ruderte mit den Armen und bekam einen Schrank zu fassen, an dem er sich abfangen konnte.

Gläser klirrten, ein Stuhl kippte um.

Alles war nass. Seine Haare klebten ihm am Kopf, aber auch seine Klamotten waren feucht. Er war nicht der einzige. Um ihn herum zischte und platschte es. Freddie schoss die Fontänen direkt aus seinen Händen.

Mit einem verbissenen Ausdruck auf dem Gesicht wirbelte er herum und bekämpfte das Feuer, das nur in seinen Gedanken existierte.

Esra hustete und spuckte Wasser aus. Er saß auf dem Boden in einer großen Pfütze und kämpfte sich auf die Beine.

»Schock ihn raus!«

»Hier ist alles nass … ich würde uns alle grillen.«

»Scheiß drauf!«

»Ich übernehme das«, mischte sich Eugen ein und streckte die Hand nach Freddie aus. Im nächsten Moment sank der junge Mann mit den schwarzen Haaren auf die Knie und vergrub das Gesicht in den Armen. Blake sah die Bilder, die sich vor ihm auf dem Fußboden entfalteten. Eugens Illusion spiegelte sich im Wasser. Angespannt wandte Blake sich ab. Er musste Freddies Leid nicht sehen. Es zu hören war schon schwer genug. Dieses Wimmern. Alle Stimmen klangen gleich, wenn eine Seele sich so sehr krümmte.

»Reicht das nicht?«, rief er Eugen zu. Im gleichen Moment flog etwas durch den Raum. Ein rosafarbener Tischläufer. Der Stoff schlang sich um Freddies Hände. Das war Mike. Blake drehte sich nach ihm um und sah zu, wie er die Hände bewegte, um seine Telekinese zu unterstützen. Er versuchte wohl auch, Freddie unter Kontrolle zu bringen.

»Du kannst loslassen, Eugen!«

Eugen zuckte mit den Schultern und das Wimmern erstarb. Freddie starrte auf seine Hände und versuchte, sich aus dem Stoff herauszuwinden, kam schwankend auf die Beine, fasste

Mike ins Auge und rannte auf ihn zu. Aus seinen gefesselten Händen schoss er neue Wasserstrahlen in Mikes Richtung. Der sprang zur Seite. Das Band um Freddies Hände löste sich, flog aber weiterhin von Mikes Kräften dirigiert in der Luft und legte sich nun um Freddies Hals. Er fing an zu würgen und zu husten.

»MURDER!«, brüllte Blake und Esra sprang auf Mike zu.

Es war ein einziges Rumpeln und Platschen im Wohnzimmer. Esra prügelte sich mit Mike auf dem Boden, schnappte seine Arme mit einer Hand und drückte ihm die andere auf die Augen, damit er seine Telekinese nicht mehr gezielt einsetzen konnte. Mit seiner neuen Stärke war er im Nahkampf jedem von ihnen haushoch überlegen.

Blake schaute zu Freddie, der benommen vor dem Sofa auf den Boden gesunken war und sich desorientiert umschaute. DELUSIONS schien ihn freigegeben zu haben. Erleichtert atmete er auf und wollte zu ihm hinübergehen, als er ein leises Klirren aus der Küche hörte. Wo war eigentlich Tim hin?

Zweifelnd schaute er rüber zu der Tür. Sie war geschlossen. Hatte sie vorhin nicht offengestanden?

Seine Schritte platschten auf dem durchnässten Teppich. Auf der anderen Seite des Raumes kämpfte Mike immer noch gegen Esra an und Eugen schien die beiden interessiert zu beobachten. Blake drückte die Klinke herunter und schlüpfte leise in die Küche. Er hatte kein gutes Gefühl.

Sofort fiel sein Blick auf die roten Locken, die unter dem schwarzen Cappy hervorquollen wie ein Wasserfall. Sam stand am Ende des schmalen Raumes vor dem Kühlschrank. Vor Tim, der sich an die weiße Oberfläche drückte, als könne er seinen Körper durch das Material hindurchquetschen und so aus dem Raum entkommen. Das Metall der Gürtelschnalle klirrte. Sam nestelte an seiner Hose herum.

RAPE, schoss es Blake durch den Kopf. Binnen eines Atemzuges schnellte er nach vorn, legte seine Hand in Sams Nacken und versetze ihm einen Stromstoß. Viel zu unkoordiniert, viel zu unvorbereitet und viel zu heftig. Sam ächzte und gab ein stotterndes Geräusch von sich, das absolut grässlich klang. Blake fing ihn mit einem Griff unter die Achseln auf, bevor er auf den Boden knallte und setzte ihn gegen die Schränke gelehnt auf den Boden.

Tim war fast so weiß wie der Kühlschrank und seine hellen Augen blickten ihm eingeschüchtert entgegen. Er zitterte. »Der Schock vertreibt die Gier für eine Weile. Das hat sogar schon an Vollmond funktioniert«, sagte er selbstsicherer, als er sich fühlte. Er wollte Tim damit beruhigen. Dann fiel ihm ein, dass der ja sowieso seine Gedanken lesen konnte. Blake schluckte und versuchte, nicht an Esra und sich zu denken. An diese andere Nacht mit RAPE und …

»Danke für die Rettung«, sagte Tim hastig und berührte ihn am Handgelenk. »Danke, dass du dich überwunden hast.« Blake konnte sehen, dass Tim noch mehr sagen wollte, es sich aber verkniff.

»Esra hatte wohl doch recht damit, dass so ein Treffen nicht normal ablaufen kann.«

»Das hatte er.« Tim rang sich ein Lächeln ab und drehte sich zum Kühlschrank um. Mit einem Griff hatte er ein Bier herausgeholt und geöffnet. »Lass uns schnell den restlichen Plan besprechen, bevor alle die Flucht ergreifen.« Er nahm einen Schluck aus der Flasche und bot sie dann Blake an. Der zuckte mit den Schultern und trank ebenfalls.

Dann warf er einen vorsichtigen Blick auf Sam, der immerhin wieder bei Bewusstsein war. Er hatte ihn wohl nur kurz ausgeknockt. Er zog sich träge die Mütze vom Kopf, zuckte dabei zusammen und stöhnte schmerzerfüllt.

»Woher kommt dieser verbrannte Geruch?«, murmelte er. Blake gab keine Antwort.

»Lass uns wieder ins Wohnzimmer gehen.« Tim schritt voran und Blake folgte ihm. Er hatte alles richtig gemacht, das wusste er. Trotzdem fühlte er sich schlecht. In ihm steckte immer noch der Schwächling, den Esra in ihm gesehen hatte. Der Kerl, der Skrupel hatte, seine Fähigkeit einzusetzen, sogar, wenn es um seinen eigenen Arsch ging.

Im Wohnzimmer fanden sie Eugen und Esra in einem Gespräch vor, dass den Anschein erweckte, dass sie gleich aufeinander losgehen würden. Eugen hatte sich bedrohlich vor Esra aufgebaut, der ihn kalt und provokativ angrinste. »So hast du also meine Bunkertür zerlegt«, murmelte Eugen. »Mit unfairen Mitteln.«

»Seit wann geht es bei uns denn um Fairness? Du bist einfach nur angepisst, dass ich stärker bin als du.«

»Würde ich nicht so sagen. Ich kann immer noch …«

»Können wir kurz den Plan besprechen?«, fuhr Blake dazwischen. »Bevor wieder jemand töten oder vergewaltigen möchte und das Fluchchaos ausbricht?«

Die beiden Streithähne wandten ihm widerwillig die Gesichter zu. Zwei so stechende Blicke auf einmal hatte er selten in seinem Leben auf sich gespürt.

Blake stützte die Hände auf der Sofalehne ab und sprach zu allen im Raum. Auch zu Freddie, der sich klatschnass wieder aufs Sofa schob und zu Sam, der sich still in eine Ecke setzte und es nicht zu wagen schien, jemanden anzusehen.

Tim fuhr sich mit beiden Händen übers Gesicht, nachdem er sich im Zimmer umgesehen hatte. Niemand brauchte eine Gedankenlesefähigkeit, um zu wissen, dass er sich gerade fragte, wie er sein Wohnzimmer wieder in Ordnung bringen sollte.

»Sind jetzt alle dabei – Ja oder Nein?« Konzentriert ließ er den Blick wandern, bekam ein Ja von Eugen und Mike, von Tim und Freddie und ein stummes Nicken von Sam. Endlich. Erleichterung durchflutete ihn.

»Wir gründen eine Chatgruppe«, begann Blake. »Wir nutzen einen europäischen Messengerdienst dafür. Aber wir werden unsere Botschaften zusätzlich dazu verschlüsseln. Ich habe eine Liste an Codewörtern angelegt, die wir benutzen werden.«

Er griff in die Innentasche seiner Jacke. Das Papier war bei Freddies Angriff nass geworden, aber das meiste konnte man noch lesen. Eugen holte sein Handy raus und wollte wohl ein Foto von dem Zettel machen, aber Blake hob die Hand.

»Nicht. Es soll eben nicht digital hinterlegt sein. Wir machen es ganz altmodisch mit Papier und Stift. Wenn wir den Code irgendwohin mailen oder abspeichern, können wir ihn auch ganz bleiben lassen.«

»Idiot bleibt Idiot«, schnarrte Esra.

Eugen verzog das Gesicht, ließ das Handy aber sinken.

»Am besten wäre, wir lernen das alle auswendig«, sagte er und ließ den Blick durch die Runde schweifen.

»Ich brauche von allen die Telefonnummern. Dann lade ich euch in die Gruppe ein. Fluchwechsel gibt es ab jetzt dann nur noch nach Absprache. Esra und ich fliegen heute noch nach Frankreich zu unserem nächsten Ziel. Wir werden die Fluchnutzer Stück für Stück aufspüren und ausschalten.«

»Wollt ihr das FREE nicht mitnehmen?«, fragte Mike. »So lässt sich schöner Urlaub machen.«

»Nein, das FREE bleibt in New York. Wenn wir es mitnehmen, könnten wir es nur untereinander tauschen und das … führt wie gesagt zu Problemen«, erklärte Blake.

»Stimmt, mit durchgeschnittenen Kehlen will man sich im Urlaub nicht befassen.«

Esra schoss Mike einen finsteren Blick zu, auch wenn der nur scherzte, war sein Timing echt bescheuert. Sie hatten doch gerade erst die Vorbehalte der anderen überwunden.

»Außerdem können wir das FREE auch gar nicht mitnehmen. Man kommt damit nicht über die Grenze«, erinnerte sich Blake murmelnd an ihren Schwimmwettkampf im Meer.

»Damit das klar ist: Wir sind da draußen für euch«, sagte Esra scharf. »Wenn ihr hier durchdreht und eigenmächtig Fluchroulette spielt, könnte der komplette Plan scheitern. Die Sekte wird nicht tatenlos zusehen, wenn ihre Schäfchen abkratzen. Die werden uns schneller auf den Fersen sein, als uns lieb ist. Wir können nicht noch mehr unbekannte Variablen gebrauchen. Es muss klar sein, dass die Plagen stabil sind. Hier schneidet keiner eine Kehle durch, nur weil ihm danach ist. Ihr wartet, bis wir euch das Zeichen geben. Und dann macht ihr *schnell*.« Esra blickte jedem einzelnen nacheinander in die Augen und es gelang ihm sogar bei Sam, der gerade in diesem Moment den Kopf hob. »Einige von euch vertrauen mir nicht«, fügte er noch an und sein Blick wanderte zu Eugen, der der letzte war, dem er sich zuwandte. »Aber ihr könnt Blake vertrauen. Ohne ihn wären wir heute nicht hier … und ohne ihn wäre John, der Wichser, nicht frei. Wir schaffen das für euch alle. Für uns alle. Wenn ihr uns nicht in die Quere kommt.«

»Mein Haus kann weiterhin als Treffpunkt dienen«, versprach Tim, der inzwischen einen Mop aus dem Flur geholt hatte. Mike musterte ihn ein wenig mitleidig.

»Wir sollten den Teppich auswringen. Hast du eine Badewanne?«, fragte er und auf Tims Nicken hin machte er eine Geste in die ganze Gruppe. »Könnt ihr mal alle an den Rand gehen?«

Zweifelnd bewegten sich die Verfluchten weg von den Möbeln und hin zu den Wänden des Raumes. Angespannt sahen sie dabei zu, wie Mike einige Bewegungen mit den Händen vollführte. Das Sofa erhob sich in die Luft, ebenso wie der Sessel und der Couchtisch. Letzterer schwebte so ruhig, dass sogar die Trinkgläser an Ort und Stelle blieben.

Während die halbe Einrichtung schwebte, brachte Mike mit der anderen Hand den durchnässten Teppich dazu, sich einzurollen. Dann ließ er die Möbel landen und lief mit erhobener Hand zu einer der Türen. Der Teppich schwebte hindurch und Mike und Tim verschwanden in einem anderen Raum. Dann hörten sie lautes Tropfen, vermischt mit Mikes Keuchen.

Anscheinend wrang Mike den Teppich mit bloßer Gedankenkraft über der Badewanne aus. Freddie zuckte mit den Schultern, griff sich den Mop und zog damit seine Bahnen über den feucht glänzenden, nackten Fußboden.

Ein paar Verfluchte mit Superkräften und nervigen Fluchplagen konnten schon ein ganz schönes Chaos hinterlassen. Blake richtete den Stuhl wieder auf, der bei Freddies Angriffen umgekippt war und Sam ging in die Küche, um wenig später mit einem dicken, groben Tuch in den Händen wieder aufzutauchen. Er kniete sich damit auf den Boden und half, die Nässe zu beseitigen.

Eugen und Esra beobachteten das Schauspiel … und einander. »Also, was ist jetzt. Wechseln wir für euren Aufbruch die Flüche oder nicht?« Eugens Angebot klang beinahe versöhnlich. So versöhnlich, dass auch Blake zweifelnd Eugens

Gesicht musterte. Er war kurz davor, etwas zu sagen, aber Esra war schneller.

»PYROMANIA und NIGHTMARE sind fürs Erste gut genug«, brummte er. Blake tauschte einen Blick mit ihm. Wahrscheinlich war es das Beste, die Plagen noch ein paar Tage zu behalten. Wenn sie jetzt tauschten, und sie etwas Ungünstiges wie RAPE und MURDER oder RAGE und DELUSIONS bekamen, müssten sie direkt noch einen Tausch machen und wer wusste schon, wie viele offene Kehlen das am Ende des Tages bedeutete. Nur, weil die anderen einverstanden mit dem Plan waren, hieß das nicht, dass sie leichtfertig damit umgehen durften. Es war sicherer, die aktuellen Plagen zu behalten.

Dennoch warf Blake einen mitleidigen Blick zu Sam. Sie alle wussten, was es bedeutete, RAPE zu haben. Jeder Tag mehr damit war eine tonnenschwere Last. Eine Last, die sich besser tragen ließ, wenn man sie auf mehrere Schultern verteilte. Auch wenn es hier um ihre Freiheit ging - Blake nahm sich vor, das im Blick zu behalten. Sie mussten regelmäßig wechseln. Es ging nicht anders.

»Ich finde, ihr solltet nicht solche Gesichter ziehen«, rief Tim, der gerade wieder zurück ins Zimmer marschierte. »Die beiden haben ein Rätsel gelöst, das wir jahrelang ergründen wollten und es nicht konnten. Wir sind bald alle frei. Ist das kein Grund zum Feiern?«

Eugens Lächeln sah bemüht aus. »Ich feiere meine Freiheit erst, wenn ich sie habe«, erwiderte er. Dann ging er zum Tisch und langte in die Glasschale hinein. »Aber ein paar Chips essen kann ich trotzdem.«

Die anderen Jungs folgten seinem Beispiel. Keiner jubelte oder feierte wirklich, aber sie schienen sich ein wenig zu entspannen. Blake sah die Hoffnung in ihren Gesichtern, wenn sie seinen Blick auffingen, aber der Fluch hatte es ihnen abgewöhnt, daran zu glauben, dass ihnen etwas Gutes widerfahren könnte. Oder dass sie das verdient hätten.

Er wollte für sie kämpfen. Sie alle befreien.

Inzwischen wanderte die Chipsschale von Hand zu Hand und die Verfluchten tranken Bier und Limo. Ein paar Gespräche keimten auf, während Telefonnummern getauscht wurden. Blake wagte sich an Eugen heran. Es gab da eine Frage, die ihn schon eine Weile beschäftigt.

»Sag mal«, begann er und widerstand dem Drang, direkt wieder einen Schritt Abstand zu ihm einzunehmen, als Eugens Blick sich in seinen bohrte. »Warum bist du damals nicht auf die Kinderkrippe gestoßen, in der wir alle waren? Du warst doch derjenige, der alles überprüft hat?«

In den dunklen Augen bewegte sich etwas. Eugen verschränkte die Arme. »Weil ich nicht in eurer Kinderkrippe war. Konnte mich nicht an eure blauen Pferde erinnern. Also habe ich das direkt ausgeschlossen.«

»Aber du *warst* da«, entfuhr es Blake überrascht. »Du musst...«

Eugen schüttelte vehement den Kopf und unterbrach ihn. »Ich war im Sankt Helios Kindergarten«, erwiderte er fest. »Wir hatten eine Wolke als Maskottchen. Ich kann dir das verdammte Kuschelkissen zeigen, das wir von dort bekommen haben.«

»Dann ... warst du vielleicht nur kurz dort?«, murmelte Blake. Das war wirklich seltsam. Aber er war sich sicher, dass Eugen in der Liste gestanden hatte. Und Joy hatte ihnen ja einen Einblick in das Ritual gegeben. Er hatte die Kinder gesehen, wenn auch nur flüchtig. Eugen war da gewesen.

Er beharrte dennoch weiter darauf, in einen anderen Kindergarten gegangen zu sein, und Blake ließ das Thema fallen.

Wahrscheinlich konnte er sich einfach nur nicht mehr an den Wechsel erinnern. Immerhin waren sie da alle noch sehr klein gewesen.

Er widmete sich wieder seinem Handy und der Verwaltung der Gruppe. Er fügte sie alle hinzu und gab ihnen den unverfänglichen Namen »Die Filmfreunde«, den er noch mit einem Fernsehemoji versah.

»Haben alle die Codes?«, fragte Tim, der von einem zum anderen lief. Ihm war anzumerken, dass er die Leitung der Gruppe in New York übernehmen würde, wenn sie fort waren, und Blake hielt das für eine gute Idee. Tim wirkte besonnen und ruhig und konnte mit seiner Fähigkeit leicht auf die anderen eingehen.

Es blieb nur zu hoffen, dass die Jäger sich nicht irgendwann über ihn hinwegsetzten. Freddie schien der einzige von den drei Freunden mit einer kampftauglichen Fähigkeit zu sein, während Mike und Eugen nicht nur Macht, sondern auch Übung im Kampf hatten. Wenn die beiden sich quer stellten, konnte ihr Plan dermaßen schiefgehen … Nein, er musste ihnen vertrauen. Eugen, der heute so anders wirkte, Mike, der ihre Jagd nach den Fluchnutzern »Urlaub machen« nannte und den drei Männern, die er kaum kannte. Ohne Vertrauen würde nichts von dem, was sie vorhatten, funktionieren.

Als sie sich verabschiedeten und das Haus verließen, machte Esra sich eine Zigarette an. Sie stapften langsam zum Auto und Blake betrachtete den Qualm, der dünne Schlieren in die Luft malte.

»Denkst du immer noch, dass das eine gute Idee war? Dass das funktionieren wird? Sei ehrlich.«

»Ich verstehe, dass du Bedenken hast«, räumte er ein und blickte über die Schulter zurück, bevor er hoch zum Himmel schaute. Zu diesem klaren, dunklen Himmel weit über ihnen. »Aber ich habe mich entschieden, ihnen zu vertrauen.«

Esra schnaufte, aber es klang nicht so abfällig wie sonst so oft, sondern irgendwie nachgiebig. »So wie du dich entschieden hast, nicht mein Feind zu sein?« Sie tauschten einen Blick. »Dagegen kann ich wohl nichts sagen - immerhin hat das funktioniert, obwohl es komplett wahnsinnig war. Ich hoffe nur, du liegst jetzt auch wieder richtig.«

KAPITEL 8

ESRA RECHNETE DEN gesamten Heimweg über damit, gleich die Nadeln zu spüren, die sein Tattoo umschrieben. Er stellte sich vor, wie Mike Eugen verfolgte, um sein MURDER loszuwerden. Oder wie der Kerl mit dem RAPE seinen Wasserwerfer-Freund losschickte, um Eugen die Kehle aufzuschlitzen.

Nichts davon passierte. Vielleicht hatten sie es versucht und waren gescheitert - auf jeden Fall kamen sie ohne Fluchwechsel in seiner Wohnung an. Auch das Packen verlief ohne Zwischenfälle. Blake war genauso still und konzentriert bei der Sache wie er selbst.

Während Blake Kleidung, Elektronik, Hygieneartikel und eine Hausapotheke einpackte, kümmerte er sich um die wirklich wichtigen Dinge. Am liebsten hätte er seine Glock einfach bei sich getragen, wenn sie aufbrachen, aber weder die Pistole noch eines seiner Messer würden die Kontrollen überstehen. Als sie noch in New York eingesperrt gewesen waren, hatte er sich nie Gedanken darüber machen brauchen, aber jetzt, da ihnen die Welt offenstand und so etwas wie ein Interkontinentalflug tatsächlich realistisch war, nervten ihn die ganzen Regeln.

Schweren Herzens entschloss er sich, sowohl die Klingen- als auch die Schusswaffen hier zu lassen. Sie würden sich vor Ort das Passende organisieren müssen und ansonsten mit ihren Fähigkeiten kämpfen. Seine Stärke machte Waffen ja eigentlich überflüssig und auch Blakes Strom besaß eine Menge Potenzial ... wenn er sich denn traute, ihn einzusetzen.

So bestand Esras Vorbereitung ihrer Reise vor allem darin, im Darknet Kontakte ausfindig zu machen, auf die er später am Zielort zurückgreifen konnte. Zum Glück hatte er sich damals von Tick einiges zeigen lassen und wusste inzwischen, wie man an die richtigen Händler herankam. An Geld würde es auch nicht mangeln.

Am Morgen brachen sie wie zwei artige Touristen auf. Blake trug ein buntes Shirt und eine Jeans, er selbst ein Hoodie. Zum Flughafen zu fahren fühlte sich seltsam an. Seit dem Ausbruch des Fluches hatte er komplett damit abgeschlossen, jemals etwas anderes als New York zu sehen. Jetzt würde er sogar zu einem anderen Kontinent reisen. Verrückt.

Blake übernahm alles, was damit zu tun hatte, mit anderen Leuten zu reden. Er manövrierte sie so geschickt durch die riesigen Hallen, als hätte er sein Leben lang nichts anderes getan. Seine gute Laune machte es irgendwie leichter, den Trubel um sie herum zu ertragen. Überall Menschen, die sich drängten, laute Kinder, und ständige Durchsagen, die so dumpf aus den Lautsprechern tönten, dass man manche kaum verstand. Dazu kam die Müdigkeit von NIGHTMARE.

Wenn irgendjemand seinen mürrischen Blick auffing, wandte er sich schnell wieder ab. Keiner sah ihn länger als eine Sekunde lang an. Esra war es gleichgültig. Er wusste, dass er wie ein Zombie aussah. Blake dagegen blühte immer mehr auf. Er scherzte mit der Frau, die ihre Tickets kontrollierte und sein Gang wirkte so beschwingt, dass es beinahe ansteckend war.

Als sie auf das Boarding warteten, kaufte Blake sich sogar einen verdammten Reiseführer für Paris, wofür Esra ihn angemessen auslachte. »Lass das nicht Mike sehen«, murmelte er, ließ Blake aber seinen Spaß. Solange er sich nette Fotografien ansah und die Speisekarten irgendwelcher Restaurants durchstöberte, zündete er immerhin nichts an. Er fühlte sich beinahe wie ein normaler Mensch, als sie durch den Tunnel stapften, der ins Flugzeug führte, und das nette Personal sie alle einzeln begrüßte. Die Frauen lächelten ihm zu. Wahrscheinlich dachten sie, dass er irgendein Workaholic war, ein wichtiger IT-Typ (immerhin reisten sie Business Class), der zu einer Tagung unterwegs war oder sowas. Vielleicht in einem anderen Leben.

Seine Beine fühlten sich unnatürlich schwer an, als er sich in den Sitz fallen ließ. In den Sitz am Gang, damit Blake bei ihrem ersten Flug aus dem Fenster schauen konnte. Blondie war so aufgeregt, dass es niedlich war. Die ganze Zeit wippte er mit den Knien, starrte immer wieder nach draußen, redete über die Tragfläche und die Sicherheitsunterweisung, die ihnen bevorstand und über den Druckausgleich nach dem Start und alles mögliche andere Zeug. Esra hörte nur mit einem halben Ohr zu. Ihm war das alles egal. Er wollte nur nach Paris, um ihr nächstes Opfer auszuradieren - und das möglichst schnell.

Die Polster waren viel zu bequem und Esra hoffte, dass sie hier starken Kaffee kochten. Eine Playstation wäre auch gut gewesen. Als er merkte, wie ihm die Augen immer wieder zu fielen, bildete sich ein mulmiges Gefühl in seinem Magen. Vielleicht hätte er Blake doch bitten sollen, ein paar Stunden über seinen Schlaf zu wachen, als sie noch zu Hause gewesen waren.

Sie waren doch jetzt wieder Freunde. Ein Team. Team Fluch. Dieser alberne Name.

»Passt du auf mich auf, falls ich einschlafe?«, fragte er leise. Es kostete ihn weniger Überwindung, als gedacht. Blake legte eine Hand auf seinen Unterarm und nickte. Freude leuchtete in den braunen Augen auf. Esra wandte den Blick ab.

»Logisch.«

Es würde die Leute sicher verstören, wenn plötzlich seine Knochen brachen oder Wunden durch den grauen Sweatstoff bluteten. Das mussten sie auf jeden Fall verhindern. Blake würde ihn aufwecken, sobald etwas passierte. Auch wenn das wie Folter war.

Obwohl die Müdigkeit schwer auf ihm lastete, konnte er noch nicht einschlafen. Sein Körper lag auf dem Sitz und sein Kopf fühlte sich von innen aufgerieben an, aber die Durchsagen aus dem Lautsprecher, das allgemeine Gemurmel im Abteil und schließlich das Dröhnen der Motoren und die Bewegungen des Fliegers, ließen es nicht zu, dass er einschlief.

Er wurde in den Sitz gedrückt. Die Kraft dieser Maschinen zu spüren, ließ seine Muskeln kribbeln, als wollten sie ihm sagen, dass sie das auch konnten - ihn in die Luft heben. Er war so oft in seinem Leben geflogen. Über Straßenschluchten und Häuserdächer. Von Laterne zu Laterne, von Balkonen und Fensterbrettern hatte er sich durch die Luft geschleudert, um am Ende leichtfüßig wie eine Katze zu landen. Er hatte eine Kunst daraus gemacht.

Esra entspannte sich, als diese Bilder ihm durch den Kopf schossen. Ein lange zurückliegendes Leben, so kam es ihm vor. Seit er Blake getroffen hatte, war alles ganz anders. Ob sie wohl noch öfter gemeinsam von Dächern springen würden? Jetzt, mit STRENGTH?

Druck legte sich auf seine Ohren und in seinem Magen drehte sich etwas um. Esra schluckte gegen das Gefühl an. Nicht die Kontrolle über solche Bewegungen zu haben, missfiel ihm. Waren sie jetzt in der Luft? Er öffnete die Augen und blickte auf Blakes blonden Schopf, der das Fenster zum Großteil verdeckte.

Esra lehnte sich vor und erspähte die Stadt unter ihnen. Millionen winzige Lichtpunkte, die ganz langsam unter einem dünnen Wolkenschleier verschwanden. Von hier oben wirkte die Stadt klein und riesig zugleich. Zu klein, um ein Leben lang dort eingesperrt zu sein, und zu riesig, um sie jemals ganz zu erfassen, mit all den Schicksalen, die sie beherbergte. All die verlorenen Seelen, die Glücksritter und Möchtegern-Stars, die hart arbeitenden Menschen, die Touristen und Künstler und die verdammten Taxifahrer.

Als Blake bemerkte, dass er auch nach draußen schaute, lehnte er sich ein Stück zurück und sah ihn von der Seite an. Seine Augen leuchteten vor Begeisterung und Faszination. Esra merkte, wie ein müdes Lächeln an seinen trägen Mundwinkeln zupfte.

Sie sagten nichts, betrachteten nur gemeinsam die Stadt, die sie in all der Zeit hassen gelernt hatten, und die jetzt doch so hübsch unter ihnen aussah. Freiheit - war es das, was er gerade fühlte?

Esra lehnte sich wieder zurück. Er versuchte, an die nächste Zielperson zu denken. Vielleicht musste er ja doch nicht schlafen? Die Fluchnutzerin in Frankreich war ein internationales Model. Ihr Karriereweg war typisch für einen Fluchnutzer. Ein gut bürgerliches Elternhaus mit zwei hart arbeitenden Eltern, die ihrem Kind alles ermöglichen wollten.

Wann die Familie auf die HSC gestoßen war, hatte sich nicht ermitteln lassen, aber die Mutter war eine brennende Verfechterin der Lehren ihrer Kirche. Trotzdem war es am Ende nicht das regelkonforme Leben, das ihr Kind auf die Laufstege der Welt gebracht hatte, sondern ein dunkles Ritual, das vor über 18 Jahren durchgeführt worden war. Der Durchbruch des Töchterchens geschah zwei Monate, nachdem der Fluch bei ihnen allen aktiv geworden war. Danach war es steil nach oben gegangen.

Sein Magen rumorte noch mehr, wenn er an die anhimmelnden Kommentare unter ihrem Instagram-Profil dachte. Wie hunderttausende Menschen diese Frau feierten.

Angespannt stieß er den Atem aus. *Heb dir deine Wut für die nächsten Tage auf*, sagte er sich. Sie werden bekommen, was sie verdienen.

*

Das hier war der Anfang. Das Attentat in Chicago war nur der Testballon gewesen. Alle Schritte bis hierher nur das Anlaufnehmen. Die Welt war so klein unter ihnen, verschwand hinter einer Wolkendecke und sie waren dem Himmel so nah wie noch nie. Der Mond und die Sterne sahen dabei zu, wie sie ihre Reise begannen.

Blake hatte ein Buch auf dem Schoß, doch er las kaum darin. Seine Gedanken schweiften immer wieder ab. Zurück nach New York zu Tim, Sam und den anderen. Zu seinem Vater und zu Hannahs Grab. Seine Gedanken flogen voraus nach Paris, zeigten ihm einen Film davon, wie Esra und er all die Schattengestalten auslöschten, die mit ihnen verbunden waren. Wie die schwarzen Bänder, die sie mit ihnen verbanden, gekappt wurden. Wie die finsteren Buchstaben von ihren Körpern verschwanden, als hätten sie niemals existiert.

Seine Hände kribbelten. Ja, sie bekämpften endlich den Fluch. Alle gemeinsam.

Neben ihm regte sich etwas. Esra zuckte. Blake ließ eilig den Blick durch die Business Class schweifen. Niemand schenkte ihnen Aufmerksamkeit. Die meisten Leute tippten auf Laptops oder Smartphones herum, lasen oder schliefen.

Esra lümmelte in seinem Sitz. Sein Kopf war zur Seite gefallen und Blake schob das Kissen in seinem Nacken vorsichtig zurecht, damit er es bequemer hatte. Er hatte gar nicht gemerkt, wie Esra eingeschlafen war. Bis vor ein paar Minuten hatte er noch grimmig in der Gegend herumgestarrt.

Aufmerksam betrachtete er Esras Gesicht, das stark von den letzten Tagen und Nächten gekennzeichnet war. Esra schlief ohnehin zu wenig, aber wenn er NIGHTMARE hatte, wurden die Ringe unter seinen Augen noch tiefer und dunkler. Sein Gesicht war blass, die Rasur etwas unsauber. Seine hellen Lippen bewegten sich nicht … aber das taten sie ja auch nur selten, wenn er wach war - warum sollte es im Schlaf anders sein. Die dunklen Brauen waren ganz leicht zusammengezogen und hauchdünne senkrechte Fältchen zeichneten sich zwischen ihnen ab.

Beim ersten Anzeichen von Angriffen oder Schmerzen würde er ihn schnell aber möglichst unauffällig wecken. Es wäre vernünftiger gewesen, wenn Esra ihn das hier schon früher hätte machen lassen. In seiner Wohnung hätte die Gefahr fremder Blicke nicht bestanden und ein zu langes Zögern wäre kein zu schlimmer Fehler gewesen. Wenn Esra jetzt in seinem Schlaf plötzlich eine Kugel abbekam, die seinen Kopf durchbohrte, würde er kaum schnell genug reagieren können.

Blake verkrampfte sich. Sollte er Esra doch lieber direkt wecken? Die Erholung aufs Hotelzimmer verschieben? Er legte seine Hand auf Esras. Die Kühle seiner Haut übertrug sich direkt auf ihn. Blake runzelte die Stirn. Da war noch mehr. Ein seltsames Gefühl von … Paranoia? Blake wandte den Kopf. Gefahr prickelte in seinem Nacken. Aber da war nichts. Sie waren hier sicher. Verwirrt sah er sich um und schaute dann wieder auf Esra, dessen Mimik sich jetzt deutlicher bewegte. Seine Augen rollten hinter den geschlossenen Lidern.

Instinktiv griff Blake Esras Hand fester, wollte die Kälte in Wärme umwandeln. Sie waren hier sicher. Er wollte, dass Esra sich auch sicher fühlte.

Dieses Mal hatte er sich ihm anvertraut, ihn gebeten, über seinen Schlaf zu wachen. Zwar nur, weil sie hier von Menschen umgeben waren, aber bei Esras Sturkopf hätte es ihn auch nicht gewundert, wenn er versucht hätte, so viele Kaffees zu bestellen, dass das Koffein ihn wachhielt.

Sie konnten ein gutes Team sein, das hatten sie schon bewiesen. *Du kannst mir vertrauen und ich vertraue dir.* Esra mochte solches »Gelaber« nicht, aber er konnte ihm nicht verbieten, es zu denken. Blake lächelte. Im selben Moment wich der angespannte Ausdruck von Esras Zügen. Die Falten zwischen seinen Augenbrauen verschwanden und sein Kiefer wirkte nicht mehr verkrampft. Seine Atemzüge gingen tiefer.

Dann muss ich dich ja doch nicht wecken, dachte Blake zufrieden und strich mit dem Daumen über Esras Hand, die er immer noch hielt. Er beschloss, den Kontakt beizubehalten. So merkte er vielleicht schneller, wenn Esra sich wieder anspannte.

Auch wenn er gerne behauptete, keinen Schlaf zu brauchen, war es doch besser, wenn er sich eine Weile ausruhen konnte. Auf sie kamen schwierige Aufgaben zu. Die Fluchnutzer würden bestimmt vorsichtiger werden. Immerhin hatten sie sich endloses Glück gekauft ... sie gingen sicher davon aus, dass ein langes Leben in Gesundheit dazugehörte.

So wie er davon ausgegangen war, bald zur Polizeischule zu gehen. Wenn er daran dachte, wie aufgeputscht er von dem ganzen Thema gewesen war. Er hatte alles darüber gelesen, was sich finden ließ, immer wieder mit seinem Vater darüber geredet und sich vor Hannah schon gefühlt, als wäre er längst aufgenommen worden. Er hatte ein eigenes Trainingsprogramm entworfen und angefangen, es zu befolgen. Jogging und Parcours und Gewichte. Neben seinem Bett hatte ein Buch mit Gesetzestexten und Erklärungen gelegen, in dem er jeden Abend las. Das waren die letzten Tage eines normalen Lebens gewesen.

Seine Gedanken verfinsterten sich, als er an sein erstes Tattoo dachte. An die Nacht, in der er die Nadeln das erste Mal gespürt hatte. Er sah wieder die Fäden vor sich, die ihn mit den Fluchnutzern verbanden. Normalerweise wandte er sich schnell wieder von diesen Bildern und Gedanken ab, versuchte, sich lieber auf die positiven Erinnerungen zu konzentrieren. Vielleicht war es gut, der Wut darüber etwas Raum zu geben. Wut brachte Stärke hervor. Und Stärke brauchten sie.

Esra regte sich. Auf seinem Gesicht zeichnete sich ab, was Blake gerade fühlte. Ob er davon träumte, wie er der Sekte ein Ende setzte? Der Zorn und die Härte in Esras Zügen waren Blake vertrauter als sein Lächeln. Hoffentlich würde sich das eines Tages ändern.

Er beobachtete, wie sich Esras Arme anspannten. Bereitete er sich auf einen Angriff vor?

Beruhig dich wieder, dachte er. *Du brauchst die Erholung, wenn du ihnen richtig in den Arsch treten willst.*

Ein Blick auf die Uhr verriet ihm, dass sie noch eine ganze Weile vor sich hatten. Aber dann wartete ein schickes Hotelzimmer auf sie. Mit bequemen Betten und einem Blick auf Paris. Blake entkam ein leises Lachen. Sie besuchten eine Stadt, die so weit weg war. Die Stadt der Liebe und des Baguettes. Er versuchte, sich das vorzustellen. Stimmen um sie herum, die sich in einer fremden, melodischen Sprache unterhielten. Der Geruch von leckerem Gebäck, der auf den Straßen aus jeder Richtung wehte. Das Gurren von Tauben. Ein frischer Kaffee. Große, schlanke Menschen, die moderne Schnitte trugen. Kunst an jeder Ecke. Wahrscheinlich eine vollkommen klischeehafte Vorstellung, aber er war noch nie dort gewesen. Fast konnte er die Sonne auf seinem Gesicht spüren und das Brot tatsächlich riechen.

Neben ihm grummelte etwas. Esras Magen?

»Was kann ich Ihnen bringen?«

Blake zog eilig seine Hand von Esra weg und sah der Stewardess, die neben ihm aufgetaucht war, in die Augen. Esra blinzelte und fuhr sich gähnend übers Gesicht.

»Einen Kaffee«, bat er direkt, ehe noch ein Gähnen ihn unterbrach. »Und haben Sie vielleicht belegte Baguettes oder so? Immerhin fliegen wir nach Frankreich.«

Die Frau schenkte ihm ein höfliches Lächeln. »Natürlich. Jambon-Beurre für Sie? Das ist ein Baguette mit gesalzener Butter und Schinken. Einen Wein dazu?«

Blakes Augenbrauen wanderten Richtung Stirn. Esra wachte auf und hatte Lust auf Baguette? Wann hatte er überhaupt jemals so genaue Vorstellungen geäußert? Abgesehen von dem typischen Geläster über Salate und Obst natürlich.

»Ich wusste gar nicht, dass du Baguette-Fan bist«, meinte Blake.

Esra zuckte mit den Schultern. »Mir ist einfach gerade danach.«

»Für mich dasselbe«, bat Blake und die junge Frau verschwand mit einem freundlichen Nicken wieder im Gang.

Während sie aßen, Kaffee und Wein tranken und sich mit einem Blick aus dem Fenster oder in die Lektüre die Zeit vertrieben, flog die Welt unter ihnen vorbei. Bald setzte ihr Flieger zur Landung an und ließ es in seinem Magen ordentlich prickeln.

In Paris dämmerte es, als sie ankamen. Ein Taxi brachte sie zum Hotel. Die wenigen Schritte, die sie selbst auf Straße und Gehweg zurücklegten, verursachten Herzklopfen. Blake drehte sich einmal um die eigene Achse, während er versuchte, nicht den Anschluss an Esra zu verlieren, der viel eiliger aufs Zimmer wollte als er.

Diese Stadt war ganz anders als New York und Chicago. Sie hatte zwar auch hohe Gebäude, aber irgendwie viel mehr Himmel. Die Menschen flanierten über breite Gehwege und ihre Stimmen klangen fast wie Gesang. Blake verstand kaum ein Wort Französisch, und so schnell, wie die Menschen hier die Silben aneinanderreihten, schien es ihm auch nahezu unmöglich, das jemals zu lernen. Er lauschte einfach nur und sog die neuen Eindrücke in sich auf - ebenso wie die Gerüche ihrer Parfüms, als er an ihnen vorüberging.

Esra betrat das Hotel vollkommen unbeeindruckt. Er trug ihre Koffer, als wären sie Papiertüten und marschierte geradewegs zur Rezeption, um ihre Schlüssel zu holen. Der Mann hinter der Theke sprach Englisch mit ihm, wenn auch mit deutlichem Akzent.

Ein mit dunklem Holz ausgekleideter Fahrstuhl brachte sie in den zweiten Stock. Sie durchquerten einen Flur. Alles hier war blankpoliert, von den Spiegeln bis zur Türklinke. Auf kleinen Kommoden thronten schlanke Vasen mit üppig blühenden Blumen. Esra schloss ihr Zimmer auf und stellte die Koffer neben der Tür ab.

Ein Kronleuchter erhellte den Raum und zwei einzelne Betten drängten sich an die Wände. Blake entschied sich für das am Fenster. Auch hier gab es die Vasen und die hübschen Blumen. Außerdem zwei expressionistische Gemälde in polierten Rahmen.

»Da hast du uns ja was Erlesenes ausgesucht, Monsieur.«

»Die Lage ist das Wichtigste.« Esra trat ans Fenster. »Schadet sicher nicht, wenn wir luxuriös wohnen.« Er zuckte mit den Schultern und blickte hinaus. Seine Haare waren so verstrubbelt wie immer, und auf seinem Gesicht lag eine Zufriedenheit, die nichts mit dem tollen Ausblick zu tun hatte. »Es geht los, Blake. Morgen arbeiten wir den Plan im Detail aus, besorgen uns alles, was wir brauchen und dann …«

Blake nickte und nahm sein Handy aus der Hosentasche. »Ich schreibe den anderen, dass wir angekommen sind.« Er öffnete den Gruppendialog und suchte ein GIF heraus, das ein landendes Flugzeug abbildete.

Kaum, dass er es abgeschickt hatte, antwortete Tim ihm mit einem Daumen nach oben und Mike schrieb »Schönen Urlaub«, was Blake mit einem leisen Schnauben quittierte.

»Was macht dein PYROMANIA?«, fragte Esra.

Blake spürte in sich hinein. Esra hatte ihn nach ihrem Besuch bei Tim noch ein paar Mülltonnen anzünden lassen. »Ich komme klar«, erwiderte er und erinnerte sich an vorhin im Flugzeug. Sein Blick suchte den von Esra. »Ich hab so eine Theorie wegen meiner neuen Fähigkeit.«

»Ach ja?« Er wandte sich ihm zu und hob interessiert die dunklen Brauen. »Was ist es?«

Blake spürte, dass sein Lächeln etwas schief hing. Esra würde das vermutlich nicht mögen, aber er musste es ihm trotzdem sagen. Allein schon, damit er seine Theorie überprüfen konnte.

»Als du geschlafen hast und ich auf dich aufgepasst habe, habe ich deine Hand angefasst, damit ich trotz meiner Aufregung wegen der Reise mitkriege, wenn du unruhig wirst. Dabei sind mir viele Sachen durch den Kopf gegangen und ich hatte irgendwie den Eindruck, dass … sich das auf dich auswirkt.«

Esra runzelte die Stirn. »Rede nicht um den heißen Brei.«

»Na ja, du hast dich beruhigt, als ich meine Gedanken beruhigt habe, du sahst irgendwie wütend aus, als ich kurz an die Fluchnutzer gedacht habe und kurz bevor du aufgewacht bist, hatte ich mir leckere Baguettes vorgestellt … dann knurrt auf einmal dein Magen und du bestellst genau das.« Er kratzte sich am Hinterkopf. »Kann alles Zufall sein oder Einbildung, aber ich fand es auffällig.«

In Esras grauen Augen bewegte sich etwas. Zweifel. »Du glaubst, du kannst Menschen beeinflussen, wenn du sie anfasst?« Er griff nach seiner Hand. Esras Finger waren kalt. Sie waren fast immer kalt.

Blake schluckte. »Also, es ist nur eine Vermutung. Vielleicht bilde ich mir das auch nur ein, weil es mich unruhig macht, dass sich meine neue Kraft noch nicht gezeigt hat.«

Doch die Unruhe wich bereits. Er fühlte sich ruhiger, obwohl er wusste, dass er eben noch nervös gewesen war. Lag das an Esra. Fragend schaute er ihn an. Konnte er

Gefühle lesen oder so etwas? Blake atmete tief ein und konzentrierte sich auf seine eigenen Gedanken. Das hier war nur ein Test und das Schlimmste, was passieren konnte, war, dass Esra ihn am Ende auslachte.

Während er noch überlegte, was er Esra eingeben könnte, damit es ein eindeutiges Zeichen wäre, merkte er, wie durstig er war. Sein Hals war ganz schön trocken. Während des Fluges hatte er sich nicht getraut, viel zu sich zu nehmen, weil er dann den Platz hätte verlassen müssen. Zwei Minuten konnten reichen, um einzuschlafen und sich von NIGHT-MARE einwickeln zu lassen.

Esra zog seine Hand weg. »Ich brauch vorher was zu Trinken«, murmelte er und stapfte hinüber zur Minibar. Gespannt sah Blake dabei zu, wie er die Tür öffnete und hinein spähte. »Ich würde sogar den Scheißorangensaft trinken, so trocken ist meine Kehle.« Er griff hinein und zog eine Flasche mit Saft heraus. Mit der anderen Hand packte er ein Bier.

War das jetzt noch ein Zufall? Oder hatte sein Durst sich irgendwie auf Esra übertragen? Und sein Wunsch nach Orangensaft? Nachdenklich setzte Blake sich an den Tisch und lauschte dem Geräusch von Flüssigkeit, die in ein Glas gegossen wurde.

»Wenn du wirklich Leute beeinflussen könntest, würde uns das weiterhelfen«, brummte Esra und nahm einen langen Schluck aus der Bierflasche.

»Ich habe eben daran gedacht, wie durstig ich bin.«

»Wir sind beide durstig. Ist ganz normal nach so einem Flug.«

Für den nächsten Versuch sollte er versuchen, etwas auf Esra zu übertragen, das ungewöhnlich war.

»Hey, überzeug mich doch davon, runter in die Hotelbar zu gehen und eine Frau aufzureißen. Das wäre eindeutig.« Esra lachte. »Auf die Idee würde ich von allein niemals kommen.«

Blake schmunzelte über den Vorschlag. Im Gegensatz zu ihm war Esra komplett auf Männer gepolt ... ob man so jemanden überhaupt derart manipulieren könnte? Und jetzt, nachdem er es ausgesprochen hatte, taugte das auch nicht mehr als Test.

»Ich überlege mir was und wir versuchen es nachher nochmal«, murmelte er und trank seinen Orangensaft. Verdammt, war der lecker! Blake schloss die Augen und lehnte sich im Stuhl zurück. Er fand Paris jetzt schon großartig.

Sie bestellten sich einen Snack aufs Zimmer und schauten einen Film auf seinem Laptop. Den Kronleuchter hatten sie ausgeschaltet, der Bildschirm war abgesehen vom Blinken und Leuchten der Stadt die einzige Lichtquelle.

Als der Abspann zu laufen begann, fuhr Esra sich durchs Haar und stand auf. Er stapfte Richtung Bad und kurz darauf war das schrubbende Geräusch einer Zahnbürste zu hören. Blake blieb im Zimmer und schaute hinüber zu Esras Bett. Dort lag schon die Playstation Portable bereit. Außerdem Kopfhörer und eine volle Schachtel Kippen. Esra hatte sich auf eine lange, wache Nacht eingestellt. Sie waren wieder zum Normalzustand zurückgekehrt und wahrscheinlich war Esra der Meinung, dass die paar Stunden im Flugzeug ihm genug Erholung geschenkt hatten.

Seine Chance, es nochmal zu probieren. Als Esra die Badtür öffnete, berührte Blake ihn am Arm und dachte konzentriert daran, dass sie die Betten zusammenschieben sollten. Das wäre vernünftiger. Dann könnte er Esra wecken, sobald er etwas merkte. Und sie könnten ... Er bekam eine

Gänsehaut. Nein, so weit hatte er die Gedanken nicht schweifen lassen wollen.

Es dauerte nur ein paar Sekunden. Er ging an ihm vorbei ins Bad und erledigte ebenfalls seine Abendhygiene. Dann kehrte er gespannt ins Zimmer zurück – und blieb mitten im Raum stehen. Esra hatte die Betten zusammengeschoben und saß bereits auf seiner Seite auf der Matratze. Der Anblick schickte ein warmes Kribbeln über seinen Nacken und die Oberarme.

»Ich dachte, es wäre vielleicht doch besser, wenn wir morgen ernst machen«, brummelte Esra eine Erklärung.

Blakes Mundwinkel hoben sich. Vorhin hatte Esra ganz offensichtlich noch vorgehabt, allein zu schlafen. Jetzt lag die PSP auf dem Fensterbrett, nicht mehr beim Bett, und die Flaschen standen auf der Minibar. Er hatte eindeutig seine Meinung geändert, nachdem sie sich berührt hatten.

»Es funktioniert«, sagte Blake.

Esra musterte ihn, öffnete den Mund, um etwas zu sagen, und schloss ihn dann wieder.

»Hast du mich dazu gebracht?«, fragte er. Ein Schatten lag über seinen Augen. Er schien nicht allzu glücklich über die Erkenntnis zu sein.

Blake nickte. »Ich glaube schon.« Langsam ging er auf das Bett zu. »Wir können sie wieder auseinanderschieben«, bot er an. Auch wenn er es sinnvoll fand, die Nacht näher beieinander zu verbringen, würde er Esra nicht zwingen, es so zu handhaben. Wenn seine Fähigkeit wirklich so funktionierte, war sie mächtig. Er hatte einen anderen Menschen dazu gebracht, etwas zu tun, das er gar nicht wollte.

Esra schüttelte den Kopf. »Ist okay.«

»Sicher?«

»Nerv nicht«, brummte er.

Okay, vielleicht hatte er die Handlung eher angestoßen, als sie komplett zu lenken. Immerhin hatte Esra vorhin den Orangensaft nur herausgenommen und nicht selbst getrunken, sondern stattdessen zu einem Bier gegriffen. Er würde noch herausfinden müssen, wo die Grenzen lagen.

Blake kletterte auf sein Bett und zog die Decke über sich.

»Du musst nackte Haut dafür berühren, richtig?«, erkundigte Esra sich und verschränkte die Arme hinter dem Kopf. »Es ist nicht wie bei dem Gedankenleser?«

Zögerlich schüttelte er den Kopf, während er über die letzten Tage nachdachte. Er ging jede einzelne Situation durch, in der er jemanden angefasst hatte. In der Warteschlange zum Casting. Eugen. John. Es war vielleicht schon mehrmals passiert, ohne, dass er es gemerkt hatte.

»Nein, die Berührung ist notwendig«, sagte er nun selbstsicherer.

»Okay. Gut. Wird uns vielleicht noch nützlich sein.« Damit drehte er sich zur Seite, mit dem Rücken zu Blake. War das das Ende ihres Gespräches darüber? Sicher, sie waren müde, aber … diese Sache war doch recht groß, oder nicht? Er ahnte schon, warum Esra so reagierte.

»Ich werde das nicht unaufgefordert bei dir anwenden«, sagte er. »Ist doch klar.«

»Hab ich ein Glück, dass du so superkorrekt bist«, murmelte Esra. »Wird mir schon auffallen, wenn ich auf einmal Salate statt Burger bestelle und die ganze Zeit nett zu allen bin.«

Blake schnaufte leise. »Dass wir so verschieden sind, ist doch gerade unsere Stärke, Esra. Ich würde uns keinen Gefallen damit tun, wenn ich versuchen würde, einen Blake aus dir zu machen.«

Esra bewegte sich nicht. Hörte er überhaupt noch zu, oder döste er schon weg? Blake stieß ein Seufzen aus und sank tiefer in die Matratze. Eine ganze Weile lag er noch wach und lauschte auf Esras Regungen, aber der schien gar nicht einzuschlafen. Zumindest klang es, als würde er normal atmen. Irgendwann stand er leise auf und holte sich die PSP. Blake seufzte innerlich und drehte sich weg.

KAPITEL 9

MIT EINEM CROISSANT in der Hand plante er das nächste Attentat. Ihr Ziel war eine junge Frau, die zur Welt-Elite der weiblichen Modelle zählte. Esra hatte ihr Gesicht genau vor Augen, während er Ausdrucke und Notizen über den Tisch schob und gleichzeitig auf dem Tablet herumtippte und -wischte.

Sie hatten sich die Zeitpläne aller Modenschauen in der Stadt und näheren Umgebung besorgt und kannten die Listen jedes einzelnen Designers. Auch bei ihrer Agentur hatten sie nachgeforscht. Blake hatte vorgeschlagen, sie mit falschen Daten zu buchen, um sie an einen bestimmten Ort locken und dort unauffällig ihren Plan umzusetzen, aber das dauerte zu lange und würde aufgrund des vollen Terminkalenders solcher Stars eh nicht funktionieren. Abgesehen davon wollte er denen kein Geld überweisen.

Er wollte lieber Waffen kaufen.

»Diese Modenschau hier findet open air statt. Der Laufsteg ist sechzig Meter lang. Genug Gelegenheit, um einen gezielten Schuss zu setzen.«

Er bemerkte sehr wohl, wie Blake schluckte. Weichei.

»Du willst sie vor einem Publikum erschießen?«

»Stimmt, das würde hunderte Menschen traumatisieren und Leben zerstören«, knurrte er. »Wir sollten mehr Rücksicht bei unseren Attentaten nehmen.«

Blake brummte leise. »Wir nehmen den Weg, der für uns am einfachsten und sichersten ist«, lenkte er ein. »Ich dachte nur, das könnte uns zu leicht aufdecken.«

»Wir schießen ja nicht aus den Zuschauerrängen. Ich hab eh keine Lust, mir eine Modenschau anzusehen. Wir besorgen uns ein Sniper-Gewehr und verstecken uns auf einem Dach. Von da aus schießt es sich ganz gemütlich, und nach getaner Arbeit verschwinden wir mit zwei oder drei Sprüngen. Einfacher geht's nicht.« Er biss von seinem Croissant ab und genoss den sanften Vanillegeschmack, der sofort seinen Mund einnahm. Frühstück in Paris gefiel ihm.

»Kannst du das?«, fragte Blake. »Mit so einem Gewehr treffen?«

Esra gab ein abfälliges Geräusch von sich. Er gab es nicht gerne zu, aber ganz so sattelfest fühlte er sich in dem Bereich nicht. Mit seiner Glock hatte er nie weiter als sechs oder sieben Meter vom Ziel entfernt gestanden. Ansonsten hatte er sein Messer benutzt.

»Nicht so richtig. Wir brauchen einen Crashkurs, schätze ich.«

»Okay«, erwiderte Blake, aber es klang wie eine Frage.

Esra seufzte. »Ja, sowas gibt es. Ich mache einen Händler ausfindig und frage ihn, ob er uns jemanden für die Einweisung empfehlen kann. Das ist sowieso ein Skill, den wir noch öfter brauchen könnten. Schadet nicht, da ein paar Stunden reinzustecken.«

Glücklich schien Blake mit diesem Plan nicht zu sein, aber er protestierte auch nicht. Was er gestern gesagt hatte, war verdammt wahr: Sie funktionierten so gut zusammen, weil sie so verschieden waren. Zwei von seiner Sorte würden nicht miteinander klarkommen. Mit einem zweiten Esra würde er ständig streiten und wahrscheinlich nie zu einem Ergebnis kommen. Und zwei Blakes würden die Fluchnutzer zu Tode quatschen, oder es zumindest versuchen, statt eine Waffe in die Hand zu nehmen.

Während er die Zeitpläne durchging, um sich einen besseren Überblick zu verschaffen, glitt sein Blick immer wieder zu Blake. Er machte es ihm manchmal schwer, das wusste er spätestens seit Blakes RAGE Geständnis damals in New York. Er ordnete sich oft unter für das große Ganze. Wenn sie eines Tages frei waren, würde das für ihn eine doppelte Befreiung sein. Einmal vom Fluch … und dann auch von ihm.

Blake war eine Geisel des Fluches und falls er sich einbildete, ihn zu mögen, dann litt er vermutlich am Stockholm-Syndrom. Das passierte in solchen Situationen. Der Geist fand Wege, um damit umzugehen. Aus dem Augenwinkel sah er, dass Blake sich jetzt Videos von Modenschauen reinzog. War das Recherche oder fand er wirklich etwas daran?

»Schreibst du eigentlich noch an deinen Büchern?«, fragte er und räusperte sich. Keine Ahnung, woher die dumme Frage auf einmal kam. Stur fixierte Esra den Bildschirm seines Tablets und klickte auf dem Profil eines Waffenhändlers herum, den er in einem Darknetforum gefunden hatte.

»Klar«, erwiderte Blake milde überrascht. »Nicht mehr so viel wie früher, weil irgendwie so viel anderes zu tun ist … aber die Geschichten wollen nach wie vor raus.«

Immer, wenn Blake schmunzelte, sein Gesicht nur das geringste Anzeichen von Freude präsentierte, hüpfte etwas in Esra. Egal, wie sehr er das unterdrücken wollte. Er war ja nicht dumm und er kannte sich gut genug, um zu wissen, was das bedeutete.

Und vielleicht würden sie ja bald frei sein. Vielleicht schon in wenigen Wochen. Wenn sie es schafften, alle diese Kehlen durchzuschneiden, oder eben Kugeln in diese Körper zu jagen, die sie wie bleischwere Anker am Grunde eines schwarzen Ozeans festhielten.

Wenn sie alle Bänder durchtrennten, könnten sie frei sein. Und dann? Dann würde Blake irgendwo ein neues Leben beginnen. Anfangen, wieder glücklich zu sein. Mit jemandem, der zu ihm passte. Der ihn nicht runterzog, sondern hochhob. Genau das würde er tun. Er würde nicht mit einem grimmigen, grummeligen Typen, der zu viel trank seine wertvollen Jahre verbringen.

»An was für einer arbeitest du gerade?« Er konnte es nicht lassen. Esra arbeitete weiter und versuchte, das eigenmächtige Handeln seines Mundes zu ignorieren. Sollte Blake es als Versuch werten, diese Freundschaft zu stabilisieren, damit sie besser als Team funktionierten.

»Kyle jagt einen unsichtbaren Dämonen, der sich nur mit Feuer bekämpfen lässt. Er zündet Häuser und Fabriken an, in der Hoffnung, das Ding zu erwischen.«

»Klingt, als hätte Kyle PYROMANIA.«

»Schreib über das, was du kennst«, sagte Blake und zuckte mit den Schultern.

Er konnte wohl froh sein, dass Blake nichts über einen Entführten schrieb, der von seinem Geiselnehmer halb umgebracht und vergewaltigt wurde. Fuck, er sollte endlich aufhören, so viel darüber nachzudenken. So viel über Blake nachzudenken. Sie hatten einen Job zu erledigen.

Schweigend starrte er auf den kleinen Bildschirm und zog die Beine in den Schneidersitz. Es dauerte nur Minuten, bis der Händler ihm antwortete. Esra vereinbarte ein Treffen und fragte direkt nach einer Möglichkeit, das Schießen mit einem Scharfschützengewehr zu lernen. Möglichst kurzfristig. Geld war kein Problem.

Dieses Mal blieb sein Postfach eine ganze Weile leer.

Esra stand auf und holte sich ein Bier. Als er damit zurück zu seinem Platz lief, glaubte er, Blakes Blick auf sich zu spüren, aber wenn er zu ihm schaute, war Blake mit dem Laptop beschäftigt.

Nachdenklich stellte Esra die Flasche auf dem Tisch ab, checkte den Posteingang und starrte dann auf das Etikett. Wenn sie frei waren, behielten sie ja ihre Fähigkeiten … aber ihre Beinahe-Unsterblichkeit würde wahrscheinlich verschwinden, oder? Sie hätten John fragen sollen, oder zum Test Anritzen.

Falls das so war – würde ein fluchfreier Körper diesen Konsum einfach wegstecken? Er dachte nicht gerne darüber nach und bevor er Blake getroffen hatte, war es ihm ehrlich gesagt auch vollkommen egal gewesen, aber er trank schon ziemlich viel. Was war ihm auch sonst geblieben? Diese ganze Scheiße konnte man nicht einfach weglächeln oder mit ein paar feschen Yoga-Übungen ausblenden.

Unschlüssig stierte Esra zwischen dem Bier und dem Tablet hin und her.

*

Blake schätzte den Mann auf Ende sechzig. Seine Haut war gebräunt und pockennarbig, die Stoppeln an Kinn und Hals grau. Die Nase wirkte, als sei sie mehrere Male gebrochen worden. Zum Lächeln schien dieses Gesicht nicht gemacht zu sein, zumindest regte sich rein gar nichts, als er Esra und ihm die Hände schüttelte.

Laut Esra war der Kerl ein Veteran. Ein Ex-Soldat, der sich mit Scharfschützenangelegenheiten auskannte und Bargeld schätzte.

Das Gewehr, das sie erst vor einer Stunde gekauft hatten, trug Esra in einer länglichen Tasche bei sich. Jetzt streifte er sich den Gurt von der Schulter und legte es auf einen grob gezimmerten Tisch.

Sie waren umgeben von hohen Bäumen, die sich so dicht aneinanderdrängten, wie das Publikum eines illegalen Boxkampfes. Der Wald lag nordwestlich der Stadt. Nicht weit entfernt. Trotzdem waren sie hier allein.

Der Reißverschluss surrte und Esra packte das Gewehr aus. Es war ganz schön groß. Natürlich hatte er solche Dinger schon in Filmen gesehen, aber wirklich eines vor sich zu haben, änderte die Wahrnehmung.

Esra und ihr Trainer redeten über die Waffe. Blake verstand die Fachbegriffe nicht, die sie sich um die Ohren warfen, stattdessen konzentrierte er sich darauf, sich immer wieder umzusehen.

»Hat dein Freund Paranoia?« Sein französischer Akzent machte es teilweise schwierig, aber das hatte Blake durchaus verstanden.

»Er ist noch neu im Geschäft«, erwiderte Esra und stieß ihn in die Seite.

Blake zwang sich, dem Wald den Rücken zuzuwenden und wenigstens so zu tun, als ob er dem Gespräch über das

Gewehr und den Umgang damit folgte. Er sah zu, wie der Soldat die Waffe zerlegte und wieder zusammenbaute und sie anschließend mit der Munition lud, die Esra mitgebracht hatte.

»Ein sehr präzises Baby«, lobte ihr Trainer sie. »Die meisten fangen mit was Simplerem an. Hat seine Vorteile, wenn man ein bisschen Kohle reinstecken kann.« Er musterte Esra einen Moment und versuchte wohl, einzuschätzen, ob er der auf die schiefe Bahn geratene Sohn reicher Eltern war.

Schließlich winkte er sie hinter sich her und führte sie zu einer Art niedrigem Holzzaun. Erst auf den zweiten Blick erkannte Blake, dass es ein improvisierter Schießstand war. In einiger Entfernung hingen und standen kleine Ziele an mehreren Masten.

»Scharfschütze sein heißt vor allem Geduld und Konzentration. Ruhe in angespannten Situationen. Wenn du kein Chirurg werden kannst, wirst du auch kein Gott am Gewehr.«

Hoffentlich reichte es, wenn Esra ein Gott am Gewehr wurde. Geduld war nicht unbedingt seine größte Stärke, aber sie waren ja auch keine Jäger, die sich auf gut Glück irgendwo auf die Lauer legten und stundenlang auf Wild warteten - sie wussten, wann ihr Ziel den Laufsteg betrat, und dann war es nur noch eine Sache der Genauigkeit.

Blake presste die Lippen aufeinander, als der passende Film in seinem Kopf ablief. Die junge Frau, die in ihrem Designerkleid den Laufsteg entlangschwebte … das Publikum, die Fotografen, der blaue Himmel, die Kulisse der wunderschönen Stadt um sie herum. Dann der Schuss wie aus dem Nichts. Schreie, Blut und Panik.

Esra hatte inzwischen den Fuß des Gewehrs ausgeklappt und es vor dem Zaun postiert, der ihm als Auflage diente.

Auf die Anweisung des Trainers hin legte er sich ins Gras und ließ seine Hände führen, bis sie an den richtigen Stellen lagen. Blake setzte sich auf den Boden und sah den beiden mit einigem Abstand zu. Es störte ihn nicht, dass er hier außen vor war. Mit einer Waffe in der Hand hatte er sich nie wohlgefühlt.

Die beiden Männer redeten leise miteinander. Sie hatten die Stimmen gesenkt, als lägen sie tatsächlich auf der Lauer. Blake vermied es, den Kopf zu drehen, doch sein Blick wanderte trotzdem umher. Hier war es so friedlich. Auch wenn die Bäume kahl wirkten und er sich ein bisschen einsam vorkam, weil kaum ein Vogel oder Insekt zu sehen war, fühlte er sich hier gerade wohler als in der Stadt.

Der Schuss durchbohrte die Stille. Esra riss triumphierend die Faust hoch und der Trainer nickte zufrieden. Anscheinend machten sie gute Fortschritte. So ging es weiter. Erst nachdenkliche Stille und leises Gemurmel, dann ein Schuss.

»Jetzt du«, sagte der Mann auf einmal zu ihm.

»Ich auch?«, fragte Blake perplex und schaute zu ihm hoch, dann zu Esra.

»Sieh es als Recherche für Kyles Abenteuer.«

Blake kam auf die Beine und schaute ein wenig unsicher zwischen dem Gewehr und dem Soldaten hin und her. Der Blick dieses Mannes lastete schwer auf ihm. So nickte er nur stumm und kniete sich vor das Gewehr.

Wie Esra rutschte er weiter herunter und legte die Hände an das kühle Metall. Der Soldat korrigierte ihn, schob seine Finger auf andere Plätze, deutete dann auf das Zielfernrohr.

»Da reingucken.«

Blake spürte Esras Blick auf sich, auch wenn er nicht mal sehen konnte, wo er gerade war, ob er saß oder stand oder sich gerade eine Zigarette anzündete. Er wollte hier nicht versagen. Konzentriert starrte er durch das Fernrohr, schloss das andere Auge. Seine Finger tasteten den Körper des Gewehrs, stabilisierten es, so wie der Trainer es ihm zeigte. Die andere Hand lag am Abzug. Blake traute sich kaum, zuzudrücken, und als er es versuchte, merkte er, dass es unerwartet schwer ging.

»Vor dem Schuss einatmen. Dann langsam und konzentriert die Luft entweichen lassen. Beim Ausatmen sind die Hände am ruhigsten. Je größer die Entfernung, umso stärker wirkt sich jedes kleinste Zucken aus.«

Ja, das merkte er. Es war unheimlich schwierig, das Fadenkreuz auf das Ziel zu fixieren. Die Holzplatten mit den Kreisen kamen ihm winzig vor, obwohl das Fernrohr sie nahe für ihn heranholte. Bewegte er das Gewehr ein Stück nach links, verlor er sie direkt aus den Augen, musste wieder nach rechts schwenken. Wieder zu weit.

Sein Herz schlug schneller. Wie sollten sie ein bewegliches Ziel treffen, wenn er es schon kaum schaffte, ein stationäres richtig anzuvisieren? Hoffentlich war Esra besser darin als er.

»Du bewegst zu viel.«

»Ja«, sagte Blake nur und suchte wieder die Holzscheiben. Da. Dieses Mal nur ein bisschen … ja. Angespannt richtete er das Fadenkreuz auf die Kreise. So musste er es halten, und irgendwie verhindern, dass er beim Abdrücken verzog. Wenn er verzog, würde das nicht nur bedeuten, dass die Aktion scheiterte, weil alles in Aufruhr geriet - er konnte auch jemand anderen treffen. Jemanden, der gar nichts mit der ganzen Scheiße zu tun hatte.

Blake wurde flau im Magen und er war froh, dass er nur einen Joghurt zum Mittag gegessen hatte. Auf einmal kam ihm selbst dieser Schuss hier im Wald wie eine riesige Last vor. Aber er musste abdrücken. Wenigstens einmal, damit die beiden zufrieden waren und der Trainer sich wieder auf Esra konzentrieren konnte.

Seine Hand verkrampfte sich, als er den Finger in den Abzug drückte. Er zog es trotzdem durch. Das Gewehr ruckte. Der Schuss kam ihm noch lauter vor als bei Esra. Seine Hände kribbelten und waren zugleich irgendwie taub. Er hob den Kopf und ließ die Waffe los.

Hatte er irgendwas getroffen? Ohne das Fernrohr konnte er es von hier aus nicht erkennen.

»Das war nichts«, sagte der Soldat.

Blake befeuchtete seine Lippen und nickte nur stumm. Was sollte er dazu sagen? Es war okay. Wenn alles gut lief, würde er niemals mit so einem Gewehr schießen müssen, wenn es um etwas ging. Das war Esras Part in ihrem Team.

Als er sich umwandte, blickte er in Esras Augen und sein Gesicht wurde wärmer. Bestimmt hielt er ihn jetzt wieder für einen Schlappschwanz. Aber zumindest sagte er es nicht. Kein einziges Wort verließ seinen Mund. Stattdessen legte er ihm kurz die Hand auf die Schulter, was sich wie ein Abklatschen anfühlte.

Während er Esra weiter zuschaute, wie er mit dem Trainer redete und sich wirklich reinhängte, um das Schießen mit dem Gewehr zu lernen, sanken Blakes Schultern. Sicher, sie hatten ihre Stärken in unterschiedlichen Bereichen, aber war es fair, wenn er sich hier einfach rauszog? Wenn er die harten, die dreckigen Sachen auf Esra abwälzte, weil er sich zu fein war, um zu töten?

Als die beiden Männer nach einer gefühlten Ewigkeit eine Pause machten, und zu ihm schauten, straffte Blake sich und sagte: »Ich will es auch nochmal versuchen.« Und das tat er. Er legte sich vor die Waffe, merkte sich die richtige Haltung, die Einstellungen, die der Soldat ihm in knappen Worten erklärte, übte die Atemtechnik, und schoss. Seine Leistung blieb mangelhaft und erst beim letzten Versuch, traf er sauber eine der Scheiben, aber er fühlte sich vor sich selbst besser.

Als sie gingen, lag ein schwer zu deutendes Grinsen auf Esras Gesicht. Die Dämmerung spannte sich rot, orange und violett über die Baumkronen und der Gedanke an ein knisterndes Feuer schob sich immer wieder in Blakes Gedanken.

»Können wir etwas anzünden?«, fragte er knapp und Esra nickte nur. Sie luden die Waffe zurück in den Wagen und fuhren ein Stück, bis Esra in eine kleine Straße einbog, die am Waldrand entlangführte. Blake entdeckte den Jägerhochstand aus der Ferne und ahnte bereits, dass das ihr Ziel war.

Aufgeregt wippte er mit dem Knie. Die Straße wurde immer mehr zu einer Art Lehmpfad, und das Auto ruckelte nur so über den unebenen Grund. Blake rechnete schon damit, dass Esra gleich umdrehen und ein anderes Ziel suchen würde, aber er zog es durch. Lag wahrscheinlich daran, dass das hier nicht sein eigener Wagen war, sondern ein gemieteter.

Sie sprangen nach draußen und sahen sich um. Langsam floss immer mehr dunkles Violett und Blau in das Farbenspiel des Himmels. Die Nacht kam - und damit rückte auch ihr Attentat näher. Mit zittrigen Fingern nahm Blake Esras Feuerzeug und eine alte Zeitung aus dem Handschuhfach entgegen und kletterte die Leiter am Hochsitz hinauf. Oben angekommen warf er das Papier hinein und zündete es an.

Schon das Schnipsen des Rädchens kitzelte seine Sinne. In diesem Moment gab es nichts Schöneres, als die kleine Flamme erscheinen zu sehen und sie an die trockene Zeitung zu halten. Sofort wuchs das Flämmchen zu einem richtigen

Feuer an, verzehrte die Ränder des Papiers und tanzte im Schatten des Hochsitzes. Blake legte die Zeitung vorsichtig auf den Boden und betrachtete verliebt das Schauspiel.

Hitze streichelte sein Gesicht und glühte in seinen Augen. Die ganze Zeitung stand in Flammen und langsam leckten diese auch am Holz der Kanzel. Flackern und Brennen linderten den Fluchdruck und nahmen ihn schließlich ganz von ihm. Es war erleichternd wie ein warmes Bad nach Stunden im Eismeer. Sein Körper fühlte sich leicht und entspannt an, als er die Leiter seelenruhig wieder hinabstieg.

»Komm, wir müssen los«, trieb Esra ihn an und Blake sprang von der vierten Sprosse aus auf den Boden. Sie setzten sich ins Auto und Blakes letzter Blick ging zu dem Hochsitz, der wie eine riesige Fackel im Wald abbrannte.

Sie fuhren zurück in die Stadt, wo der Verkehr jetzt bedeutend dichter war als noch am Vormittag.

Esras Fahrstil war so ruppig wie sonst auch, während er den Mietwagen durch die Straßen manövrierte. Die Modenschau sollte um neun beginnen und es war gerade erst halb acht. Dennoch fühlte sich alles auf einmal sehr hektisch an. Das Vorbeirauschen der Lichter und Menschen, Esras Lenkbewegungen und sein eigener Herzschlag.

»Bist du sicher, dass das Training gereicht hat?«, fragte Blake nach einer Weile.

»Nein«, gab Esra überraschend ruhig zurück. Zweifelnd lehnte Blake sich vor. Wenn Esra nicht glaubte, dass sie den Schuss landen konnten, warum zogen sie es dann durch?

»Aber …«, setzte er an.

»Eine Trockenübung kann dich nie vollständig vorbereiten. Die echte Situation ist jedes Mal vollkommen anders als alles, was du geübt hast. Glaub mir, ich kenne mich aus. Es bringt nichts, tagelang zu proben. Wir wissen, wie man die Waffe hält und worauf es ankommt. Das war's. Der Rest ist Machen.«

Blake schluckte.

»Denkst du, ich habe Sicherheitsnetze gespannt, bevor ich das erste Mal von Dach zu Dach gesprungen bin?«

»Nein«, gab Blake ehrlich zurück. Das glaubte er nicht. Esra war einfach gesprungen. Geflogen. Wenn Esra so viel Vertrauen in sich hatte, würde er nicht diskutieren. Er würde einfach an ihn glauben.

»Wir töten die Bastarde, da kannst du dich drauf verlassen. Die Kugel findet ihr Ziel.«

Er nickte. Sie bogen nach rechts ab und Esra lenkte den Wagen in ein Parkhaus. Je mehr Rampen sie erklommen, je weiter es nach oben ging, umso lauter klopfte sein Herz.

Esra ließ ihn aussteigen und eine der Kameras mit seinem Strom außer Gefecht setzen. Dann holten sie die Tasche aus dem Kofferraum und stiegen die Stufen bis zum Dach hinauf.

Das Gebäude hatte Esra auf einem Stadtplan ausgewählt. Es grenzte direkt an den Platz, auf dem bereits der Laufsteg aufgebaut wurde und war eines der niedrigsten Häuser hier, was die Distanz verkleinerte und damit den Schuss einfacher machte. Der Trainer hatte ihnen erklärt, dass die technische Herausforderung bei einem besonders weiten Schuss darin lag, dass die Kugel trotz ihrer hohen Austrittsgeschwindigkeit an Höhe verlor. Deswegen durfte man nicht zu niedrig zielen.

Dieses Wissen schwirrte durch seine Gedanken wie vor einem schriftlichen Test, für den er wochenlang gelernt hatte. Kühler Nachtwind strich über sie hinweg und fuhr ihnen durchs Haar. Seine Berührung fühlte sich ermutigend an. Sie würden es schaffen. Sie hatten schon viel Unmöglicheres geschafft.

Dieser Schuss war eine Konzentrationsaufgabe, mehr nicht. Außerdem hatte Joy gesagt, dass sie immun gegen das Glück der Fluchnutzer waren, genauso wie sie durch den Fluch immer unter dem Radar von Polizei und Ermittlern blieben.

Während er sich diese Dinge immer wieder in Gedanken sagte, baute Esra das Gewehr auf. Seine Handgriffe waren langsam und präzise. Blake saß direkt neben ihm hinter der kleinen Mauer, die das Dach umrahmte und starrte die Uhrzeit auf seinem Handy an, schaute in den Chat mit den anderen Verfluchten hinein und schloss ihn wieder.

Noch knapp eine Stunde, bis es losging.

»Ich glaube, das ist die Generalprobe«, sagte Esra und lugte über den Rand der Mauer. Tatsächlich stolzierte gerade eine Person nach der anderen über den Laufsteg.

»Sie gehen bis zur Mitte, machen eine Pose, gehen bis nach vorne, posieren wieder, zurück, und dann nochmal vor dem Abgang. Sie halten dreimal still für uns.« Und das nicht zu kurz. Blake sah, wie eine Person am Fuß des Laufsteges herumwuselte und mit den Armen wedelte, wahrscheinlich Anweisungen zur Verbesserung gab. Die Models posierten alle recht lange für die imaginären Fotografen. Das konnte klappen. Ja, sie würden das schaffen.

»Na also«, murmelte Esra, der wohl sein erleichtertes Lächeln bemerkt hatte. »Macht mich schon nervös, wenn nicht mal *du* an unseren Erfolg glaubst.«

Blake musste lachen. »Tut mir leid. Ich hab mir nur Sorgen gemacht, weil es mir so schwer fiel. Aber du warst ja gut.«

»Du hast doch getroffen«, sagte Esra mit einem Schulterzucken. »Für jemanden, der sonst noch nie wirklich was mit Schusswaffen am Hut hatte und noch dazu seinen Fluch-

druck niederkämpfen muss, hast du dich ziemlich gut ange-
stellt.«

Ein Lob von Esra? Blake wusste nicht, ob er lachen oder
ungläubig starren sollte. Lächelnd wandte er den Blick ab.

*

Das Warten auf den richtigen Moment war immer am
schlimmsten. Nichts zu tun zu haben nervte Esra so sehr,
dass er anfing, den Fuß des Gewehrs mit einem Taschentuch
zu polieren.

In der letzten Stunde hatte sich die Nacht über die Stadt
gesenkt. Der Himmel war dunkelblau, nicht schwarz wie in
New York. Irgendwie seltsam. Der Laufsteg sah von hier
oben aus wie eine Landebahn mit all den Lämpchen und
Lichtern.

Gut zweihundert Menschen saßen auf weißen Stühlen und
warteten wie sie darauf, dass die Models herauskamen und
auf- und ab gingen. Sein Blick huschte zwischen dem Laufsteg und der Uhrzeit auf seinem Handy hin und her.

Dann kam der Moderator heraus und begrüßte die
Zuschauer. Er laberte irgendwas von der Saison und der
Inspiration des Designers, und machte dann die Bühne frei.
Es war so weit. Esra tauschte einen Blick mit Blake. Das,
was er gleich tun würde, barg ein Risiko. Eins, das er früher
niemals eingegangen wäre, und das er auch jetzt scheute.
Aber er musste das tun. Für sich, für Blake und für diesen
ganzen, wahnwitzigen Plan, von dem das hier nur ein winziger Schritt war.

Sein Blick wurde ernst und ruhig, während er Blake in die
Augen sah. Das hier war noch ein Sprung, so wie der zum
HSC Gebäude. Ohne STRENGTH, ohne eine Garantie und

ohne Sicherheitsnetz. Wie groß Blakes Vertrauen in ihn gewesen sein musste, als er auf seinen Rücken kletterte, konnte Esra jetzt erst wirklich ermessen. Sie hätten stürzen, und auf der Straße zerschellen können, zusammen mit ihrer einzigen Chance, je die Wahrheit herauszufinden. Wenn dieser Schuss hier schiefging, konnten sie immer noch abhauen, aber ihr ganzes Vorhaben würde darunter leiden. Leticia wäre gewarnt und würde sich verstecken. Die Schwierigkeitsstufe würde von Normal auf Hart wechseln. Trotzdem war Esra sich sicher, dass er es riskieren wollte.

Seine Lippen formten die Worte und seine Stimme sprach sie glasklar aus: »Los, schnapp sie dir.«

KAPITEL 10

DER BODEN UNTER ihm schwankte. Es fühlte sich an, als säße er plötzlich auf einer Wippe, die sich ohne sein Zutun bewegte. Esra machte einen Scherz. Mit einem zittrigen Grinsen auf den Lippen rutschte Blake vom Gewehr weg, um ihm Platz zu machen.

»Ich meine das ernst, Blake. Du wirst schießen.«

Warum passierte das? Heftig schüttelte er den Kopf. »Ich kann das nicht.«

»Doch, du kannst. Und du wirst. Ich verlasse mich auf dich, genau wie die Jungs in New York.« Esras Blick glitt kurz hinunter zum Laufsteg und Blake sah ebenfalls hin. Die Show begann. Musik spielte. Sein Herz sprang ihm bis zum Kehlkopf. Sie mussten es jetzt machen. Es ging los.

»Aber ich … du bist viel besser.«

Esra sprach aus, was sie beide wussten: »Wir haben keine Zeit für diese Diskussion, Blake.« Warum war er so verdammt ruhig? Ausgerechnet er? Warum ging er dieses Risiko ein? War das ein Test? Ob er endlich hart genug war? Ob er sich auf ihn verlassen konnte? Esra machte wirklich keine Anstalten, sich vor das Gewehr zu legen. Fuck.

Und wenn er nicht schoss? Keiner von ihnen? Das wäre immer noch besser als zu verfehlen. Der Gedanke musste ihm von den Augen abzulesen sein, denn Esra griff in diesem Moment nach seiner Hand. Sein Blick wurde noch ernster.

»Blake. Mach schon.«

Langsam zog er ihn zu sich. Nein, näher zu ihrem Gewehr. Ob ihm bewusst war, dass er in diesem Moment seine Gefühle lesen konnte? Dass sie zu ihm herüberschwappten, als hätte sich ein Kanal zwischen ihnen geöffnet, ein Fluss, der sie beide verband? Blake tauchte hinein, ohne nach seiner Erlaubnis zu fragen. Er war zu überrumpelt. Er brauchte zu schnell diese Antwort.

Nein, kein Fluss. Ein Meer. Esras Gefühle waren ruhig wie ein Ozean ohne Wind. Wasser so grau wie seine Augen floss auf einmal über ihn hinweg. Irgendwo unter dieser Oberfläche erahnte er seine Angst. Aber sie war weit weg. Tief unten. So weit konnte er nicht tauchen. Nicht jetzt. Nicht einfach so. Aber hier oben war alles ruhig und sicher. Keine Strömung, keine Welle.

Dass er die Augen geschlossen hatte, merkte er erst, als er sie wieder öffnete und Esras Gesicht vor sich sah.

»Schieß.« Esra drückte seine Hand. Es gab keine ermutigende Ansprache, aber er fühlte es doch in ihm. Den Glauben an sich. Esra hatte ihn wirklich. Er traute ihm zu, dass er das schaffte.

Blake holte tief Luft. Sein Herz wummerte immer noch. Kalter Wind streifte ihre Gesichter, verwehte ihre Haare. Sein Körper fühlte sich steif und starr an, als er sich vor das Gewehr kniete und damit nach vorn rückte. Esra half ihm, es passend zu positionieren. Durch das Fernrohr sah er den

Laufsteg. Die Welt schrumpfte auf diesen kleinen, kreisförmigen Bereich zusammen, den ihn die Zielvorrichtung sehen ließ. Er legte die Hände an den Körper des Gewehrs, und obwohl er das vorhin erst getan hatte, fühlte es sich fremd und ungewohnt an. Eine harte, glatte Oberfläche.

Vorsichtig bewegte Blake das Gewehr, richtete das Kreuz auf die Mitte des Laufsteges. Dort wollte er treffen. Nicht hinten am Vorhang, nicht vorne bei den Fotografen. Esra schwieg, aber er spürte ihn nahe bei sich, spürte das beruhigende Gewicht seiner Hand auf dem Rücken. Jetzt war Stoff zwischen ihnen, aber er spürte auch so, dass Esra genauso angespannt war wie er.

Das erste Model war nicht Leticia. Blake hatte sich so viele Fotos und Videos von ihr angesehen, dass er sie ohne Probleme erkennen würde. Die junge Frau lief durch das Fadenkreuz, ahnte überhaupt nichts von der drohenden Gefahr. Nur ein Druck seines Zeigefingers und ein Leben würde enden. Einfach so.

Blake schluckte. So eine kleine Bewegung. Es war absurd. Es sollte nicht so einfach sein, ein Leben zu beenden. Das Model kehrte zurück, lief wieder durch seine Schusslinie. Verschwand in Sicherheit.

Nummer zwei posierte in der Mitte, spazierte weiter. Musik und Blitzlicht. Ein gut gelauntes Publikum. Das war alles so normal für sie. Blakes Gedanken rasten. Er dachte an Hannah und sein Leben vor dem Fluch. An seinen ersten Mord. An seine erste Vergewaltigung. Seine Kehle schnürte sich zu. Seine Hände wurden wärmer, fühlten die Waffe besser.

»Sie kommt«, flüsterte Esra.

Leticia spazierte elegant in sein Sichtfeld hinein. Ihr schlanker, langgestreckter Körper steckte in einem weißen Kleid.

Weiß, nicht schwarz wie die Bänder, die sie gefangen hielten. Sein Herz schlug dumpf und laut. Das Kreuz lag auf ihr, als sie in der Mitte posierte. Er musste jetzt abdrücken. Jetzt schießen.

Sie ging weiter. Blakes Gesicht verkrampfte sich. Ein Zittern fuhr durch seinen Körper. Der Wind hier oben war kalt. Fuck, er … er würde versagen.

Beim Ausatmen abdrücken, erinnerte ihn die Stimme des Soldaten. Es war ganz einfach. Das Schießen war einfach. Aber es war unfassbar hart gewesen, bis hierhin zu kommen. Sein Körper war durchstochen worden. Sein Kopf durchlöchert. Er hatte in diesen wenigen Monaten mehr gelitten als andere in einem ganzen Leben. Sie alle hatten das. Tag für Tag für Tag.

Leticia tauchte wieder auf. Auf dem Rückweg würde sie keine Pose in der Mitte machen. Sie würde weiterlaufen.

Ein bisschen höher zielen, weil die Kugel auf dem Weg absinkt. Die Worte hallten dumpf in seinem Kopf.

Blake drückte den Abzug. Sein Körper und seine Gedanken erstarrten zu Eis. Seine ganze Welt bestand aus diesem kleinen Ausschnitt des Laufstegs, den er immer noch anstarrte. Die Bewegungen dort unten nahm er kaum wahr. In ihm drin lief alles wie in Zeitlupe. Sein Herzschlag klang dumpf und langsam, obwohl er wusste, dass sein Puls raste.

Etwas drückte gegen seine Schulter.

Esras Finger, die sich hineinkrümmten. »Blake.« Bestimmt hatte er seinen Namen schon mehrmals gesagt, ohne, dass er es gehört hatte. »Komm.« Wie in Trance rollte Blake sich zur Seite und auf einmal strömte die Realität wieder auf ihn ein. Zuerst kam das Rauschen des Windes zurück, dann die Geräusche des Gewehrständers, den Esra gerade einklappte. Das Rascheln der Tragetasche. Erst zum Schluss hörte er die Panik der Menge unten auf dem Platz. Verwaschene Laute, die zu ihnen hinauf drangen.

»Komm«, wiederholte Esra und griff seine Hand. Blake hielt sich an ihr fest, spürte Esras Adrenalin, das ihn langsam aufweckte. Seine Beine bewegten sich. Zur anderen Seite des Daches. Esra ging in die Hocke und Blake kletterte auf seinen Rücken.

»Habe ich getroffen?«

Esra lachte leise. »Ja, hast du. Ein Kinderspiel für dich.«

Blake wusste nicht, ob er auch lachte, ob sich seine Miene auch nur das kleinste Bisschen bewegte. Er schloss die Arme um Esras Hals und hielt sich so gut fest, wie er konnte. Dann sprangen sie ab und flogen durch die Nacht.

*

Stolz mischte sich mit der Euphorie, die durch seine Adern strömte wie eine Droge. Wind kroch in seine Ärmel, eine Gänsehaut überzog seine Schultern und seinen Nacken. Die Luft roch nach Freiheit. Über Paris hinweg zu fliegen hatte er sich im Leben nicht vorgestellt, aber es fühlte sich geil an. Ihr zweites erfolgreiches Attentat auf die Fluchnutzer ließ ihn glauben, dass er noch ewig so weitermachen könnte. Landen, laufen, abspringen, fliegen. Blake und er durchquerten die halbe Stadt binnen kürzester Zeit, als wäre es nichts.

Er war kein Weichei mehr. Blake hatte zwar gezögert, beinahe zu lange, aber er hatte den Treffer versenkt und das war alles, was zählte. Es war unmöglich, von heute auf morgen jemand anders zu werden, aber jetzt glaubte er umso fester daran, dass Blake und er es schaffen würden. Ihre letzte Fluchnacht würde bald anbrechen.

»Ich will das feiern«, sagte er über die Schulter hinweg zu Blake, der die Beine fest um seine Taille schlang. Sie landeten auf einem schmalen Wohngebäude. Weit genug weg vom Tatort. Esra atmete tief und zufrieden ein und aus und setzte Blake ab. Als er sich zu ihm umdrehte, schwankte Blake, wirkte benommen. Er hatte wohl einen Gang zu weit hochgeschaltet, war gesprungen wie früher, ohne Pause.

»Geht's dir gut oder kotzt du mir gleich vor die Füße?«

Blondie war echt blass. Sicherheitshalber machte Esra einen Schritt zur Seite, aber Blake rieb sich nur übers Gesicht, wischte sich Schweiß von der Haut. Dann schien ihn ein Gedanke zu treffen und er steckte die Hand in die Hosentasche, fummelte zittrig das Smartphone heraus.

Ja, gute Idee. Esra holte seins auch heraus.

Die nächste Runde geht auf mich, stand da. Das war der Code dafür, dass jemand befreit worden war. Die Nachricht kam von diesem Tim.

Blake schaute von seinem Telefon auf. »Es hat geklappt.«

»Ja, dachtest du, es geht nur bei John, oder was?« Esra stopfte das Handy zurück in die Tasche und hängte sich den Gurt des Gewehrs über die Schulter. Bis eben hatte er das Ding um den Hals getragen und sich damit den Nacken aufgerieben.

»Lass uns runtergehen.«

Zum Glück ließ die Tasche nicht erkennen, was darin steckte. Sie hätte zu einem Kamerastativ gehören können. Trotzdem wollte er nicht unbedingt damit auf einem fremden Dach erwischt werden. Zielsicher steuerte er die Feuertreppen an, drehte sich aber immer wieder nach Blake um.

»Wir bringen das Gepäck aufs Zimmer und dann stürzen wir uns ins Pariser Nachtleben«, beschloss er. Dass Blake immer noch ein bisschen neben sich stand, entging ihm nicht, aber er war nicht gut darin, jemanden über seine Gefühle zu befragen, also versuchte er es weiter mit Ablenkung.

Sie stiegen die Treppen hinunter und liefen den Rest des Weges zu Fuß. Niemand beachtete sie. Das Gemurmel um sie herum konnte er nicht verstehen. Seine Französisch-Kenntnisse begannen und endeten bei Lady Marmelade. Auf den Nachrichtenmonitoren, die hier und da aufleuchteten, lief eine Blitzmeldung über Schüsse bei einer Freilichtmodenschau. *Fakenews*, dachte er bei sich. *Es war nur ein einziger Schuss. Mehr haben wir nicht gebraucht.*

Jetzt war also dieser Tim befreit. Ausgerechnet der Typ, der die Leitung der Gruppe in New York übernommen hatte. Hoffentlich seilte er sich jetzt nicht ab. Esra verdrängte die Zweifel. Jetzt wollte er erst mal feiern und sich den Erfolg nicht vermiesen lassen. Wenn die Jungs durchdrehten, würden sie das schon merken. Noch regten sich die Nadeln nicht.

Als Blake immer mehr zurückfiel, nahm Esra seine Hand. Zwar widerstrebte ihm der Gedanke, dass Blake durch die Berührung irgendwie in ihn reinsehen konnte, aber er bildete sich ein, seine Gefühle ganz gut im Griff zu haben. Solange er nicht auf komische Gedanken kam, würde Blake nichts finden, das irgendwelche Probleme machte. Vielleicht konnte er ihn ja sogar mit seiner Freude anstecken und ihn wieder zu sich kommen lassen.

So gelangten sie bis zum Hotel. Esra verstaute die Tasche unter ihren Betten und zog sich um, während Blake im Badezimmer verschwand. Als er wieder herauskam, sah er zumindest wieder etwas gefasster aus.

»Alles okay?«

»Ja, es ist nur …« Blake zuckte mit den Schultern. »Egal. Lass uns losgehen, wenn das mit dem Nachtleben ernstgemeint war.«

»War es.« Esra grinste breit. Heute war ihm richtig nach Feiern und er würde auch Blake dazu bringen, sich zu entspannen. Er konnte sich schon denken, was in dem blonden Kopf vorging. Es war etwas anderes, zu töten, wenn sich jede Faser deines Körpers danach sehnte, es zu tun. Wenn in deinem Kopf der Wunsch des Fluchs hämmerte. Dieser Mord war ohne den Fluchdruck geschehen. Und Blake war immer noch … na ja, weicher als er eben. Aber er würde nicht zulassen, dass er sich ewig schuldig fühlte, weil er einen ihrer Feinde ausgeschaltet hatte. Er sollte verdammt nochmal stolz sein.

»Komm.«

Das Design des Clubs war an einen griechischen Tempel angelehnt. Weiße Säulen ragten am Rand der Tanzfläche und drüben bei der Bar empor und die zuckenden Lichter nahmen in unregelmäßigen Abständen die Form von Blitzen und Wolken an.

Die Angestellten trugen gewickelte Roben, die im Schwarzlicht der Bar leuchteten und die Musik war ein Mix aus klassischen Musikstücken im Techno-Style und modernen Popsongs auf Englisch und Französisch.

Esra lief dicht hinter Blake und hatte die Hände locker auf seine Hüften gelegt, damit sie sich im Gedränge nicht verloren. Vor allem hier im Eingangsbereich war es echt vollgestopft. Je weiter sie Richtung Tanzfläche vordrangen, umso besser konnte man sich bewegen.

»Zuerst was trinken«, sagte er nahe an Blakes Ohr und navigierte sie beide ans hintere Ende der Bar. »Du wirkst immer noch so unlocker.«

Sie fanden zwei leere Plätze direkt an der Theke und bestellten sich Drinks mit sexy klingenden französischen Namen. Blakes Exemplar leuchtete grün und sah nach Colada aus, sein eigener war rötlich - ein French Martini, so viel hatte er verstanden.

Eigentlich sah das Ding viel zu süß aus und es roch auch so, aber gerade hatte er zu gute Laune, da ging alles. Grinsend hob er sein Glas und prostete Blake zu. »Cheers, Held des Tages. Ich trinke auf uns.«

Blakes Blick lag auf ihm, als er den Martinikelch an die Lippen setzte. Dann nahm er sein eigenes Glas und trank. Na also.

Prüfend schaute Esra in sein eigenes Glas hinein. »Dieser Beerenlikör ist … pervers«, murmelte er und schaffte es damit endlich, Blake ein Grinsen abzuringen. »Willst du kosten? Dir schmeckt das bestimmt.« Er schob sein Glas zu ihm, ohne eine Antwort abzuwarten.

»Ziemlich offensichtlicher Versuch, mich betrunken zu machen«, brummte Blake, nippte aber dennoch an dem French Martini.

»Wenn zwei Befreite kein Anlass zum Feiern sind, dann weiß ich auch nicht«, erwiderte er gelassen und zog sich Blakes Glas heran, um sein grünes Gesöff zu probieren. Was war da drin? Birne? Esra runzelte die Stirn und wischte sich über den Mund.

»Ich bin froh, dass es Tim getroffen hat«, sagte Blake und nahm noch einen längeren Schluck aus seinem geborgten Glas. »Wenn die anderen sehen, dass er die Stellung hält und das Team nicht im Stich lässt, obwohl er befreit wurde, stärkt das das Vertrauen in die Gruppe.«

Vertrauen … Blake fiel das so viel leichter als ihm. Manchmal beneidete er ihn darum. Genau daher kam dieses Licht, das er ausstrahlte. Seine Hoffnung, die sie so weit gebracht hatte. Aber sie machte ihn auch unfassbar verletzlich. Angreifbar. So sehr ihn das anzog, so sehr hasste er es auch. Weil es dumm war. Weil er ihn beschützen wollte.

Davon sagte er nichts. Ein Schulterzucken, ein Grinsen für die gute Stimmung und ein weiterer Nipp an Blakes Drink.

»Ist schon gut so, dass wir auch Teamplayer im Team haben. Nicht nur solche wie Eugen und mich.«

Blakes Lächeln entschädigte ihn für die viel zu süßen Drinks. Er taute wieder auf, wurde wieder normal.

»Apropos Eugen, du musst noch deinen Wetteinsatz einlösen.«

Unwillig verzog er das Gesicht. Er würde Blake die Kurzfassung geben, denn ehrlich gesagt, gab es über Eugens und seine Geschichte auch nicht viel zu erzählen.

»Es war Antipathie auf den ersten Blick. Eugen wollte regelmäßige Treffen wie bei einer Selbsthilfegruppe im Stuhlkreis. Ewige Gespräche, Nachforschungen über unsere Vergangenheit, die nirgendwo hinführten, weil's immer mindestens einen gab, der nicht ins Puzzle passte. Dazu ständig der Fluchdruck, unsere Angst und die getriebenen Blicke. Am Anfang wollten wir alle die Lösung finden, aber irgendwann war es nur noch eine Farce, weil alle nur auf den mit dem FREE gestartet haben. Es ist mehrmals so geendet, dass wir einander angegriffen haben, mit RAPE und MURDER. Ich war's schließlich, der dem guten Eugen ins Gesicht gesagt hat, dass es sinnlos ist und ich keinen Bock mehr auf die Scheiße habe. Dann hab ich John angesprungen und mir das FREE geholt. Das war das letzte Treffen.«

Blake nickte verstehend. Er wollte noch mehr wissen, aber Esra wehrte das ab.

Während sie ihre Gläser langsam leerten, wurde das Gespräch wieder seichter. Sie fingen an, über den Club zu reden, über die Musik und die Stadt. Blake erzählte ein paar Dinge, die er in dem Reiseführer gelesen hatte. Esra merkte sich nichts davon, aber er hörte trotzdem gerne zu und machte seine Scherze.

Irgendwie waren sie bei alldem auch näher zueinander gerückt. Ihre Hände lagen dichter beieinander als noch am Anfang. Als wäre mit dem Alkohol auch die Vertrautheit zurückgekehrt. Oder noch mehr.

»Jetzt will ich tanzen«, rief Esra und sprang von seinem Hocker. Blake zögerte, aber als er mit dem Kopf in Richtung Tanzfläche nickte, ließ er sich doch überreden. Gemeinsam strebten sie an den Säulen vorbei und eroberten sich einen Platz am Rand der Meute. Gerade ertönten die ersten Klänge von The Verves Bitter Sweet Symphony. Esra grinste schief. Das war so Neunziger.

Um sie herum tanzten viele junge Leute und immer wieder blitzte nackte Haut im silbernen und blauen Licht auf, aber sobald Blake sich vor ihm im Takt der Musik zu bewegen begann, hatte er nur noch Augen für ihn. Es war sinnlos, das zu leugnen … er stand immer noch auf ihn, auch wenn er sich geschworen hatte, die Finger von Blake zu lassen.

Heute Nacht würden sie trotzdem tanzen. Sie waren Helden. Soldaten, die eine siegreiche Schlacht hinter sich hatten, während der Krieg weiter tobte. Irgendwo tief in sich drinnen sagte ihm die vertraute, bittere Stimme, dass es nicht so weitergehen würde. Es würde härter werden.

Aber jetzt machte er sich keine Sorgen. Er war so mächtig wie noch nie. Die Fluchplagen waren mithilfe des »Teams« unter ihrer Kontrolle und Blake hatte diese neue Fähigkeit, mit der er andere beeinflussen konnte.

Je mehr sein Körper sich bewegte, umso ruhiger wurden seine Gedanken.

Blake kam näher, sein Blick ging tief; er ahnte nicht, dass er ihm allein dadurch eine Gänsehaut verpasste. Esra verließ sich auf sein Pokerface. Sie konnten auch als Freunde tanzen, einfach Spaß haben. Ein bisschen flirten. Da war nichts dabei.

Wie viele Anlässe zur Freude hatte es denn in den letzten sieben Jahren gegeben?

Als sie später in der Nacht aufs Hotel zurückkehrten, war alles gut. Blake grinste genauso dümmlich vor sich hin wie er selbst, lachte über seine Witze und fragte ihn wie für ihn typisch, ob er über seinen Schlaf wachen sollte.

»Ich würd' gerne ausprobieren, ob ich die Albträume mit EMPATHY vielleicht ganz fernhalten kann.«

»EMPATHY?« Esra lachte rau und trat sich die Schuhe von den Füßen. Sie flogen quer durch den Raum und polterten an der Wand zu Boden. »So nennst du das jetzt?«

»Na und?«

Esra schnaufte. »Dann kannst du selbst ja nicht schlafen.«

»Wäre es nicht genial, wenn ich damit den Fluchdruck beeinflussen könnte?« Blake zerrte sich das T-Shirt über den Kopf. Seine Haare gerieten dabei fast so durcheinander wie seine.

Einen Moment lang starrte Esra auf Blakes nackten Oberkörper. Das lag am Alkohol. »Ja, wäre genial«, murmelte er.

»Gut, dann lass es mich versuchen.«

Klamotten raschelten, landeten mehr schlecht als recht auf den Stühlen am Esstisch. Blake ging Zähneputzen, Esra rauchte noch eine und verschwand dann ebenfalls kurz im Badezimmer.

Es war halb vier Uhr nachts. Ob die Jungs in New York auch gefeiert hatten? Wie feierte einer wie Tim, wenn er keinen wie ihn an seiner Seite hatte, der ihn antrieb, sich ein bisschen gehen zu lassen?

Blake saß aufrecht im Bett, als er zu ihm zurückkehrte. Bei diesem Anblick gingen ihm ganz andere Sachen durch den Kopf als Blakes Vorhaben, sein NIGHTMARE zu verdrängen. Würde er das merken? Seine Schritte wurden langsamer, während er sich durch den Raum bewegte. Esra öffnete das Fenster, um etwas Zeit für sich zu gewinnen.

Die Nacht war kühl und klar. Tausend Lichter lagen über der Stadt. Kurz griff er nach den schwarzen Bändern in seinem Geist. Das war wohl die sicherste Methode, um nicht mehr an Sex zu denken. Diese drückende Düsternis vertrieb jedes andere Gefühl, ließ ihn frösteln. Es waren nur noch sechs Bänder. Mit jedem Mord eins weniger.

Esra seufzte tonlos und zog die Vorhänge vor das Fenster. Dann wandte er sich zum Bett um und kletterte hinein. Blake sah viel zu wach für diese Uhrzeit aus. Unter seinem gespannten Blick fühlte er sich wie ein Versuchskaninchen. Aber auch dieses Gefühl wollte er ihm eigentlich nicht zeigen. Blake sollte nur Gelassenheit finden, wenn er ihn anfasste.

Esra zog die Decke über sich.

»Bereit?«, fragte Blake. Er gab ihm seine Hand. Blakes Haut war angenehm warm.

»Was genau … wie fühlt sich deine Fähigkeit an?«

Blake befeuchtete die Lippen, schaute auf ihre Hände, dann wieder in sein Gesicht. »Wenn ich nur zusehe, ist es, als würde über die Berührung etwas in mich hineinfließen. Wie beim Strom, nur umgekehrt.«

»Meine Gefühle fließen zu dir rüber?«

»Sie sind wie Wasser.«

»Wie poetisch.«

»Nein, ich … sehe ein Meer in meinen Gedanken, wenn ich mich auf deine Gefühle konzentriere. Ein weites, graues, stilles Meer.«

Still klang schon mal gut. Es war trotzdem ein bisschen wirr. »Und wie erkennst du darin, was ich fühle?«

»Wenn ich mich hineingleiten lasse. In das Wasser. Dann fühle ich es. Du bist konzentriert. Und müde.«

Was für eine seltsame Vorstellung, dass sein Innenleben für Blake ein Ozean war, in den er eintauchen konnte. Aber wenn Blake gerade ehrlich zu ihm war, dann konnte er wirklich nicht alles einfach so in ihm erkennen, sondern nur das, was offenlag. Die Dinge, die er verschlossen halten wollte, blieben tief unten auf dem Grund.

»Was kannst du damit machen?« Das war ja die viel spannendere Frage.

»Wenn ich mich auf meine eigenen Gefühle konzentriere, kann ich sie hinüberleiten. Glaube ich.« Zitterte Blake? Esra schaute auf die Hand, die seine hielt.

»Im Flugzeug habe ich das irgendwie intuitiv gemacht. Einfach intensiv an etwas gedacht, ohne zu wissen, was ich tue.«

»Und jetzt hast du Schiss?«

Blake lächelte leidgeprüft. »Ein bisschen?«

»Mach, dass ich leicht einschlafen kann«, forderte Esra und ließ sich an seinem Kissen hinabgleiten. Er war neugierig, ob das wirklich funktionierte. Und ein bisschen wollte er Blake auch aus der Reserve locken. Wenn er schon meinte, so eine starke Fähigkeit zu besitzen, dann sollte er sie auch einsetzen und trainieren.

Esra schloss die Augen und spürte sein eigenes Gewicht auf der Matratze. Seine Atemzüge gingen ruhig und tief. Frieden legte sich wie eine warme Decke über seine Gedanken. War das Blake?

Ein Gähnen zwängte sich aus seinem Mund. Er drehte sich auf die Seite. Dieses Mal zur Mitte hin, damit ihre Verbindung nicht abriss. Blakes Finger strichen sanft über seine. Jetzt war er wirklich müde. Aber er fühlte sich auch gut. Entspannt. Friedlich. Sicher. So voller … Vertrauen. Okay, das war eindeutig Blakes Einfluss. Er ließ sich darauf ein. Für das Experiment. Der Schlaf kam. Was für eine Wohltat.

*

Blake sah dabei zu, wie sich Esras Meer veränderte. Das Wasser wurde weicher und dunkler, der Himmel darüber klarer. Er hatte versucht, Esra Ruhe und Entspannung zu schicken. Ein Gefühl von Sicherheit und Geborgenheit. Tatsächlich war er eingeschlafen. Blake unterdrückte seine Freude darüber so gut es ging, um Esra damit nicht gleich wieder aufzuwecken.

Sein Herz klopfte aufgeregt. Diese neue Kraft war faszinierend. Es fiel ihm nicht schwer, wach zu bleiben. Esras Gefühlsmeer zu betrachten und auf NIGHTMARE zu warten, war spannend genug. Während er so dalag, schwebte die Melodie von The Verves Bitter Sweet Sympony durch seinen Geist. Ob Esra das auch hören konnte, wenn er es bei sich spielte? Es gab so vieles, das er nicht über EMPATHY wusste.

Der Name drückte sicherlich nicht korrekt aus, was diese Fähigkeit war … er konnte ja längst nicht nur Esras Gefühle nachempfinden, aber ihm war auch nichts Besseres eingefallen, das einigermaßen kurz war.

Für eine Weile war er wieder in dem Club, sah die blauen und silbernen Lichter und die grellen Farben ihrer Drinks, hörte Esra lachen und sich selbst über Paris reden. Während Esras Meer so ruhig dalag, vertiefte er sich in seine eigenen Gedanken und Gefühle. In die Erinnerung eines Abends, an dem alles fast normal gewesen war.

An den Schuss und das Blut dachte er erst wieder, als das Meer sich auf einmal dunkler färbte und ein kalter Wind aufkam. Er schnitt ins Wasser, peitschte es zu kleinen, spitzen Wellen auf. Blake drückte Esras Hand fester und konzentrierte sich ganz auf ihn, spürte, wie die Unruhe auch in seinen Körper eindrang.

Das war NIGHTMARE.

Wolken überzogen den eben noch so klaren Himmel, ballten sich schwarz und dick zusammen. Angst kribbelte in Blakes Geist. Zorn. Aggression. Die Wellen wuchsen, der Sturm trieb sie vor sich her, zerfurchte das Grau, das immer mehr zu einem Schwarz wurde.

Was konnte er tun?

Blake hörte seinen eigenen Herzschlag, spürte die Anspannung in Esra, den Druck seiner Hand. NIGHTMARE würde ihn verletzen, wenn er es nicht abwendete oder ihn weckte.

Ein tiefer Atemzug. Er durfte sich nicht davon anstecken lassen. Wenn er Esra helfen wollte, musste er die Ruhe sein. Der Frieden. Das Vertrauen. Blake atmete und dachte an etwas, das ihn entspannte. Er sah sich an Hannahs Bett sitzen und aus einem Buch vorlesen, spürte das raue Gefühl das Papiers unter seinen Fingern, das Glück, das ihn durchflutete, wenn er in ihr schlafendes Gesicht schaute, die Ruhe, die sich über den Raum legte.

All das ließ er durch seine Hand zu Esra fließen, um den Sturm zu bändigen. Half es? Zumindest schien der Sturm nicht mehr zu wachsen. Er musste weitermachen.

Blake zog noch mehr Erinnerungen aus sich heraus, vertiefte sich in sie. Hannahs Freude, wenn sie mit einer guten Note für ihren Aufsatz nach Hause kam. Sie hatten so lange dafür gelernt. Er hatte sie verzweifeln sehen und am Ende hatte es sich doch ausgezahlt.

Das stolze Lächeln ihres Vaters. Das Lachen der beiden, als sie sich umarmten. Diese Momente hatten Hoffnung in ihm verankert. Die feste Gewissheit, dass irgendwie und irgendwann alles gut wurde, wenn man sich anstrengte.

Er sah sich nach einer langen Tattoo-Session nach Hause schlurfen. Erschöpft aber wahnsinnig zufrieden. Wie er seine Arme vor dem Spiegel drehte. Wie Freunde ihm Komplimente dafür machten.

Die Wolken über Esras Ozean lösten sich so schnell auf, wie sie gekommen waren. Die Wellen ebbten ab, verloren sich in der Weite. Alles wurde wieder ruhig und glatt und gleichmäßig.

Im Dunkeln betrachtete Blake Esras Gesicht, das sich ebenfalls entspannte. Er lauschte auf die tiefen Atemzüge und lächelte. Er konnte es. EMPATHY konnte es. Hatte er wirklich gerade den Fluch besiegt? Zumindest in einem kleinen Gefecht? Das war großartig. Wenn es mit NIGHTMARE ging, dann vielleicht auch mit den schlimmsten Tattoos. Vielleicht konnte er MURDERs Blutlust und RAPEs unbändige Gier damit zurückdrängen.

Danke, Joy, dachte er und blickte nach oben zur Zimmerdecke.

KAPITEL 11

TIM STAND AUF seiner Veranda und atmete. Nur eine kleine Pause. In seinem Haus bündelten sich Gedanken, Ängste, Sorgen und Vorwürfe. Die meiste Zeit über waren die Verfluchten ein Haufen Fremder, die sich gegenseitig misstrauisch beäugten.

Sam und Freddie hatten Angst vor Eugen und Mike und er selbst stand irgendwie zwischen ihnen allen, gehörte nirgendwo richtig dazu, dabei waren die Brüder seine besten Freunde. Waren es hoffentlich noch ...

Er würde ihre schockierten und enttäuschten Blicke niemals vergessen. Sie hatten ihn wie Stilette durchbohrt, als er der versammelten Mannschaft offenbart hatte, was seine wahre Fähigkeit war.

Freddie und Sam hatten nichts davon geahnt. All die Jahre hatte er ihnen etwas anderes erzählt. Nie den richtigen Zeitpunkt gefunden, um zu erzählen, wie es wirklich war.

Alles hatte damit angefangen, dass er in Sams Gedanken Dinge gehört hatte, die ihn völlig aus der Fassung brachten.

Die zwischen den Mordgedanken von MURDER und den schrecklichen Fantasien von RAPE herausstachen.

Ich bin so froh, dich zu haben. Jedes Mal, wenn sie sich anlächelten und sich gegenseitig Trost spendeten. *Wenn ich ihn küssen könnte.* Manchmal, wenn sie sich nahe waren, sich umarmten. *Er ist so schön.* Wenn diese Ruhe zwischen ihnen einkehrte. *Ich will bei dir schlafen.* Wenn sie gemeinsam in seinem Haus übernachteten und die Brüder im Wohnzimmer ihr Lager aufschlugen. *Was, wenn ich rübergehe? Was würde er sagen?*

Sams Gedanken waren überall gewesen. So plötzlich und unerwartet. Sie waren doch Freunde. Er wäre nie auf die Idee gekommen, dass er ihn *so* sehen könnte. Es hatte ihn schlichtweg überfordert.

»Wenn ich es euch gesagt hätte, hätten wir zu dem Chaos mit den Flüchen auch noch dieses emotionale Wirrwarr gehabt«, hatte er sich zu erklären versucht. »Ich wollte es uns nicht noch schwerer machen. Ich wollte, dass wir als Freunde füreinander da sein können. Und ich war verunsichert, klar war ich das. Mir hat noch nie jemand seine Gefühle gestanden und ... das hast du ja auch nicht. Ich konnte sie zufällig hören. Das war irgendwie nicht richtig. Ich konnte das nicht ansprechen.«

Er hatte zu lange gewartet, das wusste er.

»Ich fühle mich wie ein Betrüger.«

»Bist du ja auch«, hatte Freddie trocken erwidert. »Du bist wie so eine Art ... Gedankenspanner. Ich hätte mich mehr zurückgehalten, wenn ich das gewusst hätte.«

Tim hatte nur schief gelächelt. Hilflos. »Bitte verzeih mir.«

»Muss ich darauf jetzt noch antworten, oder ...?« Sam hatte ein wenig verstört ausgesehen, die Hände in den Hosentaschen vergraben, doch die ganze Zeit dabei, von einem Fuß auf den anderen zu treten.

»Wir ... müssen wohl über einiges reden.«

Tim seufzte in den nächtlichen Garten hinaus. Sie hatten nicht wirklich viel geredet. Ihre Gespräche hatten bestanden aus sowas wie »Also weißt du auch das mit meinen Gefühlen« – »Ja.« – »Und das mit James.« – »Ja, das auch.«

Er wusste auch, dass Sam sich nackt vor ihm fühlte. Was er nicht wusste, war, wie es eigentlich weitergehen sollte. Diese seltsame Beziehung. Sie waren immer noch Freunde. Er wollte immer noch für sie da sein. Aber er wusste absolut nicht, was er sagen sollte. Wie er anfangen sollte, darüber zu sprechen. Aber das erwartete Sam doch, oder nicht? Er hatte nie ausgesprochen, dass er ihn auf diese Weise mochte ... und doch wussten sie es beide und sie wussten, dass er es auch wusste, also war es doch irgendwie, als hätte er es ausgesprochen und als sei er ihm seit Jahren eine Antwort schuldig.

Es war schwierig.

So schwierig, dass Tim das Babysitten der Fluchplagen fast lieber war.

*

Elliot Mercer hieß der Kerl, der als Nächstes auf ihrer Liste stand. Er hatte sich für den ersten Platz qualifiziert, indem er momentan in Mailand residierte. Esra stand hinter Blake, eine Hand auf seiner Schulter abgelegt, während der gerade über ihn recherchierte.

Mercer war tatsächlich bildender Künstler. Er malte und haute Skulpturen aus Stein. Soweit er das beurteilen konnte, sahen seine Kunstwerke auch nicht anders aus als das, was andere ambitionierte Künstler erschufen, aber mit dem Glücks- und Erfolgsboost so einer Sekte konnte man damit natürlich weltbekannt und reich werden.

»Gibt es irgendwelche Ausstellungen, zu denen er kommt?«, fragte Esra und überflog die Überschriften, die über den Bildschirm scrollten.

»Momentan nicht. Elliot Mercer ist ziemlich pressescheu. Guck dir das an.«

Esra lehnte sich vor. Auf dem Bildschirm öffnete sich eine Meldung darüber, dass Mercer einen Reporter geschlagen hatte. Das machte ihn ja beinahe sympathisch. Er würde es auch hassen, wenn ihm tagtäglich Journalisten auflauerten.

»Also keine Meet & Greets«, murmelte er und verschränkte die Arme. »Dann müssen wir ihn privat besuchen. Ich kann Tick drauf ansetzen, seine Adresse rauszusuchen.«

»Ist wahrscheinlich am besten.« Blake lehnte sich zurück und gähnte so heftig, dass Esra seinen Kiefer knacken hörte.

»Wenn wir rübergeflogen sind, bestellen wir einen Fluchwechsel«, legte er fest. Für die Zeit im Flieger war ihre Kombination zu gut, um sie aufzugeben, aber danach wollte er tauschen. Seit Blake vorletzte Nacht erstmals sein NIGHT-MARE mit der neuen Fähigkeit in Schach gehalten und ihm damit tatsächlich fast sieben Stunden Schlaf am Stück beschert hatte, sah er ziemlich erschöpft aus.

Esra setzte sich auf die Bettkante und tippte auf seinem Handy herum. »Ich buche uns einen Trip nach Mailand und rufe Tick an. Pack schon mal deine Sachen.«

Das Erste, was er von Mailand sah, waren die Dächer. Schon im Landeanflug fielen ihm die Kuppeln und Türmchen auf, die zu irgendwelchen altehrwürdigen Gebäuden gehörten. Wie es sich wohl anfühlte, über die hinwegzuspringen?

Als sie vor das Flughafengebäude traten, begrüßte sie strahlende Sonne an einem perfekten, blauen Himmel. Die Stadt wirkte wie aus Sand gebaut. Alles war so … hell und gedeckt. Solche Bauwerke wie hier hatte er bisher nur in Filmen und Videospielen gesehen. Die Bögen über Türen und Fenstern, der viele Stein. Rot, gelb und weiß statt grau. Dazu überraschend viele Pflanzen für eine Metropole.

Italien gefiel ihm irgendwie.

Esra drängte einen anderen Touristen weg, um ihnen ein Taxi zu sichern, und teilte dem Fahrer auf Englisch ihren Wunsch mit. Der sagte irgendwas auf Italienisch und fuhr los. Aus dem Radio kam dudelnde Musik. Im Seitenspiegel betrachtete er Blake, der hinten eingestiegen war und den Arm über seinen Rucksack und die Tasche mit dem Gewehr gelegt hatte. Er wirkte erschöpft, lehnte den Kopf gegen die Lehne und schloss die Augen.

Der Einsatz seiner neuen Fähigkeit schien ihn mehr auszulaugen, als er zugab. Nur wegen EMPATHY hatten sie sich überhaupt getraut, das Gewehr mit zum Flughafen zu nehmen. Blake hatte den Beamten, der das Handgepäck kontrollierte, bei einem vorgetäuschten Stolpern kurz gestreift und irgendwie so beeinflusst, dass er sie auch ohne Schein durchwinkte. Eine nützlichere Fähigkeit hätte Joy ihnen kaum schenken können.

Esra zog sein Handy aus der Tasche und öffnete den Chat mit den anderen Verfluchten. Der Code für einen Fluchwechsel war »Filmeabend«. Aber Mailand war New York City um sechs Stunden voraus und wenn er jetzt einen Wechsel forderte, wäre es drüben gerade erst Vormittag.

»Habe Lust auf einen Filme-Lunch, bin zurzeit abends immer so müde. Um zwölf bei mir«, tippte er schließlich und checkte nochmal die beiden Ortszeiten, bevor er das abschickte. Jetzt konnten die Jungs beweisen, dass Verlass auf sie war.

Auf dem Zimmer angekommen, wusch Blake sich nur das Gesicht und ließ sich danach aufs Bett fallen.

»Schlaf ruhig ein bisschen«, sagte Esra und schob die Tasche mit dem Gewehr unter den Schrank. »In zwei Stunden wird meine Fluchwechselbestellung ausgeliefert. Ruh dich bis dahin aus. Wir müssen sowieso auf Ticks Nachricht warten, bevor wir was unternehmen können.«

Blake sah ihn nur an. Esra seufzte.

»Beschäftigt dich was?«, fragte er. Als Freund und guter Teamkollege war es wohl auch seine Aufgabe, Blake sein Ohr zu leihen.

»Nein. Ich bin nur irgendwie … ich weiß auch nicht.«

»Erschöpft? Hungrig?«

»Leer.« Blake zuckte mit den Schultern. Esra trat an das Bett heran, auf dem Blake lag.

»Du hast dich mit EMPATHY übernommen«, sagte er. Für ihn war das die logischste Erklärung.

»Aber …«

»Nichts aber. Ich bin das Springen gewohnt. Mit STRENGTH wurde meine meine normale Fähigkeit nur verbessert. Du hast eine völlig neue Kraft bekommen, mit der du erst umgehen lernen musst. Deren Eigenheiten du nicht kennst. Du hast mit deinen eigenen Gefühlen gegen den Fluch gekämpft, hast du mir doch selbst erzählt. Kein Wunder, dass du dich ausgezehrt fühlst.«

Der Drang zum Widerspruch wich aus Blakes Gesicht. Er seufzte und sank tiefer in die Matratze, zog die Beine ein Stückchen weiter an den Körper.

»Am besten, du schläfst. Nachher bestellen wir uns fette original-italienische Pasta und Pizza aufs Zimmer. Wenn es sein muss, kannst du auch was Gesundes haben.« Er schenkte Blake ein kleines Grinsen, weil er wusste, dass Blondie sich dann besser fühlte.

Wie erwartet gab Blake nach und schloss die Augen. Na endlich. Esra zog die Vorhänge neben dem Bett zu und machte das Zimmer für Blake so dunkel wie möglich. Dann ging er ins Badezimmer und nahm eine Dusche. Er hasste Wartezeiten und nun gab es sogar zwei Dinge, auf die er wartete: Ticks Rückmeldung und der Fluchwechsel.

Hoffentlich kriegten Tim und die anderen das hin. Eugen hatte wahrscheinlich lange nicht mehr so viel Ruhe mit dem FREE gehabt. Mike, John und er hatten bei ihm zwar wegen seiner ekelhaften Fähigkeit am meisten gezögert, auf die Jagd zu gehen, aber eine Pause von fünf Tagen war dennoch selten gewesen, selbst wenn sie am Ende nicht erfolgreich gewesen waren und Eugen abhaute … versucht hatten sie es.

Jetzt hatte der Bastard tatsächlich tagelang in vollkommener Sicherheit das Leben genießen können. Je genauer er sich das vorstellte, umso schwerer fiel es ihm, daran zu glauben, dass Eugen mitspielen würde. Und wie entschieden die anderen überhaupt, wer das FREE bekam?

Esra fuhr sich mit beiden Händen übers Gesicht und schob sich die nassen Haare aus der Stirn, kämmte sie sich nach hinten. Kühles Wasser lief über seine Stirn.

Würden sie es auslosen? Oder gab es eine feste Reihenfolge, sodass jeder mal dran kam? Und wie würde derjenige es aufnehmen, wenn sie dieses Mal vielleicht sofort wieder tauschen wollten, weil die Lotterie nur Mist ausgespuckt hatte? Der Krieg war doch vorprogrammiert.

Du unterschätzt sie. Die Stimme in seinem Kopf klang verdächtig wie die von Blake. Esra gab ein Schnauben von sich. Er konnte nur hoffen, dass das stimmte.

Wenn das mit dem koordinierten Wechsel tatsächlich funktionierte, musste er sich wohl geschlagen geben. Dann funktionierte diese »Team Fluch«-Sache.

Esra wusch sich die Haare, genoss das Gefühl von weichem Schaum auf der Haut und ließ sich vom kühlen Wasser beleben. Sie waren in fucking Mailand. Europa. Auf einer Attentatsreise um die Welt, um die Verfluchten zu befreien. Er konnte es immer noch nicht glauben. Die Erinnerung an tausende einsame Tage in seinem Apartment vor der Konsole, am Fenster oder in den Schatten New York Citys war nur einen Wimpernschlag entfernt. An vielen Tagen hatte er nicht mal gesprochen. Niemanden gesehen.

Er trocknete sich ab und musterte sich im Spiegel. Diesen zwielichtig aussehenden Kerl mit den weißen Linien quer über den Hals. Die grauen Augen, die selbst jetzt misstrauisch dreinblickten. Er hatte sich verändert, seit er Blake getroffen hatte. Er hatte wieder mehr angefangen zu leben. Und er wollte nicht so schnell wieder damit aufhören.

Als er ins Zimmer zurückkehrte, regte sich ein dünnes Grinsen auf seinem Gesicht. Blake war eingeschlafen, lag halb zusammengerollt da und schnarchte leise. Gut so. Er konnte nicht zulassen, dass Blondie irgendwann genauso aussah wie er. Einem Sonnenschein wie ihm standen die Augenringe nicht. Blakes Hals war unversehrt, hatte zum Glück nur ein paar Klingen gespürt. Bei ihm hatte der Fluch es irgendwann aufgegeben, die immer gleiche Wunde restlos auszubessern. Aber er hatte es auch provoziert oder nicht? Als sie entdeckt hatten, wie das mit dem FREE funktionierte, war das monatelang seine oberste Priorität gewesen. Er *musste* das FREE haben, so oft und so lange er konnte. Nie vorher hatte er so viel Blut und so viel Schmerz gesehen.

Blake musste das nicht.

Esra biss sich auf die Lippe. Wenn er ihn zu lange anschaute, spürte er regelrecht, wie ihn das aufweichte. Es war richtig, dass er Blake zu dem Schuss gedrängt hatte. Aber den nächsten Mord würde er wieder selbst erledigen. Das war nur fair. Nicht, dass Blake am Ende meinte, dass er die ganze Arbeit machte oder so.

*

Die Nadeln. Murrend drehte Blake sich auf den Rücken und rieb sich über den schmerzenden Bereich kurz unter seinem Bauchnabel. Seine Lider fühlten sich schwer an und klebten irgendwie zu. Er hätte gerne noch weitergeschlafen. Aber er fühlte sich schon besser. Und im Zimmer roch es nach Käse, was bedeutete, dass das Essen schon da war.

Gähnend richtete er sich auf, schob die Decke weg und betrachtete sein Tattoo. »MURDER.«

Esra stand vom Tisch auf und brachte ihm einen Teller ans Bett. Spinat und Thunfisch. Blake konnte ein Lächeln nicht unterdrücken. »Danke.«

»Aber du verpasst was, wenn du die Pasta nicht wenigstens kostest«, bemerkte Esra grummelnd und nickte in Richtung des Esstischs, wo der ganze Rest der Bestellung stand.

»Welches hast du bekommen?«

Esra blieb neben dem Bett stehen und schob das Shirt hoch, den Hosenbund etwas herunter.

THEM, las Blake.

Esra grinste breit. »Jackpot.«

THEM und MURDER. Passend zu ihrem Vorhaben. Esra würde diese Tattoos behalten wollen. Blake fuhr sich durchs Haar. Mit MURDER würde es sicher einfacher sein, die Fluchnutzer umzubringen.

»Kannst dich nach dem Essen gleich wieder hinhauen, wenn du willst. Tick hat noch nicht geschrieben«, sagte Esra und sah ihm prüfend in die Augen. »Oder merkst du schon was?«

»Ich glaube nicht«, murmelte er, nachdem er in sich hineingehorcht hatte. Dann griff er nach dem Pizzateller und nahm eins der losen Stücke. Der Teig roch lecker und auch der Duft des Spinats umschmeichelte seine Nase, weckte die Lebensgeister. Erst beim Kauen wachte er richtig auf. Es war fast, als bekäme die Welt um ihn herum wieder mehr Farbe. Alles war irgendwie flach und grau gewesen, als sie Mailand heute Vormittag erreicht hatten.

Lag das wirklich an EMPATHY? Er hatte es ziemlich viel angewendet, seit sie seine Nützlichkeit bemerkt hatten. Seinen Strom hatte er immer mit Essen aufgeladen. Vielleicht funktionierte es hier genauso?

Blake kaute und schluckte herunter und biss ab. Die Pizza schmeckte immer besser und schließlich setzte er sich auch zu Esra an den Tisch, um die Pasta zu probieren. Die Nudeln zogen feinste Käsefäden und der volle Geschmack von Käse und sonnengereiften Tomaten breitete sich in seinem Mund aus. Blake schloss die Augen und sank im Stuhl zurück.

»Sag ich doch«, kommentierte Esra nur.

Gefräßige Stille legte sich über den Raum. Esra leerte seine Pasta-Schachtel im Nu und schob dann Pizza hinterher. Blake ließ es langsamer angehen und sein Blick wanderte dabei ruhig durch den Raum. Wieder so ein feines Hotelzimmer, wieder eine andere Stadt hinter den Fensterscheiben. Doch anstatt hinauszusehen, zog es ihn immer wieder zu der Pasta und zu Esras Tomatenpizza.

Blake packte das Messer fester. Unter dem Gefühl von gestilltem Hunger und Zufriedenheit regte sich ein anderes, das sich rasend schnell aufbäumte und wuchs und wuchs. Seine Hände bewegten sich von selbst, führten das Besteck und zerteilten den Rest der Spinatpizza. Blakes Blick fokussierte sich auf die Schneide des Messers, die sich in den Teig grub und in seinem Kopf passierten Dinge, die er nicht unter Kontrolle hatte.

Wie schön die Klinge in die helle Masse schnitt. Wie gut sich das anfühlte.

Blake leckte sich über die Unterlippe. Er wollte das Messer loslassen und nach der Pizza greifen, doch er konnte es nicht. Warum sollte er auch? Das Messer war gut. Gut, um es in einen Körper zu stechen.

Angestrengt zog er die Luft in seine Lungen. Tief hinein. Wollte sich beruhigen.

Esra sprang auf, weil sein Handy klingelte, wandte ihm den Rücken zu und hob das Telefon ans Ohr.

»Na endlich. Hab mich schon gewundert, seit wann eine popelige Recherche zu einer Einzelperson dich so lange beschäftigt.«

Blake stand auf. Die Gabel legte er leise auf den Tisch. Das Messer umschloss er mit seiner Faust. Esra schlenderte aufs Fenster zu, schob den Vorhang beiseite und suchte in seiner Hosentasche nach den Kippen. Er war abgelenkt. Der perfekte Moment.

Blakes nackte Füße tasteten den Boden ab, spürten den weichen Teppich. Leise. Schneller.

»Alles klar, ziehe ich mir raus. Schick mir deinen Bezahl-Link.«

Noch ein Schritt. Er war nahe genug dran. Esra drehte den Kopf wie in Zeitlupe zu ihm, blickte über die Schulter. Seine Augen weiteten sich. Blakes Hand schnellte nach vorn. MURDER wollte von hinten ins Herz stechen, aber Blake zog den Arm höher, traf die Schulter.

Der Widerstand von Esras Fleisch und Muskeln. Blake erschauderte. Eine kalte Gänsehaut kroch über seinen ganzen Körper. Ein Aufstöhnen, dann der dumpfe Schmerz von Esras Faust an seinem Kiefer.

Blake hörte das Knacken. Die Wucht von Esras Schlag warf ihn seitlich Richtung Bett. Er landete auf der Tagesdecke, griff sich benommen an den Kopf, fühlte die Stelle. Pochen und Brennen.

MURDER hatte losgelassen, aber glücklich war es nicht. Die Befriedigung blieb aus. Esra stand neben dem Bett, drückte mit einer Hand auf die Wunde, die heftig blutete. »Nicht mal in Ruhe telefonieren kann man.« Er schnaufte und betrachtete den Boden und das Bett. »Für die Blutflecken muss ich bestimmt Aufpreis zahlen.« Seine Stimme klang fast normal, lediglich etwas gepresst. Tja, die Erfahrung härtete ab.

Blake hingegen lag schwer atmend da. Sein Kiefer pochte. Esra hatte fest zugeschlagen, wahrscheinlich war er angebrochen, aber der Fluch würde auch das binnen Minuten heilen.

»Sobald wir halbwegs verheilt sind, gehen wir los. Tick hat spannende Infos gefunden. Unser Zielobjekt frequentiert passenderweise einige Gay Clubs. Ich würde sagen, wir treiben ihn dort auf und locken ihn in eine dunkle Ecke. Beim Feiern wird er keine Bodyguards mitschleppen.«

»Du willst mich in diesem Zustand in einen Club voller Menschen schleifen?«, fragte Blake. Seine Worte klangen seltsam und sie ließen sich nur langsam und träge formen. Er rieb sich wieder über den Kiefer. »Es ist nicht zufrieden. Sobald wir draußen sind, wird es wieder losgehen. Ich glaube nicht, dass ich mich unter Kontrolle habe, bis wir ...«

Esra ließ seine Wunde los. Das Blut sickerte nur noch und lief nicht mehr an ihm herunter. Der Fluch heilte ihn bereits. Blakes Herz schlug schneller, als Esra sich über ihn beugte, die Hände neben seinem Kopf abstützte, die Knie aufs Bett schob. Gefährlich. Graue Augen schauten ihn an. In seine dunkle Seele hinein, bis in das Begehren des Fluches.

»Dann schock mich. So, dass es bei einem Normalo für einen Mord ausreichen würde.«

Blake biss sich auf die Unterlippe. MURDER hörte dieses Angebot viel zu gerne.

»Esra ...«

»Mach schon. Das verursacht keinen Dreck und es gibt dir mehr Aufschub als dein kläglicher Versuch von eben.«

Angespannt schaute er in die kühlen Augen, die so unvermittelt in seine blickten. Wie immer meinte er vollkommen ernst, was er da forderte. Ihn zu schocken war die beste Lösung, das wusste Blake. Kein Unschuldiger musste sterben ... sie könnten in einer halben Stunde rausgehen und stattdessen einen Fluchnutzer suchen und umbringen. Aber ...

»Gott, Blake. Verschon mich mit deinen Skrupeln.«

Er schluckte und streckte die Hand nach Esras Arm aus. Haut an Haut. Nein, in ihm war keine Angst. Nur Ungeduld. Er lächelte grimmig.

»Los, Pikachu, Donnerblitz!«

Blake kniff die Augen zusammen und jagte seinen Strom in Esras Körper. So viel davon, dass es für einen Mord reichte. Hitze und Prickeln schossen durch seine Fingerspitzen und übertrugen sich auf die fremden Muskeln. Esra zuckte heftig zusammen, krümmte sich unter der Macht der Elektrizität. Blake roch verbranntes Fleisch. MURDER trieb ihn an, wollte mehr und mehr.

Er konnte nicht hinsehen, aber er schaffte es auch nicht, die Augen zu schließen. Esras seltsame Starre. Seine geweiteten Pupillen. Sekundenlang sah er ihn an, sekundenlang floss der Strom ungehemmt, verbrannte jede Zelle.

Erst als sein Opfer auf ihm zusammenbrach, war der Fluch zufrieden. Jeder normale Mensch wäre jetzt nur noch totes, stinkendes Fleisch. Blake schluckte schwer, zog seine Hand weg. So hatte er sich schon lange nicht mehr ... oder vielleicht noch nie gehen lassen.

Selbst für einen Mord war dieser Schock übertrieben heftig gewesen.

Esras Körper deckte ihn zu. Er war schwer, drückte ihm fast die Luft ab. Aber davor hatte Blake keine Angst.

Angst hatte er vor etwas anderem und die stillen Minuten, in denen Esra wie tot auf ihm lag, fütterten sie. Was wenn sie einander auf einmal doch töten konnten? Wenn der Schock zu stark gewesen war für die Heilungskräfte des Fluches? Was wenn ...

Esra keuchte leise, hustete schwach.

Blakes Kopf fiel zur Seite. Er lebte. Gott, er war wirklich ein Schisser.

Der hässliche Gestank von verbranntem Fleisch und Haar war allgegenwärtig. Blake wollte die Luft anhalten, aber er bekam sowieso schon zu wenig. Der Geruch biss in seine Nase und er verkrampfte sich unter der Vorstellung, wie schmerzhaft dieser Schock gewesen sein musste.

Esra schob sich kraftlos von ihm herunter. Blake hielt ihn fest und rückte ein Stück zur Seite. Er zog Esra weiter zur Mitte, damit er nicht vom Bett fiel und ließ dann wieder von ihm ab.

Der Fluchdruck war fort. Esra wusste eben, wovon er redete. Und es stimmte auch, dass das der beste Weg war, um keine Unbeteiligten zu verletzen, aber ... er hasste es, ihm wehzutun. Den vielen schlimmen Erfahrungen eine weitere hinzuzufügen. Esra kämpfte für sie alle. Für ihn, für Tim, Freddie und Sam, für Mike und John und sogar für Eugen. Und er tat so, also sei das nichts.

»Es hat funktioniert«, sagte er.

»Sag ich doch.«

Die Erinnerung, die dieser Wortwechsel in ihm heraufbeschwor, schob Blake eilig beiseite. Sie hatten so viel miteinander durchgestanden. Seit sie sich getroffen hatten, saßen sie in einer Achterbahn fest, die Tag und Nacht über die Gleise rollte. Manchmal erreichten sie solche Höhen, dass er die Arme hochwerfen und vor Glück schreien wollte, aber die Tiefen kamen öfter, dauerten länger und schnitten tiefer.

»Vielleicht brauchen wir wieder deine Make Up Skills«, ächzte Esra. Er klang mehr tot als lebendig. Seine Stimme war brüchig und aufgerieben. Blake versuchte, nicht zu mitleidig zu schauen ... er wusste genau, dass Esra sonst wieder darüber herziehen würde.

»Du brauchst eher einen dichten Parfümnebel«, erwiderte er so gelassen und locker er konnte und rang Esra damit tatsächlich so etwas wie ein Lachen ab.

»Ich riech's gar nicht.«

»Sei froh.«

KAPITEL 12

ESRA LAG AUF der Seite. Die Haare fielen ihm ins Gesicht und ganz langsam schien seine Haut wieder etwas Farbe zu bekommen. Das fahle Grau, das sie nach dem Schock angenommen hatte, wurde von einem etwas rosigeren Ton verdrängt.

Aus der Wunde in seiner Brust sickerte kein Blut mehr. Nur die Kleidung wies noch darauf hin, dass sich vor Kurzem ein Messer durch ihn hindurchgebohrt hatte. Himmel, das war nicht der Ausgangszustand, den Leute normalerweise hatten, bevor sie sich für eine Partynacht fertigmachten.

Blake stand vom Bett auf und stapfte ins Bad, um sich frisch zu machen. Sie würden also tatsächlich heute Nacht noch aufbrechen, um diesen Mercer zu finden. Wenn sie schnell genug waren, ersparten sie vielleicht einem Unschuldigen eine Vergewaltigung und einem Verfluchten den Terror, den es jedes Mal auslöste, diesem Fluchdruck nachgeben zu müssen.

Entschlossen sah er seinem Spiegelbild in die Augen.

Als er ins Zimmer zurückkehrte, fiel es ihm schon leichter, das schlechte Gewissen zu verdrängen. Er dachte nur an das Ziel. So war es am besten.

Er brachte Esra ein Glas Wasser und half ihm dann, sich auszuziehen, das Blut von seiner Haut zu waschen und sich für den Club vorzubereiten. Heute machten sie sich besonders schick.

»Wir müssen einem Künstler gefallen. Die haben sicherlich höhere Ansprüche«, murmelte Esra, während Blake ein Hemd nach dem anderen aus seinem Koffer zog und aufs Bett legte. Besonders viel Auswahl hatten sie nicht und durch Zwischenfälle wie diesen wurde sie noch weiter verkleinert.

»Zeig auf jeden Fall deine Arme.«

Blake nickte und griff nach einem Achselshirt. Das sollte den Job erledigen. Er zog es sich über und stand dann ganz still, weil Esra an ihn herangetreten war, um an seinen Haaren herumzuzupfen. Sein Blick fiel auf Esras Hals, der gerade unbedeckt war. Die weißen Linien tanzten, während Esra an ihm zugange war. Jedes Schlucken, jeder Atemzug, jede Kopfbewegung zerrte an der Haut.

Esras Hemd stand offen und hing auf der linken Seite noch Höhe des Ellbogens, weil er sich noch nicht für ein Outfit entschieden hatte. Die frisch verheilte Wunde glänzte, war von einer dünnen, silbrigen Hautschicht überzogen.

»Du wirst seine Aufmerksamkeit gewinnen. So kommen wir näher an ihn ran. Du lockst ihn in den Dark Room und da machen wir ihm ein Ende«, erklärte Esra den Plan und trat endlich von ihm zurück.

»Das schwarze Hemd sieht doch gut aus.«

Esra schaute an sich herab. »Schwarz ist einfach meine Farbe, was? Passt so gut zu meinen Augenringen.« Er sprach immer noch etwas langsamer als sonst, was vermutlich eine

Nachwirkung des Stromstoßes war. Wahrscheinlich hatte er auch starke Schmerzen, die er gekonnt hinter seiner Coolness verbarg. Esra war eben Esra. Seinen Bewegungen war nichts anzumerken, als er nach dem Flakon seines Parfüms griff und sich großzügig damit einsprühte, aber Blake wusste, dass auch ein verfluchter Körper das nicht einfach so wegsteckte.

Sie ließen sich von einem Taxi zum Club bringen. Ein blauschwarzer Nachthimmel hing über der Stadt, schenkte schlaflosen Künstlern Inspiration und heimlichen Geliebten die Schatten, in denen sie sich verbergen konnten.

Während seine Blicke neugierig hin und her huschten, all die interessanten Gebäude betrachteten, wirkten Esras Augen misstrauisch und kühl wie immer. Er war bereits voll im Assassinen-Modus und das sollte er auch sein.

Als ihre Blicke sich trafen, hob Esra die Brauen und formte tonlos einige Worte. »Er ist hier«, las Blake von seinen Lippen und nickte. Er spürte es auch, wenn er nach den Fäden griff.

Das Taxi hielt vor einem pompösen Haus mit rundem Dach. Zwei große Scheinwerfer thronten auf den Säulen des Eingangstores und warfen ihre Lichtstrahlen hinaus in die Nacht. Ein blauer Teppich führte ins Innere.

Um sie herum herrschten lebhafte Gespräche. Laute Stimmen redeten miteinander, einige klangen aufgebracht, aber wann immer Blake die Leute erspähte, lachten sie oder grinsten einander an, klopften sich auf die Schultern.

Türsteher musterten sie eingehend, ließen sie dann aber hinein. Dieses Mal nahm Esra nicht seine Hand, sondern lief einfach nur dicht hinter ihm her.

Über der Tanzfläche waren hunderte kleine Lampen in Kreisen angeordnet. Es sah so aus, als würde ein riesiges Ufo über ihnen schweben. Auch am Boden gab es kleine Lichter, die zu funktionieren schienen, wie eine Landebahn. Sie markierten die Wege zu den Toiletten, zum Ausgang und zum Dark Room.

»Da vorn ist er«, sagte Esra so dicht an seinem Ohr, dass seine Lippen ihn streiften und seine ganze rechte Körperseite zum Kribbeln brachten.

Blake musste sich zusammenreißen, um seinen Blick wieder zu fokussieren. Mercer. Ja, er stand da vorne an der Ecke der Bar.

»Komm.« Esra zog ihm am Hosenbund mit sich. Ganz in der Nähe von Mercer begannen sie, zu tanzen. Auch wenn die Musik gut war, war es ganz anders als beim letzten Mal. Er durfte sich nicht entspannen, sondern musste konzentriert bleiben. Die Aufgabe lautete, Mercer auf sich aufmerksam zu machen. Ihn einzunehmen.

Blake bewegte sich zum Takt und schaute immer wieder in Richtung des jungen Mannes. Mercer war nur wenig älter als sie, trug die langen Haare in einem Zopf, während die Seiten ausrasiert waren. An seinen Ohren blitzten mehrere Ringe auf und auch seine Augenbraue war gepierct.

Nicht ganz die Sorte Mann, die er normalerweise ins Auge fasste, aber Blake gab sich trotzdem alle Mühe, ihn anzuflirten. Tatsächlich drehte Mercer den Kopf in seine Richtung und nahm Kontakt auf. Vielleicht hatte Esra Recht und die Tattoos weckten sein Interesse.

Nur beiläufig sah er zwischendurch zu Esra, in dessen Pokerface nichts zu lesen war. Blake ergriff die Initiative und verließ die Tanzfläche, schritt auf Mercer zu. Er gab sich Mühe, lässig auszusehen. Am besten tat er so, als wisse er gar nicht, wen er vor sich hatte. Er war einfach nur ein Typ, der jemanden abschleppen wollte. Wenn er es schaffte, Mercer anzufassen, wäre es noch leichter, ihn in den Dark Room zu locken.

»Hey, wie gehts?«, sagte Blake auf Englisch und lehnte sich mit dem Rücken gegen die Theke, sodass er seitlich vor Mercer stand. Er legte lässig die Arme auf den Tresen, um mehr Aufmerksamkeit auf seine Tattoos zu lenken und kam sich reichlich dämlich dabei vor, aber wenn es funktionierte ...?

Mercer schaute ihn an, musterte lange sein Gesicht und nur kurz den Rest von ihm. Dann grinste er.

»Lässt du einfach deinen Freund alleine?« Mercer warf einen Blick hinüber zu Esra.

»Wir haben uns nur das Taxi geteilt«, erwiderte Blake. »Jetzt ist jeder auf sich allein gestellt.«

»Wirklich?« Mercer leerte das Glas, das er in der Hand hielt und stellte es auf dem Tresen ab. »Auf mich wirkt ihr wie ein Pärchen.«

Blake musste sich beherrschen, um nicht zusammenzuzucken.

»Findest du?«

»Allein, wie er dich die ganze Zeit ansieht. Du hast echt Glück.« Mercer klang enttäuscht.

»So ist das nicht«, sagte Blake eilig. »Wir sind ... offen für mehr.« Er musste improvisieren.

Mercer hob eine Augenbraue und schaute von ihm zu Esra. Dann legte er eine Hand an seinen Oberarm. Seine Finger waren warm. Blake griff mit seiner neuen Kraft nach Mercers Gefühlen. Das war ... Interesse. Neugier. Erregung?

Unwillkürlich leckte Blake sich über die Unterlippe und versuchte, einen Impuls zu Mercer zu schicken. Doch es funktionierte nicht. Vielleicht brauchte er doch seine Hände?

173

»Bist du mir böse, wenn ich möchte, dass dein Freund auch mitmacht? Ich stehe auf seinen betont desinteressierten Blick.« Mercer lachte leise und nahm die Hand wieder weg. »Also, wenn ihr wirklich *beide* offen seid …«

Blake konnte sich ein amüsiertes Grinsen nicht verkneifen, aber gerade passte es. Er brauchte seine Fähigkeit gar nicht.

»Soll ich ihn fragen, was er davon hält?«, schlug er vor.

»Tu das.«

Sie tauschten noch einen Blick, ehe Blake sich von der Theke abstieß und zu Esra zurückkehrte. Der sah ihn fragend an. Blake lehnte sich vor, damit Esra ihn verstehen konnte. »Tja, wie es aussieht, steht er auf dich. Wenn *du* ihn in den Dark Room einlädst, wird er mitkommen.«

Esra schnaufte und schob sich an ihm vorbei. Blake sah vom Rand der Tanzfläche aus zu, wie die beiden miteinander redeten. Jetzt rang sich Esra sowas wie ein Lächeln ab, aber es war nur gespielt. Eine von Esras Masken – die, die er am wenigsten benutzte.

Die Blicke der beiden zuckten zum Dark Room und kurz darauf setzten sie sich in Bewegung. Mercer hatte die Hand auf Esras Schulter gelegt und Blake schloss sich den beiden an, als sie an der Tanzfläche vorbeigingen.

»Aber kratz mir nicht die Augen aus, okay?«, sagte Mercer zu ihm und fuhr ihm von hinten durchs Haar. Er glaubte wirklich, dass sie ein Pärchen waren.

»Hier geht's doch nur um Spaß«, erwiderte Blake.

Sie folgten den Lichtern am Boden zu dem Bereich, in dem es deutlich dunkler war. Mercers Hand blieb an seiner Schulter liegen und er zog ihn näher zu sich. Schwarze Wände erhoben sich um sie herum und schirmten sie ein wenig von der Musik ab, ließen sie dumpfer klingen. Blakes Augen suchten im Schummerlicht, das die wenigen, winzigen Lämpchen an der Decke und im Boden boten, nach Orientierung.

Er erspähte die Umrisse mehrerer Pärchen, aber auch eine Gruppe von vier oder mehr Leuten.

Überall um sie herum waren fremde Atemzüge. Von links kamen schnelle, klatschende Geräusche. Männerstimmen verflochten sich ineinander. Blake schluckte. An so einem Ort war er sehr lange nicht mehr gewesen. Die Erinnerung an fremde Hände, die ihm Poppers unter die Nase hielten, blitzte auf. Der Gedanke an wilden, hemmungslosen Sex mit vollkommen Unbekannten. Eine Zeitlang war das seine Droge gewesen, sein Vergessen.

Mercer stoppte und dirigierte ihn mit dem Griff an seiner Schulter. Blake ließ sich führen. Er konnte sich jetzt nicht mehr mit Esra absprechen, musste darauf vertrauen, dass Esra den richtigen Moment fand. Bis dahin würde er einfach nur mitmachen.

Auf einmal stand Esra vor ihm und Mercer neben ihnen beiden. Vertraute Konturen direkt vor ihm. Mercer musste Esra zu ihm hingeschoben haben. »Los, küsst euch, ich will zusehen, bevor ich euch auseinanderreiße.«

Blakes Herz machte einen Satz bis zu seinem Kinn. Ein seltsames Kitzeln schlich sich in seine Hände, in sein Gesicht, in seine Lenden. Esra küssen?

Esras Augen lagen im Schatten. Blake sah nur die Linien seines Gesichts, seiner Lippen. Sah das Grinsen, zu dem sie sich verzogen. Keine Nervosität, nur pure Selbstsicherheit.

Wie vorhin zog er ihn am Hosenbund zu sich. Kühle Lippen legten sich auf seine. Für einen Moment fühlte Blake sich so schwach, dass ihm die Augen einfach zufielen und sein Atem stockte. Die Erinnerung an ihre gemeinsame Nacht stürzte auf ihn ein. Esras Hände, sein Stöhnen, ihre nackten, hungrigen Körper, die sich miteinander bewegten. Merkte Esra, dass alles in ihm bebte?

Es war nur ein Kuss. Nicht mal ein echter. Aber er brachte alles zurück, was Blake zu verdrängen versucht hatte.

Esras Finger an seinen Hüften drückten kurz fester zu. Es war wie ein Signal. *Mach was. Steh nicht da wie eingefroren.*

Blake erwachte aus seiner Starre und legte die Arme um Esras Nacken. Ja, es musste echt aussehen. Sie mussten Mercer dazu bewegen, mitzumachen, ihn am besten zwischen sich und die Wand des Darkrooms bringen. Dann schirmten ihre Körper ab, was danach passierte.

Esras Zunge umspielte seine. Unter der Intensität seiner eigenen Gefühle konnte Blake nicht ausmachen, ob irgendetwas davon zu Esra gehörte oder nicht. Er wusste nur, dass er das hier viel mehr wollte, als gut für sie beide war. Das war nicht freundschaftlich. Er wollte von Esra angefasst werden, wollte seine Zunge in seinem Mund und in seinem Schoß, wollte noch viel mehr als das hier.

Aber es war nur Teil eines Plans.

Seine Finger in Esras wildem Schopf, und Esras Zähne, die sich forsch in seine Unterlippe gruben. Das verbotene Keuchen, das sich seiner Kehle entrang.

Teil eines Plans.

Mercer drängte sich zwischen sie. Auf einmal war er es, der vor ihm stand, sein Gesicht in beide Hände nahm und ihm einen Kuss aufdrängte. Blake öffnete die Augen, sah im Schummerlicht Esra hinter Mercer aufragen.

Er spürte die Lippen kaum, die sich an seine schmiegten, die fremde Zunge, die sich in seinen Mund schob. Er sah nur Esra und spürte seinen eigenen gehetzten Herzschlag.

Der Plan.

Esras Augenbrauen zogen sich zusammen. Dann drehten sie sich zu dritt. Ein kleines Stück nur. Blake spürte die Wand hinter sich, was bedeuten musste, dass Esra jetzt mit dem

Rücken zum Rest des Raumes stand. Mercer war zwischen ihnen eingeklemmt.

Konzentriert küsste Blake ihn zurück. In seinem Körper regte sich Widerstand. Dieser Kerl war ein Fluchnutzer. Einer von denen, die das Glück aus ihren Leben heraussaugten. Nein, er wollte ihn nicht küssen. Ihn am liebsten nicht einmal ansehen.

Sein Körper verspannte sich, sein Blick bohrte sich in Esras Augen, die ebenso tief in seine zu dringen schienen. War das eine Aufforderung?

Dieser Mann musste sterben. Das war der Plan. Etwas erwachte in Blake, verdrängte auch noch den letzten Rest Erregung. Kalt und finster. MURDER flüsterte ihm zu, dass er den Moment nutzen sollte.

Blake ließ die Hände über Mercers Körper wandern. Weiter nach oben. Er legte sie auf seine Schultern. Ob sein Strom nach vorhin noch reichte, um ihn zu schocken?

Esras Augen verengten sich und seine Hände legten sich auf Blakes. Dann ging alles ganz schnell. Geführt von Esra legten sich seine Finger um Mercers Kopf. Eine kurze, ruckartige und wahnsinnig kraftvolle Bewegung. Ein brutales Knacken.

Tief in ihm seufzte MURDER auf. Blakes Augen weiteten sich.

Sie hatten ihm gemeinsam das Genick gebrochen.

Mercer sackte zusammen, glitt zwischen ihnen herab, wie eine Marionette, deren Fäden man durchtrennt hatte. Esra packte seine Hand und zog ihn mit sich. Weg vom Tatort. Sie rannten nicht. *Zu auffällig*, mutmaßte Blake. Sein Herz wummerte immer noch. Seine Lippen fühlten sich kalt an. Feucht vom Küssen.

Sie verließen den dunklen Bereich. Zielsicher führte Esra sie zum Ausgang. Kein Taxi dieses Mal. Sie verschwanden in einer der Seitengassen. »Nicht schreien.« Esra hob ihn einfach vom Boden auf und sprang mit ihm auf ein Dach. Sie landeten. Blake taumelte rückwärts, aber Esra hielt ihn, zog ihn in einen sicheren Stand.

Unsicher schaute Blake ihn an. So viel Chaos in ihm. Er brauchte Klarheit.

»Hat es geklappt? Es ging so schnell«, murmelte er.

Esra nickte und Blake zog zittrig sein Handy aus der Tasche. Im Chat leuchtete eine neue Nachricht von Freddie auf. Er hielt es Esra hin, damit er es auch lesen konnte. Der warf nur einen kurzen Blick darauf, sah ihm schweigend in die Augen.

Sie standen immer noch so dicht beieinander, Esras Arm immer noch um ihn geschlungen, um ihn vom Taumeln abzuhalten. Wind strich ihnen durch die Haare, kühlte ihre erhitzten Körper aber reichte nicht bis nach innen.

»Bald sind wir dran«, versprach Blake leise. Ihre Gesichter waren sich so nah, dass er den kleinen Schnitt in Esras linker Augenbraue sehen konnte. Es fehlte nicht viel und er würde nochmals diese kühlen Lippen auf seinen spüren. Die Erinnerung verblasste schon wieder. Er wollte sie festhalten. Wollte Esra festhalten.

Wollte Esra das auch?

In seinen Augen lag dieses Leuchten, das er auch gesehen hatte, als sie in Paris getanzt hatten. Die Freude über einen weiteren Sieg. Immer mehr Hoffnung, immer mehr Gewissheit. Sie konnten es schaffen.

Drei waren schon erledigt.

»Blake ... ich ...«

KAPITEL 13

SIE STANDEN AUF einem Dach mitten in Mailand. Die Stadt war offener, und weniger zerklüftet als Manhattan. Sie breitete sich unter ihnen aus und ließ mehr Platz für einen Himmel. In diesem Moment spürte Esra so viel mehr Himmel, als jemals zuvor.

Drei Attentate, drei Befreite.

Bald sind wir dran.

Wir. Blake und er. Blake, der so dicht vor ihm stand. Den er vor fünf Minuten noch geküsst hatte. Nie wieder hätte küssen sollen. Seine Haare wehten in dem dünnen Wind, der über die Dächer strich. Er sah so verloren aus und gleichzeitig glücklich. In seinen Augen stand so viel, dass Esra nicht wegsehen konnte, obwohl sein Verstand ihn drängte, es zu tun. Sie durften sich nicht so nahekommen.

Was für ein bescheuertes Verbot.

Brauchten sie das wirklich noch? Er hatte sich zurückgezogen, um Blake vor sich zu schützen. Damals hatte es keinen Ausweg gegeben. Blake hatte seine Fähigkeit verloren gehabt.

Jetzt war alles anders. Sie gewannen diesen Krieg. Sie würden irgendwann frei sein. Vielleicht schon in ein paar Tagen. Esra zögerte. Die Vorstellung von einem Leben nach dem Fluch wurde immer realer und war fast beängstigend mit all ihren Möglichkeiten.

Dabei gab es nur eine einzige, die ihn wirklich interessierte. Was, wenn er mit Blake zusammen sein könnte? Wenn er dieses Leben endlich wieder in der Hand hatte?

»Blake ...«

Scheiße, er konnte das nicht. Er stand hier wie ein stammelnder Erstklässler, der vergessen hatte, welcher Buchstabe nach C kam.

Über Gefühle reden. Das hatte er schon bei Nathan nicht gut gekonnt. Alles, was ihm durch den Kopf ging, klang so peinlich und bescheuert. Wie sollte er ihm seinen Sinneswandel erklären, ohne dass Blake dachte, dass er nach dem Kuss im Dark Room einfach nur kurz eine Nummer schieben wollte?

Fragend sah Blake ihn an, die Stirn nur ganz leicht gerunzelt. Sexy irgendwie. Fuck, je länger er schwieg, umso schwieriger wurde es. Am besten, er ließ es sein.

»Lass uns zurück. Kletter auf meinen Rücken, sonst geht vielleicht doch was schief.« Er schaffte es, die Worte neutral klingen zu lassen, seine Gefühle wieder zu verschließen.

Es war so leicht, mit STRENGTH zu springen. Selbst mit Blake auf dem Rücken flog er weit. Leichtfüßig überquerten sie die Dächer und Schluchten. Esra brauchte eine Weile, um das Hotel wiederzufinden, aber schließlich landeten sie auf ihrem Balkon, der noch offen stand.

Blake stützte sich an ihm ab. Wie immer wirkte er unsicher auf den Beinen, nachdem er abgestiegen war. Aber er lächelte.

Während Blake sich drinnen aufs Bett setzte, blieb Esra hier und machte sich eine Zigarette an.

Drei von acht. Schon fast die Hälfte.

Der erste Zug tat wahnsinnig gut. Esra schloss die Augen und pustete den Qualm langsam fort. Das Nikotin beruhigte ihn, aber es konnte die Euphorie und diese verrückten Gedanken an eine Zukunft mit Blake nicht vertreiben.

Das konnte nicht sein, was Blake wollte. Er würde sich lächerlich machen, wenn er es ihm sagte. Sie waren Freunde. Partner in Crime. Seinetwegen auch fucking Team Fluch. Aber sie konnten nicht mehr sein. Oder?

Er wandte den Kopf, schaute nach drinnen. Blake hatte sich die Haare verwuschelt, die Unterarme auf den Oberschenkeln abgelegt und schaute auf sein Handy. Wahrscheinlich las er die Nachrichten der anderen.

Bald sind wir dran.

Sollte er bis dahin warten? Auf dieses 'Bald'? Das wäre vernünftiger. Aber was, wenn das zu spät war? Wenn Blake bis dahin bessere Pläne hatte? Pläne gemacht hatte, ohne zu wissen, dass …

Bilder, die er nicht sehen wollte, drängten sich in sein Bewusstsein. Eugen, der auf Blake hinabschaute, als wäre etwas zwischen ihnen passiert, das Esra sich nicht vorstellen wollte. Mercer, der sich einfach zwischen sie schob und Blake küsste, als würde er ihm gehören.

Blake würde schnell jemand anderen finden. Ein Lächeln und drei Typen von da draußen hingen an seiner Angel. Wenn er frei war, würde er leben wollen. Sie alle wollten doch leben. Deswegen kämpften sie.

Er würde nicht warten. Sich nicht fragen, was eigentlich mit dem grimmigen Kerl war, der ihn niedergestochen und auf ihn geschossen hatte. Mit dem er in einer RAPE Nacht gefickt hatte und der ihn dann von sich weggestoßen hatte, als wäre da nichts zwischen ihnen gewesen.

Esra drückte die Zigarette aus und ging nach drinnen.

Direkt vor Blake blieb er stehen. Der ließ das Telefon sinken, schaute lächelnd zu ihm auf. Er war viel zu hübsch.

»Sie feiern.«

Esra nickte. Er würde das auch. Bald.

Blake schien zu sehen, dass er etwas sagen wollte. Er stand auf, sein Blick wurde fragend. Wieder verlor er sich fast in den braunen Augen. Dieser Kuss vorhin hatte die Türen seiner Erinnerung aufgestoßen. Er dachte an Blakes Arme, die sich um ihn geschlungen hatten, kurz vor ihrem ersten und gefährlichsten Sprung rüber auf das Dach des Hauptquartiers. Wie er Blakes Herzschlag an seinem Rücken gefühlt hatte.

In ihm war so viel. Warum verdammt nochmal, konnte er es ihm nicht sagen?

Dass er ihn halten wollte. Dass er nicht aufhören konnte, daran zu denken, was sie sein könnten. Dass sein Lächeln der Grund war, warum er kämpfte. Dass er ihn liebte. Dass sein Verfluchtenherz das wie durch ein Wunder immer noch konnte.

Ihm kam eine Idee.

Er nahm Blakes Hand. Grober, als er wollte.

Wenn Blake es sah ... wenn er es fühlen könnte ...

»Schau dir das Meer an.«

Esra atmete ein. Ließ los. Hörte auf, die Tür zudrücken zu wollen, die schon seit Tagen nicht mehr dichthielt. Es war gefährlich. Eine Entscheidung, die sich nicht mehr rückgängig machen ließ. Wenn er Blake zeigte, was in ihm war, würde er die Wahrheit kennen und keine Lüge konnte das ändern.

Er hatte den Gedanken daran, dass jemand in ihm lesen könnte, immer verabscheut. Eugens Macht ... und das stille Lächeln von diesem Tim. Andere hatten nichts in seinem Kopf zu suchen, wo er nichts verbergen konnte. Wo er ihnen ausgeliefert war. Ohne Schutz. Ohne Kontrolle.

Aber jetzt wollte er, dass Blake es sah. Sein Meer. Die ganze Wahrheit. Dass er verstand. Die Vorstellung war furchteinflößend auf eine ganz neue Weise. Aber er entschied sich dafür, konzentrierte sich auf seine Gefühle, um sie für Blake sichtbar zu machen.

Er dachte daran, wie sehr er ihn beschützen wollte. Wie stolz er auf ihn gewesen war, als er geschossen hatte. Wie grässlich es sich angefühlt hatte, ihn mit Eugen zu sehen. Oder mit Mercer.

»Esra ... was ...?«

Fest sah er Blake an. Wollte ihm klarmachen, wie ernst ihm das hier war. Und er verstand, wenn es Blake verwirrte. Nach ihrer gemeinsamen Nacht war er so abweisend gewesen, so kalt wie er nur hätte sein können. Unfair und gemein. Er hatte Blake so hart von sich weggestoßen wie möglich. Aber das hatte nichts geändert. Nicht eine Sekunde lang hatte er wirklich aufgehört, das zu fühlen, was er vor ihm verborgen hatte.

Er dachte an Blakes Lächeln, das über all die Wochen immer mehr zu ihm durchgedrungen war. Daran, wie er seine Bewunderung hinter flapsigen Sprüchen versteckt hatte. Daran, wie er Blake beinahe verloren hätte.

Seine Hand fing an zu zittern und der Drang, sie Blake doch wieder zu entreißen war groß. Sah Blake das alles? Konnte er spüren, was er ihm zu zeigen versuchte?

Esra betrachtete ihre Hände.

Der Fluch hatte Blake in seine Welt geworfen. Ihn gegen seine Wand geschmettert. Ihn an seiner rauen Schale aufgerieben. Aber Blake war nie kaputtgegangen. Er war stark und verdammt mutig. Ein bisschen zu weich für einen Verfluchten, aber dafür auch warm und freundlich. Blake konnte vertrauen. Er hatte Humor und Einfallsreichtum. Er war immer noch gut, obwohl er so viel Schlechtes erlebt hatte.

Er kannte niemanden, der so war wie Blake. Und es tat ihm leid, dass er ihn verletzt hatte. Manchmal konnte man nur so diejenigen beschützen, die man liebte.

Etwas bewegte sich. Blake griff fester zu. Esra schaute auf. Ihre Hände anzusehen war leichter gewesen. Was würde er in seinem Gesicht finden? Amüsement? Unglaube? Verwirrung?

Blakes Augen waren klar und wach und weiteten sich langsam. Fragend. Wieder dieser konzentrierte Zug um seine Augenbrauen. Ja, er war bei ihm. Wie sah sein graues Meer jetzt aus?

Wie sah es aus, wenn er endlich zuließ, was er so lange nicht gewagt hatte? Esra spürte, wie das Zittern wich. Es fühlte sich gut an, endlich ehrlich zu sein. Ein Stück Freiheit, das er sich selbst schenkte.

Ja, er liebte Blake. In all den harten Wochen, in denen sie einander oft das Leben schwer gemacht hatten, waren sie in den wichtigsten Momenten doch immer ein Team gewesen. Irgendwann hatte er angefangen, Blake mehr zu vertrauen als sich selbst, obwohl er so etwas nie für möglich gehalten hatte. Blake hatte ihn besser gemacht.

Sein Blick wurde fester. Blake las immer noch in ihm. Langsam glaubte er, es spüren zu können. Aber vielleicht war das leise Prickeln in seiner Brust auch etwas anderes. Eine warme Gänsehaut überlief ihn.

»Esra... das ist ...«

Esra grinste schief. Jetzt war es Blake, der anfing, zu stammeln. Sein Mund stand sogar ein Stück weit offen. Fühlte sich besser an, als wenn er das war. Weniger peinlich.

In diesen Sekunden wünschte er sich, selbst Gedanken lesen zu können, um zu wissen, was auf ihn zukam, bevor es ihn traf. Blakes Zurückweisung würde weh tun, selbst wenn er sie so nett formulierte, wie er es von ihm erwartete. *Wir sind ein gutes Team, aber für so etwas zu verschieden* würde er sagen. *Ich respektiere dich für deine Fähigkeiten, wir sind Freunde, Esra. Belassen wir es dabei.* Blakes Stimme klang so klar in seinem Kopf, dass er glaubte, er hätte diese Worte schon gehört. Doch sie standen immer noch hier und schwiegen.

Esra wartete. Sein Blick lag auf Blake. Er war bereit für seine Antwort.

»Sag's mir«, brummte er, als er es nicht mehr aushielt. »Was für ein Idiot ich bin. Ich hau dir keine rein, weil du recht hast.«

Blakes Züge wurden weicher. Er schüttelte sachte den Kopf. Sein Daumen strich über die Seite seiner Hand. Dann hob er das Kinn. Eine winzig kleine Bewegung, die so viel verhieß.

Esra hielt den Atem an. Ihre Lippen streiften sich fast. Schüchtern, ganz anders als im Club. Blakes Blick war so sanft. So hoffnungsvoll.

Esras Herz schlug mit einem Mal so stark, als hätte es sich zuvor nicht getraut. Blake schien genauso überfordert zu sein wie er. Aber das hier ... das war eindeutig eine Aufforderung.

Gott, ja, er wollte Blake. Er wollte ihn an sich ziehen, ihn küssen, ihn verdammt nochmal aufs Bett werfen und über ihn herfallen wie ein hormongesteuerter Teenager. Er wollte sich um ihn kümmern, für ihn da sein. Ihm auch irgendwie das Gefühl geben, das Blake ihm gab.

»Du müsstest das sehen«, flüsterte Blake.

Und dann küsste er ihn.

Eine Welle aus purem Glück lief über Esra hinweg, erstickte jeden letzten Rest von Angst und Zweifel. Mit einem Mal war seine Welt so wahnsinnig hell, dass darin kein Platz für die Schatten des Fluches blieb.

Esra hob die Hand an Blakes Gesicht und legte all das, was er für Blake fühlte in diesen Kuss. Zuneigung, Liebe, Vertrauen, Hoffnung, Begehren. Die ganze Zeit hielt Blake seine Hand fest, als wolle er die Verbindung zu seinen Gefühlen nicht verlieren. Esra ließ es zu. Er hatte nichts mehr vor ihm zu verbergen. Sein Meer gehörte Blake.

*

Ein angenehmes Rauschen war das einzige, was die Stille füllte. Das Meer war immer noch grau, aber mit glitzerndem Sonnenlicht gekrönt. Sanfte Wellen kräuselten die Oberfläche. Blake wollte darin versinken. Wenn er untertauchte, erstickte ihn das Wasser nicht. Es floss um ihn herum, durch ihn hindurch, wärmte ihn, trug ihn. Das Grau schimmerte in allen Facetten des Lichts. Esra hätte es kitschig genannt, aber Blake liebte es.

Er wollte hierbleiben, weil er es nicht glauben konnte. Das hier war wahrscheinlich nur ein dummer Traum, aber er war so real, dass er jede Sekunde davon auskosten wollte. Wie sehr er sich das hier gewünscht hatte, machte ihm beinahe Angst. Dass Esra ihm plötzlich seine Liebe gestand ... die Chancen hatten eins zu einer Million gestanden. Er erinnerte sich noch so genau an seine Worte. An die kalten Blicke.

Er war sich sicher gewesen, dass Esra immer nur an Nathan gedacht hatte. Dass alles zwischen ihnen nur Mittel zum Zweck gewesen war, um den Fluch in Schach zu halten, Kollateralschäden zu vermeiden.

Aber EMPATHY belog ihn nicht. Das wusste er tief in sich drinnen. Umso unglaublicher war das alles.

Esras Gefühle für ihn waren so weit und tief, dass es ihn sprachlos machte. Das hier ... so etwas konnte nicht von heute auf morgen entstehen. Das kam nicht von einem aufgezwungenen Kuss im Dark Room. Es reichte viel weiter zurück.

Esra hatte das vor ihm versteckt. Um ihn zu beschützen. Auch das konnte er jetzt fühlen. Beinahe konnte er die Worte im Rauschen des Wassers hören. Es gab so viel Ungesagtes in Esra. So viel, das er nie mit ihm geteilt hatte.

Er wusste nicht, wie er darauf antworten sollte. Worte kamen ihm so klein vor, nachdem er das hier gesehen hatte. Also küsste er Esra. Küsste ihn so, wie er es vorhin nicht gekonnt hatte. Entspannt, liebevoll und glücklich.

Egal, was gewesen war. Egal, was die Gründe waren. Für ihn zählte jetzt nur die Wahrheit, die er gerade mit seiner ganzen Seele spürte.

Er küsste den Zigarettengeschmack weg, hielt Esra fest, drückte seine Hand, lächelte in den Kuss. Sein eigenes Glück hallte wie ein Echo durch Esras Gefühlswelt. Wie lange sie wohl noch umeinander herumgeschlichen wären ... ohne EMPATHY?

Esra hatte es nicht aussprechen können und er war völlig im Dunkeln getappt. Fast musste er lachen. Ihre Lippen trennten sich. Er sah Esras Schmunzeln.

»Was ist so lustig, hm?«

»Nur wir beide.«

Noch immer konnte er Esras Hand nicht loslassen. Er legte die andere an seine Hüfte, zog ihn näher zu sich.

Küssend landeten sie auf dem Bett – Blake unten, Esra auf ihm.

Ihre Finger verflochten sich miteinander. Die freie Hand schob er unter Esras Hemd. Wie unfassbar gut es war, ihn einfach so anfassen zu können. Ihn einfach so küssen zu können. Ohne darüber nachzudenken. Ohne Verbote, ohne Absprachen. Kein RAPE, das sie drängte. Nur ihre eigenen, echten Gefühle. Esras Gefühle ... er konnte es immer noch nicht glauben.

Sie bekamen nicht genug voneinander. Esra küsste seinen Mund, seinen Hals, seine nackten Arme. Seine Finger.

Zwischen ihnen baute sich wohlige Hitze auf. Blake spürte sie auf sich, an sich, und auch in Esras Gefühlswelt.

Mit einer Hand fummelte er an Esras Hemdknöpfen herum. Gar nicht so einfach. Aber er wollte auch nicht loslassen. Er wollte für immer in Esras Meer bleiben. Zwar konnte er es auch sehen, wenn er seine Haut woanders berührte, aber Hand in Hand schien es am intensivsten zu sein.

Grinsend half Esra ihm beim Aufknöpfen. Mit zwei einzelnen Händen ging es besser als allein. Gemeinsam öffneten sie auch sein Hemd. Esra schob den Stoff zur Seite, vergrub das Gesicht in nackter Haut. Blake wand sich unter dem kitzelnden Gefühl von Esras Zunge an seiner Brustwarze.

»Mit nur einer Hand kannst du dich auch viel schlechter wehren«, murmelte Esra und wechselte zur anderen Seite. Blake wollte ein Brummen von sich geben, aber es wurde zu einem leisen Keuchen, als er Esras Zähne an sich spürte.

»Ich habe immer noch meinen Strom.«

»Das würdest du nicht tun«, erwiderte Esra mit so einem übertrieben selbstsicheren Ausdruck im Gesicht, dass Blake sich herausgefordert fühlte.

»Sicher? Das letzte Mal ist noch nicht lange her.«

»Da wolltest du mich umbringen«, raunte Esra und zog eine feuchte Spur hinunter zu seinen Bauchmuskeln. Blake bekam eine Gänsehaut. »Jetzt willst du Sex mit mir haben.« Esras Nervosität war wie weggeblasen. Blake fühlte nichts mehr davon. Nur noch Sicherheit. Selbstbewusstsein. So viel Zuneigung. Neugier. Erregung. Es war spannend, seine Gefühle zu beobachten.

»Dabei kannst *du* meine Gefühle doch gar nicht lesen.« Esra schnaufte und fuhr beiläufig mit der Hand über die Beule in Blakes Jeans. Es war nur eine kleine Bewegung, fast harmlos. Blake biss sich auf die Unterlippe. Natürlich hatte Esra recht.

»In Wahrheit will ich mich überhaupt nicht wehren«, sagte Blake. Esra küsste sich knapp über seinem Hosenbund entlang, öffnete den Knopf mit den Zähnen, als sei es nichts, zog mit der freien Hand seinen Reißverschluss auf.

»Pussy«, kam es so ironisch von unten, dass Blake wieder lachen musste. Esra zog ihm die Hose aus, so gut es mit einer Hand ging, und beinahe hätte Blake doch losgelassen, weil es so verdammt umständlich war. Aber Esra schaffte es auch so.

Er musste sich kurz aufrichten, damit sie das Kleidungsstück ganz loswerden konnten. Dann folgten seine Boxershorts.

Bis auf das aufgeknöpfte Hemd war er jetzt nackt. Esra kniete halb auf dem Bett, sah ihn an. Zögerte?

Er wollte seine Hand wegziehen, aber Blake hielt fest. Plötzlich war da ein kalter Hauch von Angst, der aus der Tiefe des Wassers aufstieg, sorgfältig verschlossene Gedanken.

Was war das? Blake fand die Antwort in seinen eigenen Erinnerungen. Das war Nathan. Die Nacht, von der Esra ihm erzählt hatte. Die Geschichte, die er ihm wie einen Kinnhaken ins Gesicht geknallt hatte, als sie über Hoffnung gesprochen hatten.

Gerade als ich zu ihm ins Bett steigen wollte, kam der Fluchwechsel und mein Tattoo wurde zu RAPE. Ich habe ihn und unsere Hoffnung in dieser Nacht zerstört.

»Nein«, sagte Blake und drückte Esras Hand, zog ihn zu sich, als der sich abwenden wollte. »Das wird nicht passieren, Esra.«

Für einen Moment wirkte er so verloren, die grauen Augen so verletzt, so voller Schuld. Es tat weh, das zu sehen.

»Es gibt keine plötzlichen Fluchwechsel mehr. Wir haben gerade erst jemanden befreit. Die Jungs werden den Teufel tun, uns reinzupfuschen. Wir sind sicher. Vertrau mir.«

»Ich vertraue dir«, erwiderte Esra mit rauer Stimme. »Aber nicht Eugen und den anderen Bastarden.«

»Komm her.« Blake hatte sich aufgesetzt und zog Esra zu sich. Er fasste sein Gesicht mit beiden Händen und küsste ihn. Er spürte, wie sehr dieser Mann mit sich rang. Wie groß seine Angst war, wie tief die Schuld und wie unbändig der Wunsch, ihn zu beschützen. »Ich liebe dich auch«, flüsterte er.

Die Worte wogen schwer. Er hatte sie noch nie zu jemandem gesagt. Aber sie gehörten hier hin. Esra musste sie hören. Und er spürte, dass sie ihn erreichten. Sie wühlten das Meer auf. Blake lächelte durch den Schmerz hindurch, den er in Esra fühlte und der ihn genauso betroffen machte.

Sie waren sicher. Ihnen würde nichts passieren. Sie waren schon fast frei.

Bald sind wir an der Reihe.

Esra hätte sich von ihm losmachen können. Mit STRENGTH war er um ein Vielfaches stärker als jeder andere Verfluchte. Doch er tat es nicht. Er küsste ihn zurück, kam wieder näher.

Die Hitze war etwas abgekühlt – nun kehrte sie zurück. Esras Zunge streichelte seine. Warmer Atem strich über sein Gesicht. Esras Geruch hüllte ihn ein. Schwarze Strähnen kitzelten Blakes Wange und kühle Lippen küssten seinen Hals, eine forsche Zunge zog feuchte Linien über seine Haut und ein Knie schob sich vorsichtig zwischen seine Beine.

Mit der freien Hand strich er durch Esras Haare, zog mit den Fingerspitzen seine Kieferlinie nach, wo sie über winzige Stoppeln rieben, und ließ sie dann ganz sachte über die dünnen, weißen Linien an seinem Hals streichen.

Die meiste Zeit hatten die Hände, mit denen sie EMPATHY aufrechterhielten, neben seinem Kopf gelegen. Jetzt zog Esra sie nach unten, zwischen seine Beine, rieb mit ihm gemeinsam über den derben Stoff.

Esra war genauso bereit wie er. Heiß und hart. Blake biss sich auf die Unterlippe. Amüsement blitzte in den grauen Augen auf. Das selbstbewusste Grinsen war wieder da. Es tat ihm gut.

»Wenn du meine Hand loslässt, kann ich was aus meiner Tasche holen.«

»Wehe, das Meer verschwindet dann.«

»Als ob ein Meer so einfach verschwindet.«

Ihre Hände lösten sich voneinander. Die Gefühlsverbindung brach ab, was Blake mit einem enttäuschten Brummen quittierte. Er wischte die verschwitzte Hand am Laken ab und sah dabei zu, wie Esra zu seiner Reisetasche ging und darin herumwühlte. Das schwarze Hemd rutschte von seiner Schulter, entblößte einen Teil seines muskulösen Rückens.

Esra war schon ein Hingucker, ganz unabhängig von seinen intensiven Augen. Groß und durchtrainiert – und trotzdem gab es Dinge, vor denen er ihn nicht beschützen konnte. Vor denen sie niemand hatte beschützen können. Sie alle hatten jahrelang in einem Albtraum gelebt.

Aber das würde bald vorbei sein. Sie holten sich ihre Leben zurück. Gemeinsam.

Dass sie sich heute Nacht ihre Gefühle gestanden, war das größte *Fuck You*, das sie dem Fluch hätten ins Gesicht rufen können. Es würde sie stärker machen. Sie würden gewinnen.

Esra kam zurück zum Bett und öffnete seine Hose. Langsam. Blake setzte sich auf und sah sich die Show an. Sein Blick glitt über Esras muskulöse Arme, diese geschickten Hände, die viel zu oft Waffen geführt hatten und viel zu selten einfach nur gehalten worden waren. Er betrachtete die schwarzen Buchstaben unter seinem Bauchnabel, die ganz enthüllt wurden, als Esra sich auszog.

Verstohlen wanderte sein Blick tiefer.

Esra stieg wieder zu ihm ins Bett und ein warmer Schauer rollte durch Blakes Körper hindurch. Besitzergreifend schoben die starken Hände seine Oberschenkel auseinander. Allein das brachte alles in ihm zum Kribbeln.

Feuchtigkeit schimmerte auf Esras Fingern, als er die Hand zwischen seine Beine wandern ließ. Blake atmete schwer vor Erwartung, Anspannung und Erregung. Unerwartet sanft drangen die Finger in ihn ein und verteilten das Gleitmittel.

Die ganze Zeit über schaute Esra ihn an, studierte jede Regung. Sein Brustkorb hob und senkte sich genauso angestrengt wie sein eigener. Wie zwei Raubtiere belauerten sie einander.

Esras Finger fühlten sich gut in ihm an, aber machten ihn doch nur hungriger, statt irgendetwas von der Gier zu stillen. Er wollte ihn ganz. Wollte ihn tief ihn sich, wollte sehen, wie die konzentrierte Beherrschung verzweifelter Leidenschaft wich. Wollte, dass er sich vollkommen vergaß.

Dann zog Esra seine Hand zurück und rückte noch näher zu ihm heran. Kräftige Finger glitten massierend über seine Oberschenkelinnenseiten. Esra genoss den Moment, zelebrierte ihn regelrecht, musterte ihn so unverhohlen, dass sein bloßer Blick in seinem Schoß zu prickeln schien.

Als er Esra endlich zwischen seinen Schenkeln spürte, hielt Blake die Luft an. Seine Finger krallten sich in die Bettdecke, die unter ihnen lag. Tief in ihm pochte heiße Erwartung, aber er war viel zu verspannt, das merkte er selbst.

Esra beugte sich über ihn, küsste seine Rippenbögen, sein Schlüsselbein, seine Lippen, streichelte seine Wange. »Entspann dich«, raunte er ihm zu. Blake ließ sich zurücksinken.

Der Druck zwischen seinen Beinen machte ihn fast wahnsinnig vor Erregung, aber er schaffte es nicht, sich so zu entspannen, dass alles ganz leicht wurde. Der Widerstand blieb.

»Fick mich einfach«, bat Blake.

»Ich will dir nicht wehtun.«

Blake sah fest in Esras Augen.

»Sei kein Weichei.«

Seine Provokation funktionierte. Esra schob das Becken nach vorn. Blake stöhnte, halb vor Schmerz und halb vor Erregung. Ein triumphales Lächeln kämpfte sich durch die Anspannung hindurch.

»Mach weiter. Oder weißt du nicht, wie es geht?«

Esras Schnauben klang beinahe liebevoll. Trotzdem ließ er sich von ihm herausfordern, fing an, sich zu bewegen.

Langsam noch, gezügelt, aber er tat es. Hörte auf, alles wie im Bilderbuch machen zu wollen.

Wenn es nach Blake ging, durfte Sex ein bisschen wehtun. Gefühle taten es schließlich auch.

Endlich war Esra in ihm. Er fühlte ihn überdeutlich. Alles pochte und glühte. Heiß und schmerzhaft aber auch so wahnsinnig gut. Blake legte die Arme um ihn. Nackte Haut unter seinen Fingern.

Ja, das Meer war noch da. Es toste, rauschte und plätscherte unbändig laut. Das Grau war dunkler geworden und ein blauer Schimmer lag darüber. Heiß und kalt umspülten ihn Lust und Erregung, immer noch getragen von so viel Zuneigung und dem festen Wunsch, bei ihm zu sein.

In all das ließ Blake sich hineinsinken. Er schloss die Augen und ließ sich vom Wasser tragen. Wie vorhin schien es durch jede seiner Fasern hindurchzuströmen. Als wären Esras Gefühle seine eigenen.

Wieder hörte er sich stöhnen, lauter, länger. Seine Stimme bebte vor Lust. Der Schmerz verging, sein Körper öffnete sich für Esra. Hörte auf, ihn verdrängen zu wollen. Sie waren eins.

Seine Finger gruben sich fest in Esras Muskeln. Raue, schnelle Atemzüge füllten seine Realität. Esras Stimme dicht an seinem Ohr. Warm und dunkel und voller Begierde. Heißer Atem. Tiefe Stöße. Jedes Mal noch ein Stückchen unerträglicher. Er war so voller Empfindungen, dass er bei jedem Ruck glaubte, sein Körper müsse gleich in unzählige Teile zerspringen. Aber er tat es nicht. Esra hielt ihn zusammen. Große Wellen rollten heran, aber sie bedrohten ihn nicht. Sie hoben ihn hoch, näher zum Himmel, trugen ihn, nahmen ihn mit sich.

Als Blake die Augen öffnete, sah er direkt in Esras. Die dunklen Brauen verzogen sich, drückten Verzweiflung aus, die schmerzhaft anzusehen war. Er atmete schwer. War kurz davor.

Esras Hand schloss sich um seinen Schaft, wichste ihn im Takt seiner Stöße. Stöhnend schob Blake sich ihm entgegen, vergrub eine Hand in Esras Haaren.

Die höchste Welle brach und die pure Wucht von Esras Empfindungen riss Blake mit sich. Das Kribbeln innen und außen fühlte sich an, als würden Milliarden Luftbläschen über seine Haut sprudeln.

Er spürte Esras Gesicht an seinem Hals. Seine heißen Atemzüge, die Konturen seiner Stirn, Nase und Lippen. Sein Gewicht, das ihn tief in die Matratze drückte. Ihre Körper waren genauso verbunden wie ihre Gefühle.

Blakes Herz pochte wie wild. Seine Fingerspitzen prickelten, als würden sie Funken sprühen, dabei hatte er seinen Strom gar nicht angerührt. Er streichelte Esras Kopf, genoss die Schwere in sich und die Entspannung in seinen Muskeln. Einige tiefe Atemzüge lang spürte er noch dem Kribbeln hinterher, hörte das Meer rauschen, sah dieses wunderschöne Blau vor sich.

»Ich weiß nicht, ob ich je wieder ohne EMPATHY Sex haben kann«, murmelte er und erreichte damit genau das, was er sich erhofft hatte: Ein müdes Schmunzeln direkt an seinem Hals.

KAPITEL 14

HOPE SAß IN ihrem Zimmer und kämmte einer Puppe die Haare. Ihre Hand, die den Kamm hielt, zitterte, denn im Haus war es unruhig. Draußen, in dem riesigen Garten des Anwesens rauschten die Baumkronen. Es lag weit abgelegen von der Stadt, sodass man selbst das Vorbeirauschen der Autos auf dem Highway nicht hörte. Auch drinnen passierte nicht viel. Schritte auf den Treppen und hin und wieder das Klappen einer Tür – das war alles.

Die Unruhe war trotzdem da. Wie ein Vibrieren in der Luft. Ein Drücken auf den Schultern. Sie spürte es seit einigen Tagen und es wuchs. Der Herr war unzufrieden. Ihn spürte sie am deutlichsten, sogar durch die dicken Wände hindurch.

Als sie bemerkte, dass er näher kam, auf ihr Zimmer zu kam, rutschte ihr der Kamm aus der Hand. Sie krallte die Finger in die Puppe und starrte zur Tür.

Der Schlüssel drehte sich im Schloss und die Tür ging auf. Hope starrte den Mann an, der auf der Schwelle erschien. Der Herr trug ein helles Hemd, auf dessen Kragen in dünnen

Linien eine Sternenkonstellation gestickt war, und einen Pullunder mit grauem Muster.

Er drückte sich ein Telefon ans Ohr. »Ich benachrichtige Sie bezüglich des weiteren Vorgehens«, sagte er und warf ihr einen dieser ruhigen Blicke zu, die ihr eiskalte Schauer über den Rücken laufen ließen. Es war niemals gut, wenn er sie ansah. Niemals gut, wenn er zu ihr kam.

In den letzten Jahren hatte sie nichts richtig machen können. Und seit Joy tot war ... seit ... Ihre Kehle zog sich schmerzhaft eng zusammen. Hope schluchzte tonlos. Tränen kamen keine. Sie hielt sich die Hand vor den Mund und schluckte ihre Traurigkeit mühsam wieder herunter. Das musste sie, wenn sie sich nicht noch mehr Ärger aufladen wollte.

»Ich war es wirklich nicht«, brachte sie schwach hervor. »Ich kann niemanden töten. Ich bin viel zu schwach und ich würde auch niemals ...«

Er brachte sie mit einer Handbewegung zum Schweigen und das Lächeln, das sich auf seinem Gesicht formte, war so kalt, dass ihr schlecht davon wurde. Hope machte sich noch kleiner, sank auf dem Bett in sich zusammen.

»Ich weiß, dass du es nicht warst«, sagte der Herr und kam zu ihr. Er nahm sie am Handgelenk und zog sie auf die Beine. »Aber du musst etwas für mich tun. Komm mit und sei artig. Es gibt auch eine Belohnung.«

Sie verließen das kleine Zimmer, was an sich schon ein besonderes Ereignis war. Er führte sie über die Treppe nach unten und zu dem großen Salon, in dem er sonst seine Gäste empfing. Hope kannte das Haus, auch wenn es viele Räume gab, die sie noch nie betreten hatte. Von hier kamen sonst die Stimmen. Das Lachen. Das Schimpfen.

Er setzte sich auf das feine Sofa und zog sie zu sich, legte einen Arm um ihre Taille.

Vor ihnen auf dem Tisch lag jede Menge Papier. Ausdrucke von Akten. Steckbriefe. Zeitungsmeldungen. Hope kannte die Menschen auf den Fotos. Es waren Mitglieder der Kirche.

»Das sind die Todesfälle in den letzten paar Tagen, mein Schatz«, sagte der Herr unvermittelt. »Kelly, Leticia, Elliot. Schau dir ihre Bilder an.«

Hope tat, was er ihr sagte, aber sie tat es nicht gerne. Diese Menschen kannte sie zu gut. Sie hatte ihr Blut berührt. Ihre Schicksale. In einer fernen Nacht vor vielen Jahren hatte sie etwas getan, das eigentlich unmöglich war. Etwas abgrundtief Falsches. Gespürt hatten sie es alle drei, aber Joy war die Erste gewesen, die es ausgesprochen hatte. Ihre starke, große Schwester. Die älteste von ihnen, auch wenn es nur um Minuten und Sekunden ging. Sie vermisste sie so unendlich.

Jetzt hatte sie niemanden mehr. Grace war tot. Joy war tot. Ihre Mutter schon lange. Sie hatte nur noch die Kirche. Und den Herrn, der ihr manchmal, wenn er nachts zu ihr kam, eine neue Familie versprach.

Traurig blickte sie auf die Fotos.

»Sie sterben, obwohl ihr ihnen unendliches Glück und Gesundheit geschenkt habt«, sprach er weiter. »Jemand bringt sie um. Das ist nicht richtig.«

Sie schüttelte den Kopf. Es war nicht richtig, zu töten.

»Es sind die gebotenen Kinder, die dafür verantwortlich sind«, sagte er. »Irgendwie haben sie es geschafft, New York zu verlassen. Zumindest ein paar von ihnen.«

»Ich war das nicht«, sagte sie schnell.

Er strich ihr über den Kopf. »Ich weiß. Ich glaube dir«, erwiderte er. »Du warst es nicht und deshalb wirst du helfen, sie wieder einzufangen. Wir können nicht zulassen, dass noch mehr Familienmitglieder sterben.«

»Meine Kräfte sind ...« Seit jener Nacht waren ihre Kräfte geschwunden und die Kirche hatte alles getan, um zu versuchen, sie wiederherzustellen oder das, was noch da war, zu stärken. Sie hatten mit Medikamenten experimentiert, mit Ritualen. Davor hatte Hope Angst. Sie hatte gespürt, wie sehr Joy unter den Auswirkungen gelitten hatte. Ihre starke Schwester.

»Deine Kräfte reichen aus.« Er zog ein Blatt hervor, das bisher von den anderen verdeckt gewesen war. Eine meteorologische Meldung. »In Kürze wird dieser Komet sehr nahe an der Erde vorbeifliegen. Unseren Recherchen nach, wirst du aus ihm neue Kraft ziehen können. Zumindest, solange er nahe genug bei uns ist.«

Hope betrachtete die Meldung über den Kometen. Die Vorstellung, dadurch wieder stärkere Kräfte zu haben, wenn auch vielleicht nur für wenige Stunden, legte sich wie ein riesiger, schwerer Stein in ihren Magen.

»Ich werde einen Plan für diese Nacht vorbereiten. Wenn ich dich hole, musst du bereit sein und meinen Anweisungen folgen. Danach bekommst du eine Belohnung. Du kannst dir etwas von mir wünschen.« Er tätschelte ihre Seite. »Klingt das gut?«

Hope sah in die Augen des Herrn, der alles war, was sie noch hatte. Selbst, wenn sie ihn fürchtete. Selbst wenn sie Angst vor dem hatte, was er tun würde.

Dann nickte sie. »Natürlich.«

Das Telefon klingelte. Der Herr griff danach und tauschte ein paar Worte mit dem Anrufer, während er weiterhin ihre Seite tätschelte. Es fühlte sich fast liebevoll an.

»Gut, verbinde mich mit dem, der sie gesehen hat.«

KAPITEL 15

ESRA KNIFF DIE Augen zusammen und streckte seinen müden Körper, der noch unter der Decke verborgen war. Den Arm hatte er noch immer um
Blake geschlungen, der direkt vor ihm lag. Ihre Hände hielten einander. Klebrig und warm.

Schläfrig rückte Esra näher zu ihm heran und drückte
einen Kuss auf Blakes Nacken. Ganz langsam wurde das alles
zu seiner neuen Wirklichkeit. Er hatte ihm seine Gefühle
offenbart. Was für eine vollkommen dämliche Idee ... Und
was für ein Wunder, dass Blake ihn nach allem noch wollte.
So viel Glück konnte kein Verfluchter haben.

Ein breites Gähnen ließ seinen Kiefer knacken. Esra blinzelte und schob sich näher an Blake, drückte ihn an sich,
einfach nur, um ihn zu spüren. Um sicher zu sein, dass er
sich das nicht einbildete. Blake war hier. Er lag nach dieser
gemeinsamen Nacht so entspannt vor ihm, schmiegte die
Schultern an seine Brust und gähnte leise.

Wie hatte er das geschafft?

Wärme breitete sich in ihm aus, als er merkte, wie Blake langsam aufwachte. Er strich ihm durch die verschwitzten Haare und musterte die dunklen Linien, die sich über Blakes Arm zogen. Meistens sah er die Tattoos nur von vorn, aber die Waldlandschaft, die sich dort erstreckte, war von allen Seiten so detailreich, dass man sie minutenlang anstarren konnte.

Wenn sie wirklich frei waren, wollte er mit Blake in so einen Wald gehen.

»Wen nehmen wir uns heute vor?«, fragte Blake und drehte sich auf den Rücken. Seine Stimme klang noch ein bisschen rau vom Schlaf und eine Kissenfalte zierte sein Gesicht.

»Hängt es dir nicht manchmal selbst zum Hals raus, so vorbildlich zu sein?«

Esra ließ Blakes Hand frei und fuhr mit dem Zeigefinger die Linien von Pfeil und Bogen auf seiner nackten Brust nach. Es machte Spaß, zu beobachten, wie Blake erschauerte und seine Nippel sich verhärteten.

Er hätte hier mit ihm liegen bleiben und den ganzen Tag an ihm herumspielen können.

»Doch, schon«, murmelte Blake. »Aber je schneller wir die Nutzer umbringen, umso eher können wir wieder normal leben.«

Normal. Esra schüttelte den Kopf, schloss dann aber dennoch kurz die Augen und erspürte die schwarzen Fäden, die sie an die Fluchnutzer banden. »Es ist niemand in der Nähe. Wir müssten zurück in die Staaten. Die Bastarde bewegen sich ...«

»Frechheit«, erwiderte Blake. Obwohl er direkt wieder die Arbeit zur Sprache gebracht hatte, machte er keine Anstalten, aufzustehen.

»Findest du nicht, dass wir einen freien Tag verdient haben? Nur einen ... bevor wir wieder Leute abknallen, Genicke brechen und Organe durchschmoren?« Er formulierte es absichtlich so bildlich. Wenn Blake ihm zustimmte, hätte er selbst auch kein schlechtes Gewissen. Um konzentriert arbeiten zu können, brauchte man auch mal eine Pause, um Kräfte zu sammeln. Und jetzt gerade ... wollte er sich viel lieber auf Blake konzentrieren als auf die verdammte HSC.

»Du willst also Urlaub machen? In Italien?«

»Ich will mit dir auf ein Date gehen. Egal wo.«

Blake lachte leise. »Wie wäre es, wenn wir für einen Tag so tun, als ob wir zwei ganz normale Typen sind, die sich das erste Mal treffen?«

»Ich weiß nicht, ob ich noch weiß, wie man normal ist«, erwiderte Esra.

»Versuch's.« Blake richtete sich auf und küsste seine Wange. Dann wandte er sich ab und stieg schneller aus dem Bett, als Esra ihn festhalten konnte. Ihm blieb nur, diesem verführerisch wackelnden Hintern dabei zuzusehen, wie er im Badezimmer verschwand.

Die Tür klappte und kurz darauf hörte er das Wasser der Dusche rauschen.

Blake war also einverstanden mit ihrem Date. Aber er wollte ein Spiel daraus machen. Esra zuckte mit den Schultern und stand ebenfalls auf. Vielleicht wurde das ja ganz lustig.

Während er darauf wartete, dass Blake im Bad fertig wurde, suchte er sich frische Sachen aus. Was hätte der alte, unverfluchte Esra für ein Date angezogen? Schon diese einfache Frage ließ ihm den Kopf schwirren. Die Erinnerung an früher war, als würde er an jemand ganz anderen denken.

An ein anderes Leben. Eins, das er vielleicht nur geträumt hatte.

Als Blake aus dem Bad kam, schnappte er sich ein Hemd und eine Jeans.

»Ich würde ja das Hotelzimmer verlassen, während du duschst und dir einen Zettel mit der Adresse hinterlassen, an der wir uns treffen«, sagte Blake. »Aber die Fluchkette lässt uns ja nicht, also ... fangen wir erst an, wenn wir vor Ort sind, okay?«

Esra musterte ihn, obwohl er sich vorgenommen hatte, es nicht zu tun. Kleine Tropfen perlten aus Blakes nassen Haaren. Aber sein Lächeln zog Esras Blick noch mehr an als die Spuren des Wassers.

Blakes Augen leuchteten voller Enthusiasmus und Vorfreude. Er schien sich ausführliche Gedanken unter der Dusche gemacht zu haben. Wie hätte irgendjemand etwas dagegen sagen können?

»Ich bin zu allem bereit.«

Sie fuhren mit einem Taxi zu der Adresse, die Blake herausgesucht hatte. Die Sonne brachte die Fassaden der Modestadt zum Leuchten, doch der Schein trog – draußen war es ganz schön kühl. Das vermittelte auch die weihnachtliche Dekoration, die immer pompöser wurde, je weiter sie in die Innenstadt vordrangen.

Immer mehr Grau mischte sich ins Bild der Metropole. Gläserne Fassaden, besprayte Säulen neben Einkaufspassagen – ganz so anders als zu Hause war es hier doch nicht.

Sie hielten am Rande eines Parks. Blake stieg aus und drehte sich um die eigene Achse, ehe er das Ziel ins Auge zu fassen schien. Esra folgte ihm mit den Händen in den Taschen.

Dass sie nicht mehr sprachen, fühlte sich an wie der Übergang zu dem Spiel, das sie gleich spielen würden. Der Ladebildschirm.

Blake und er überquerten die Straße an einem Zebrastreifen und strebten auf eine Seitenstraße zu. Dann bog Blake überraschend ab und vor ihm tat sich eine Gasse auf, die von Dutzenden kleinen Bögen überspannt wurde, die mit Tannengrün dekoriert waren. Überall funkelten Lichter und neben jeder Tür, jedem Geschäft und an jeder Ecke standen eingetopfte Weihnachtsbäume.

Die Passage war schmal und dennoch drängten sich hier und da geparkte Mofas und vereinzelte PKW aneinander.

Menschen mit Papiertüten kamen ihnen entgegen. Sie schlenderten. Niemand schien es eilig zu haben. Dunkle Jacken und hier und da ein bunter Schal.

Auf schmalen Balkonen wuchs noch mehr Grün. Bunte, weihnachtliche Gestecke lagen wie Mäntel über den Rahmen von Eingangstüren. Christkugeln und Kunstschnee, goldene Schleifen und Lichterketten. Und das alles am helllichten Tag. Bestimmt würde es bei Nacht noch besser aussehen.

Blake wandte sich einer Tür zu und Esra blieb stehen. Sie tauschten nur noch einen flüchtigen Blick, ehe Blake drinnen verschwand. Kurz noch blieb Esra stehen, wartete, bis die Tür zugefallen war, ehe er ebenfalls die Hand an die Klinke legte und hineinging.

Als er das Restaurant betrat, versuchte Esra, den Menschen in sich zu finden, den Blake getroffen hätte, wenn es den Fluch nicht gäbe. Er war nie so ein Sonnenschein wie Blake gewesen, nie so strahlend und sympathisch, dafür immer schon sarkastisch und manchmal mit einer zu großen Klappe.

Der Fluch hatte die ohnehin harten Kanten noch mehr geschärft. Hatte seine Wut heißer gemacht und seine Skrupel kleiner. Er war so wahnsinnig misstrauisch geworden und so kalt, dass niemand ihn mehr anfassen konnte, ohne sich wehzutun. Genau das war der Plan gewesen. Jetzt wollte er das nicht mehr. Er wollte Blake zeigen, dass er sich für ihn ändern konnte.

Bevor er es bewusst unterbinden konnte, merkte er, wie seine Finger am Kragen seines Hemdes herumnestelten. Hoffentlich dachte Blake, dass er die Nervosität nur spielte. Wie albern es wäre, wenn er wirklich nervös wäre. Sie waren doch keine Kiddies mehr.

Blake hatte sich schon an einen Tisch gesetzt, stand aber nun wieder auf und musterte ihn jetzt ausgiebig. Sein Blick war so angespannt und neugierig, dass Esra fast gelacht hätte. Seine Schauspielkünste waren wirklich nicht übel.

Aus dem unterdrückten Lachen wuchs ein schmales Lächeln. »Sind wir miteinander verabredet?«, fragte er und musterte Blake nun ebenfalls so, als hätte er ihn zum ersten Mal vor sich.

Ein schlanker Mann mit sportlicher Statur und hübschen blonden Haaren, die er ein bisschen länger trug. Warme, schokoladenbraune Augen schauten ihn an und noch dazu hatte der Typ echt schicke Tattoos. Ein spannendes Gesamtpaket.

»Ich denke schon. Bist du Jack?«, fragte Blake.

»Das ist nur mein Online-Name«, sagte er. »Nenn mich Esra.«

»Ich bin Blake.«

»Angenehm.« Die Worte kamen ganz von selbst. Auch wenn er sich ein bisschen albern vorkam, machte es Spaß. Komisch, wie einfach das war, sich auf dieses Spiel einzulassen.

Sie setzten sich hin und keine fünf Sekunden später stand ein Kellner an ihrem Tisch. Zu Esras Überraschung versuchte Blake tatsächlich, ein Getränk auf Italienisch zu bestellen. Seine Mundwinkel zuckten. Sein Versuch gelang, oder zumindest nickte der Angestellte und notierte sich etwas auf seinem kleinen Notizblock. Dann wandte er sich ihm zu. Esra warf einen Seitenblick auf Blake, bevor er stur auf Englisch bestellte.

»Du stehst wohl auf Fremdsprachen?«, fragte er, als sie wieder allein waren.

»Es fasziniert mich irgendwie. Vor allem, dass er mich sogar verstanden hat.«

»Was er verstanden hat, sehen wir erst noch«, gab Esra zu bedenken.

Blake lachte leise. Sein Blick huschte durch das Restaurant, kehrte aber schnell wieder zu ihm zurück. Einen Moment lang sahen sie sich an und wahrscheinlich war Blake auf der Suche nach einem guten Smalltalk-Thema. Esra ahnte, was das Problem war: Es gab Bereiche, die sie wohl besser ausklammern sollten, oder? Was würde er sagen, wenn Blake ihn zum Beispiel nach seiner Familie fragte? Dass alle tot waren? Gerade als er merkte, wie ihn das runterzog, schien Blake etwas einzufallen.

»Entschuldige, falls das zu schnell ist ... aber ich frage mich das wirklich: Wie kommt es, dass du in deinem Urlaub lieber jemanden zum Essen triffst, als in den Clubs die Sau rauszulassen?« Blakes Lächeln nahm einen leidgeprüften Ausdruck an. »Die meisten schwulen Typen, die ich kenne, hätten eindeutig den Club vorgezogen.«

»Ich stehe nicht auf One-Night-Stands«, erwiderte Esra. »Das ist absolut nicht mein Ding.«

Blake hob die Brauen – ob das gespielt war, ließ sich schwer einschätzen, aber er lehnte sich interessiert vor. »Echt? Was stört dich daran?«

»Ich will mich nicht wie ein Drive-In-Schalter fühlen«, sagte er trocken.

Blake schien über seine Worte nachzudenken.

»Was ist mit dir?«, hakte Esra nach. »Du siehst auch nicht aus, als könntest du in *Milano* keine hübschen Italiener aufreißen.«

»Weißt du, ich hatte noch nie eine richtige Beziehung.«

Esra legte die Stirn in Falten. Er erinnerte sich schwach daran, dass er überrascht gewesen war, als Blake damals am Strand gemeint hatte, wenn der Fluch vorbei wäre, hätte er gerne *auch mal eine Beziehung*. Dann war er also noch nie fest mit jemandem zusammen gewesen?

Wahrscheinlich hatte er so viel für seine Schwester da sein müssen, dass keine Zeit für so etwas geblieben war. Blake war so verdammt brav und pflichtbewusst, ein großer Bruder mit Abzeichen. Seine eigenen Bedürfnisse waren sicher oft auf der Strecke geblieben. Was er vermutlich immer damit entschuldigt hatte, dass er ja *später* noch alles bekommen konnte, was er sich wünschte.

»Ist doch irgendwie süß, dass du so unerfahren bist.«

Blake lachte. »Ich habe nicht gesagt, dass ich unerfahren bin.« Die Art, wie er den Kopf neigte, weckte in ihm sofort den Wunsch, Blake zu küssen. Nein, er war sicher keine schüchterne Jungfrau. »Wahrscheinlich eher das Gegenteil. Ich hatte jede Menge One-Night-Stands. Nichts, worauf ich unbedingt stolz bin. Aber es gab eine Zeit, in der ich Dampf ablassen musste. Jede Menge Dampf.«

Sie schauten einander wissend an.

»Beziehungen können echt knifflig und anstrengend sein«, sagte Esra und lenkte sie wieder vom Fluch weg. »Vor allem, weil man so viel reden muss.«

Dieser kleine Seitenhieb auf sich selbst schien Blakes Stimmung direkt wieder zu heben. »Na ja, ich rede relativ viel, wenn man mich lässt.«

»Und das sogar in Fremdsprachen.«

Der Kellner kehrte zurück und stellte ein hohes, gut gefülltes Glas vor Blake ab. Sah aus wie Milchkaffee. Er selbst bekam wie gewünscht einen Espresso.

»Und das sogar gut genug, um einen Caffé latte zu bestellen.«

»Touché«, sagte Esra. »Das war Französisch.«

»Ich bin beeindruckt, Monsieur.«

Sie widmeten sich ihren Getränken und es fühlte sich wirklich so verdammt normal an. Sie tranken leckeren Kaffee, bestellten sich einen traditionellen Hefekuchen mit Puderzucker und Rosinen und redeten über alles Mögliche.

Wahrscheinlich war es nicht wirklich das Gespräch, das sie geführt hätten, wenn sie sich irgendwann im Leben ohne den Fluch begegnet wären – aber es gefiel ihm, Blake so gelöst zu sehen. Er lachte noch öfter als sonst und das schmeckte süßer als der Panettone, den sie sich teilten.

Blake erzählte Anekdoten aus seiner Zeit als Zeitungsausträger und er selbst stellte vor allem Fragen, weil es ihm verdammt schwerfiel, irgendetwas Nettes zu finden, das er zum Besten geben konnte. Er wollte nicht über Nathan sprechen – den Ex-Freund auf den Tisch zu packen, während man jemand neues datete, widersprach vermutlich sämtlichen Regeln des modernen Datings. Gleichzeitig hatte er keinen Job, von dem er erzählen konnte, ... im Gegensatz zu Blake hatte er den Versuch, sich etwas Normalität zu bewahren komplett aufgegeben, als Nathan gestorben war. Er war komplett zu Jack geworden und zu einem FREE-Jäger.

Blake ließ es ihm durchgehen.

Sie schlenderten bald wieder durch die schmalen Straßen, betrachteten edlen Goldschmuck in den Schaufenstern und lächerlich überteuerte Handtaschen.

Als sie einen großen Platz erreichten, in dessen Mitte ein Springbrunnen Wasser spuckte und von irgendwoher laute Musik kam, hakte sich Blake bei ihm ein. Zwischen hunderten Menschen, die sie kaum beachteten, waren sie einfach nur zwei verliebte junge Männer, die das Leben genossen.

Inzwischen dämmerte es und binnen einer halben Stunde legte sich die Nacht über die Stadt. Lichter begannen zu tanzen. Immer mehr Menschen drängten sich auf den Straßen.

Die Toten, die THEM ihm zeigte, fielen Esra die meiste Zeit über gar nicht auf. Er war es gewohnt, sie sich nicht zu genau anzusehen, und er war auch viel zu fokussiert auf Blake.

Er zog ihn hinüber zum Rand eines kleinen Marktes, auf dem handgemachte Spielzeuge, hübsche Bücher mit besonders verzierten Einbänden und jede Menge kitschig eingepacktes Gebäck verkauft wurden.

Obwohl Blake sich dagegen sträubte, kaufte er einen grünen Schal aus Kaschmir für ihn. Kein Wunder, dass er ein bisschen fror – er trug ja nicht mal eine Jacke, nur diesen dünnen Pulli über seinem Hemd.

»Wenn du mir sowas Teures schenkst, muss das wohl was Ernstes mit uns sein, hm?«, neckte Blake ihn.

»Du hast keine Ahnung, wie ernst es mir ist«, sagte Esra. Von diesem Tag heute würden sie die nächsten zwei Wochen zehren. Er ahnte, dass ihr Job nicht leichter werden würde, so wie man es manchmal in der Luft roch, dass ein Sturm aufzog.

»Ich habe eine recht bildliche Vorstellung davon«, sagte Blake und wandte sich ihm zu. »Und mir ist es auch ernst.«

»Also kein One-Night-Stand?«

Blake schüttelte den Kopf. »Kein Drive-In.«

Je länger Blake ihn so entschlossen ansah, umso weniger konnte Esra sich gegen den Drang wehren, ihn an sich zu ziehen. Doch er bemerkte auch, dass ihre Zeit ablief. Blakes Augen suchten immer öfter auch die Menschen, die an ihnen vorübergingen. Das war MURDER, das sich dehnte und streckte. Esra kannte das zu gut. Auf einmal scannte man die Personen in der Umgebung ab, suchte nach potenziellen Opfern.

Esra legte den Arm um seinen Nacken, zog ihn so zu sich und küsste ihn. Das hatte er die ganze Zeit schon tun wollen. Es berauschte ihn wie eine Droge, dass er es jetzt einfach konnte. Sich nicht mehr zurückhalten zu müssen, war der Wahnsinn.

Blake krallte die Hand in seine Jacke, küsste ihn zurück. Natürlich konnte man MURDER nicht aufhalten ... es war nur eine kurze Ablenkung. Es wäre zu schön gewesen, wenn der Fluch sich mit Kitsch bekämpfen ließe.

»Du bist von Toten umgeben und ich werde von Mordlust heimgesucht.« Blake seufzte und legte den Kopf auf seine Schulter. Esra drückte ihn sachte an sich. »Mehr Romantik kann sich ein Verfluchter nicht wünschen, hm?«

»Oh, du hast das Spiel kaputt gemacht«, tadelte Esra ihn. Sie lösten sich voneinander. »Das heißt, du hättest mich bei unserem ersten Date direkt geküsst?«

»Wenn es passt, dann passt es«, brummte Esra. »Außerdem sahst du aus, als ob du frierst. Küssen wärmt.«

Blake schmunzelte, aber der Ausdruck verschwand viel schneller und abrupter als gewöhnlich aus seinem Gesicht.

»Gerade ist mir leider relativ warm.«

Die Botschaft war klar. Esra nahm Blakes Hand und zog ihn mit sich in eine der Seitenstraßen. Runter von dem viel zu bevölkerten Platz, der voller Reize war. Er hätte das Spiel mit dem Date gerne noch ausgedehnt ... wäre noch weiter mit Blake durch die Stadt spaziert, vielleicht durch einen Park, hätte irgendwo einen Drink bestellt und später wären sie zurück aufs Hotelzimmer gegangen ... aber natürlich musste der Fluch sich einmischen.

Esra sah sich um und überlegte, wie sie den Mord schnell und unauffällig hinter sich bringen könnten. Blake schien dasselbe zu tun. Er wurde still und seine Blicke gehetzter.

»Ich will dich nicht schon wieder schocken«, sagte Blake.

Okay. Esra zog sein Handy aus der Jackentasche und tippte auf den Chat. Die Nachricht war schnell geschrieben. Zeit für einen Fluchwechsel.

»Was machst du?«

»Unser Problem lösen. Wir gehen jetzt nach Hause. Bis dahin musst du es noch aushalten.« Er drückte Blakes Hand und zog ihn mit sich. Da vorn warteten einige Taxis.

»Du kannst die Gruppe nicht missbrauchen, nur um uns den Abend zu erleichtern.«

»Zu spät«, sagte Esra und es tat ihm kein bisschen leid. Auch wenn Blake es sich nicht anmerken lassen wollte – das Töten fiel ihm immer noch verdammt schwer und belastete ihn auf eine Weise, die Esra nicht mit ansehen wollte. Lieber nahmen sie einen Wechsel und bekamen neue Lose. Jetzt, da sie zusammen waren, war es sein Job, Blake glücklich zu machen. Und er würde alles tun, was in seiner Macht lag. Sollten die Jungs in New York etwas tun für den Service, den sie ihnen im Gegenzug boten. Die Kerle mussten nur bleiben, wo sie waren und ein bisschen bluten – dafür bekamen sie Stück für Stück die Freiheit geschenkt. Er fand immer noch, dass die anderen ein ziemlich gutes Geschäft machten.

Die Tür ihres Zimmers fiel hinter ihnen zu und genau einen Atemzug später stachen die Nadeln in ihre Haut. Esra atmete durch. Egal, was sie bekamen – er war sich sicher, dass sie damit würden umgehen können. Und wenn die Kombination zu scheiße war, mussten die anderen eben nochmal ran.

Blake betrat vor ihm das Zimmer und ging zum Fenster. Gute Idee. Die Luft hier drinnen war echt stickig. Esra schob seine Kleidung hoch und spähte auf sein Tattoo. DECAY. Damit konnte er ein paar Tage arbeiten.

»Was hast du erwischt?«, fragte er und kam näher zu Blake. Wenn es sowas wie NIGHTMARE oder DELUSIONS war, konnten sie ja vielleicht trotzdem noch was aus dem Abend machen ...

»Was hätten wir jetzt gemacht, wenn ich RAPE gekriegt hätte?« Blake fuhr zu ihm herum, bevor Esra nach Blakes Pulli greifen und ihn hochziehen konnte. Das zornige Funkeln wirkte falsch in den sonst so warmen und verständnisvollen Augen. RAGE war von allen die Plage, die Blake am meisten entfremdete. Es passte einfach nicht zu ihm, so hochzugehen. Blake war ruhig und besonnen, auch mal zweifelnd und kritisch, aber nie vorwurfsvoll oder unfair.

»Dann hätten wir es so gemacht wie letztes Mal.«

»Wir gehen auf den Vollmond zu, Esra. Letztes Mal war fast Neumond.«

»Scheiß drauf.«

Blakes Miene wurde finster. »Warum machst du das?«

»Was denn?«

»Uns so unterschiedlich behandeln. Warum muss ich um jeden Preis beschützt werden, aber an dir darf man alles auslassen? Warum ist es okay, wenn *du* für RAPE oder MURDER den Arsch hinhältst?«

»Blake ...«, murmelte er. *Weil ich eben ich bin. Weil ich es verdient habe. Aber du bist anders. Du bist ein guter Mensch.*

Blake gab selbst eine Antwort und sie fühlte sich für Esra wie ein Schlag in den Magen an. »Weil du mich immer noch für zu schwach hältst.« Blake lachte bitter. »Ich brauche nicht mal deine Hand nehmen, und es in dir lesen. Ich weiß es auch so.«

KAPITEL 16

D U BIST NICHT schwach«, erwiderte Esra, auch wenn er sich ein klein wenig ertappt fühlte. Er merkte selbst, wie wenig überzeugend das klang, dabei meinte er es ernst. Am Anfang, ja, da hatte er ihn für den größten Schlappschwanz von ganz New York gehalten. Aber Blake hatte sich seinen Respekt erarbeitet. Nur ... war das wieder etwas, das er schwer aussprechen konnte. Esra presste die Lippen aufeinander und taxierte Blake. Er kannte RAGE. Reden brachte sowieso nichts, selbst wenn man gute Sachen sagte.

Blakes Augen verengten sich. Er verlagerte das Gewicht und Esra wusste, was das hieß. Dem ersten Faustschlag wich er aus und sprang ein Stück nach hinten. Blake setzte sofort nach.

Adrenalin schoss durch seine Venen. So ein kleiner Kampf unter Freunden kam ihm gerade recht. Die Fäuste sprechen zu lassen war deutlich einfacher und lag ihm viel mehr, als Gefühle auszudrücken. Grinsend ließ er Blake auf sich zukommen und trat dann nach seinen Beinen, um ihn zu

Fall zu bringen. Blake stolperte zwar, bekam jedoch auch seinen Arm zu packen und riss ihn mit sich auf den Boden.

Esra Kopf dröhnte dumpf. Sie landeten auf der Seite und rollten herum. Jeder wollte die Oberhand, aber ihm fiel es leichter, sie zu bekommen. Er war stärker. Seit STRENGTH sowieso.

Mit nur einer Hand hielt er beide Handgelenke von Blake fest und achtete penibel darauf, ihm keine Gelegenheit für einen Stromschlag zu geben. Da stand er wirklich nicht drauf. Für Blakes MURDER hatte er sich geopfert, weil er ihn nicht leiden sehen konnte. RAGE wollte sich verausgaben, schreien, Sachen zertrümmern und kämpfen, es war komplexer und zugleich leichter zufriedenzustellen.

Grinsend sah er Blake dabei zu, wie er sich in seinem Griff wand, den ganzen Körper hin und her bewegte, nach ihm trat. Es hätte ihm noch mehr gefallen, wenn Blakes Gesicht dabei nicht so verzerrt gewesen wäre. Aber RAGE verstand nun mal keinen Spaß.

»Siehst du, es besteht keine Gefahr. Ich kann mich gegen dich verteidigen.«

Er sagte nicht, dass er stärker als Blake war – trotzdem bekam er ein Knurren zur Antwort und die Lage war ja auch mehr als offensichtlich, immerhin pinnte er Blake gerade ohne Probleme auf dem feinen Hotelzimmerboden fest.

RAGE war immer hitzig und explosiv. Wie ein Vulkanausbruch. Es schlich sich nicht an, so wie RAPE das manchmal tat.

Esra riss die Augen auf, als Blake es auf einmal doch schaffte, sich zur Seite zu rollen und ihn von sich zu schleudern. Mit voller Wucht knallte er gegen den Tisch, der neben ihnen stand. Seine Schulter pochte, wo er gegen die Kante geprallt war und sein Herz pumpte das Adrenalin immer schneller durch seine Venen.

Kampfeshitze machte sich breit. Esra verengte die Augen und rappelte sich hoch. Mit einem kleinen Sprung war er direkt wieder bei Blake und fiel ihn an wie ein wildes Tier, doch dieses Mal achtete Blake mehr auf seine Hände und Arme. Esra wollte nach ihm greifen und die Antwort war ein Stromschlag, der ihn so kurz und heiß erwischte, dass er von ihm zurückzuckte, als hätte er sich verbrannt.

Esra schluckte und rieb sich die schmerzenden Hände an den Oberschenkeln. Blake stand einen Meter entfernt von ihm, die Knie leicht angewinkelt, der Oberkörper nach vorn gebeugt, und atmete hörbar ein und aus. Er war definitiv bereit für eine weitere Runde.

»Schade, dass wir nicht einfach Mann gegen Mann mit unseren Fäusten kämpfen können«, sagte Esra und scannte unauffällig den Raum ab. Er wollte das Zimmer nicht komplett demolieren, wenn es sich vermeiden ließ – das warf nur komische Fragen auf. Wenn er konnte, würde er Blake lieber in den Flur zurückdrängen, wo weniger war, das zu Bruch gehen konnte.

Dieses Mal war es Blake, der zuerst angriff. Er wollte ihn anscheinend direkt am Hals packen, aber er erwischte nur das Tuch und riss es ihm ab. Esra nutzte den Moment und warf sich gegen ihn, schob sie beide durch den Türrahmen und Blake gegen die nächste Wand. Wieder fing er seine Arme ein, presste Blakes Handgelenke über dessen Kopf gegen die dunkelblaue Tapete.

Heißer, wilder Atem streifte seinen Hals und zornige Funken stoben aus Blakes Augen. Esra spürte RAGE von oben bis unten in ihm: die harten Muskeln, die von der übernatürlichen Macht des Fluches gestärkt wurden, die schweren Atemzüge. Er roch Blakes Schweiß und sah seinen Widerwillen.

»Du bist sexy, wenn du so wütend bist.« Den dummen Spruch konnte er sich nicht verkneifen. RAGE schien davon nur noch mehr getrieben zu werden. Mit einem Ruck machte Blake sich los und stieß ihn zu Boden. Esra landete unsanft auf seinem Hintern und spürte gleichzeitig die Wand im Rücken. Bevor er wegspringen konnte, war Blake über ihm, setzte sich auf seine Beine und schlug ihm ins Gesicht. Mit seinen bloßen Fäusten.

Damit hielt er sich nicht zurück, auch wenn er keinen Strom einsetzte. Esras Kopf flog zur Seite und seine Wange pochte siedend heiß. Rechts, links. Für ein paar Sekunden blieb ihm die Luft weg. Dann war er wieder bei sich und verpasste Blake einen Kinnhaken, der ihn von ihm herunter schleuderte.

Blake ächzte und knallte gegen die Wand. Schnell war Esra auf den Beinen, auch wenn er ein bisschen schwankte. Die braunen Augen sahen zu ihm auf. Irrte er sich, oder erlosch RAGE langsam?

Unter ihm war wieder der Mann, den er kannte. Angestrengt atmend und mit einem zusammengekniffenen Auge, aber ohne diese hässliche Wutgrimasse.

Es war vielleicht naiv, aber Esra traute sich, Blake die Hand hinzustrecken, um ihm aufzuhelfen. Blake nahm sie und zog sich hoch. Kein Schock. Erhitzt standen sie voreinander, beide dabei, wieder zu Atem zu kommen.

Esra rieb sich die Wange und Blake betastete vorsichtig seinen Unterkiefer.

»Alles noch an Ort und Stelle«, sagte Esra. »Ich hab nicht die volle Power eingesetzt. Ich glaube, dann hätte ich dir den ganzen Schädel zertrümmert.«

Die braunen Augen wurden schmaler.

»Warum hast du's nicht getan?«

»Aus dem gleichen Grund, aus dem du mich nicht bewusstlos geschockt hast«, erwiderte Esra und verzog den Mund zu einem Grinsen. »Das wäre einfach unromantisch gewesen.«

Blake schnaubte, aber es klang halb wie ein Lachen. Vertraut. Esra griff nach Blakes Gesicht und küsste seine Lippen. Sie waren kühl und er konnte spüren, wie der Puls in ihnen pochte.

Blake machte mit, lockte ihn mit seiner Zunge. Binnen Sekunden stieg eine ganz andere Hitze in ihnen auf und fachte ein Feuer an, in dem sie gemeinsam brennen konnten. Esra drückte Blake gegen die Wand wie vorhin, aber dieses Mal mit ganz anderen Absichten. Er biss ihm in den Hals und leckte den salzigen Schweiß von seiner Haut, schob eine Hand in Blakes Schoß und rieb ihn, bis er seine Härte durch den Stoff spürte.

Keine Spur von Gegenwehr. Blake versuchte gar nicht, sich von ihm loszumachen, sondern genoss einfach nur, was er mit ihm tat.

»Ich könnte eine Dusche gebrauchen, wie steht's mit dir?«, fragte Esra an seinem Ohr.

»Davon werden wir auch nicht mehr sauber«, murmelte Blake und brachte ihn damit zum Lachen. Esra küsste ihn nochmal und ließ dann von ihm ab.

Sie gingen ins Badezimmer, das direkt neben ihnen war, und Blake fing sofort an, sich auszuziehen. Was für ein appetitlicher Anblick. Er würde sich nie an Blakes Körper sattsehen können. Eilig entledigte Esra sich auch seiner Sachen und folgte Blake in die große Dusche.

Kaltes Wasser prasselte auf sie herab, durchnässte seine Haare, aber Esra achtete kaum auf sich selbst – er war viel zu fasziniert von Blake. Jeder Tropfen, der über seinen Rücken lief, weckte in ihm den Wunsch, ihn mit der Zunge aufzufangen.

Von hinten trat er an Blake heran, legte die Hände um seine Taille und küsste seinen Haaransatz im Nacken. Ein zufriedenes Seufzen entkam ihm. Das war einfach alles, was er wollte: Blake so dicht bei sich zu haben. Er genoss das Gefühl seiner Haut und wie weich sich Blakes halbnasses Haar an seiner Stirn anfühlte.

Noch mehr Küsse, dann ging er langsam in die Hocke und ließ seinen Mund dabei an Blakes Wirbelsäule entlangwandern. Küssend und leckend zeichnete er sie nach und zog das Spielchen durch, bis er bei Blakes festem Hintern ankam.

Er schob die knackigen Hälften auseinander und ließ seine Zunge durch das Tal gleiten, grinste über das scharfe Lufteinziehen, das er von Blake hörte und brachte ihn dann dazu, sich zu ihm umzudrehen.

Eigentlich war es nicht sein Ding, vor jemandem zu knien, dafür war er viel zu stolz. Aber das hier war anders. Er wollte Blake und er wollte, dass er zitterte, und bebte und alles um sich herum vergaß, wenn sie sich nahe waren.

Fest schloss sich seine Hand um Blakes Schaft. Mochte sein, dass er das eine Weile nicht mehr gemacht hatte, aber er wusste, dass er Blake so am besten verwöhnen konnte.

Was hätte er dafür gegeben, selbst derjenige zu sein, der Gefühle lesen konnte? Bei jeder Berührung zu wissen, wie es Blake am besten gefiel, was ihn am meisten anmachte. Für ihn wollte er es perfekt machen. Einmal im Leben ein richtiger Streber sein, der sich nur mit einer 1+ zufriedengab.

Seine Lippen schmiegten sich eng um Blakes Spitze. Seine Zunge glitt über die Unterseite von Blakes Schwanz, während er den Kopf rhythmisch vor und zurück bewegte.

Angetan seufzend entfernte sich Blake ein Stück von ihm, jedoch nur, weil er Halt an der Wand der Kabine suchte. Esra folgte ihm, machte einfach weiter. Als er an ihm saugte, gruben sich Blakes Finger in seine Haare. Okay, mehr davon.

Süße Laute mischten sich ins Rauschen des Wassers. Sie versanken beide in diesem Spiel. Esra, weil er immer mehr ausprobierte und Blake, weil er sich immer mehr gehen ließ.

Längst waren zwei seiner Finger in Blakes samtige Hitze eingedrungen und gaben ihm einen kleinen Fick, während er in kurzen Abständen so fest an ihm saugte, dass er glaubte, ihm damit wehzutun. Aber Blake wurde nur immer heißer davon. Sein Schwanz war noch mehr angeschwollen, lag hart und bereit in seiner Hand. Er liebte, wie sich das anfühlte, und er liebte Blakes Stimme, wenn sie so rau und schwer und erregt klang.

Und wenn sie seinen Namen sagte.

Esra hätte dafür gemordet.

Er merkte selbst, dass er immer geschickter in dem wurde, was er tat. Blakes Becken rollte sich ihm genüsslich entgegen und Esra musste ihn bremsen, um die Kontrolle zu behalten.

»Esra...« Da war es wieder. Es war schwierig, zu grinsen, wenn sich die Lippen um einen harten Schwanz spannten, aber irgendwie tat er es trotzdem. Die Hände, die seine Haare zerwühlt hatten, wollten ihn mit sanfter Gewalt wegschieben, aber das ließ er nicht zu. Er wollte Blake über die Kante stoßen. Ihn reizen, bis er nicht mehr konnte.

Auf einmal ging es rasend schnell.

Blakes Inneres zog sich fester um seine Finger und sein Becken ruckte nach vorn. Sein ungezügeltes Stöhnen fuhr

Esra durch Mark und Bein, ließ jeden Bereich seines Körpers kitzeln und sorgte für ein angenehmes Ziehen in seinem Unterleib. Blakes Orgasmus machte ihn selbst nur noch heißer.

Warmer Saft lief in seinen Mund und Esra schluckte ihn zufrieden herunter, saugte weiter und rieb seine Zungenspitze gegen Blakes Eichel, was ihm ein halb erregtes, halb schmerzhaftes Wimmern einbrachte.

Er hörte erst auf, als nichts mehr kam.

Inzwischen klebten ihm die Haare im Gesicht und seine Haut war kalt und ein bisschen taub vom kühlen Wasser, während in ihm drin alles so heiß war. Er richtete sich auf, schlang die Arme um Blake und küsste ihn, immer wieder unterbrochen von Blakes schweren Atemzügen.

Er wirkte erschöpft, aber nicht müde. Seine Zunge spielte mit ihm, kostete wohl seinen eigenen Geschmack und sein Körper schmiegte sich zufrieden bebend an ihn. Der Moment war perfekt. Esra konnte Blakes Zufriedenheit spüren, seine Entspannung, und er wusste, dass er zumindest für ein paar Sekunden nicht an den Fluch dachte, nicht an die Vergangenheit und auch nicht an die nächsten Tage. Er war einfach nur hier bei ihm, nackt und nass und glücklich.

Sanfte Finger streiften seinen Schwanz. Überrascht öffnete Esra die Augen. Er war bereit gewesen, auf seinen eigenen Höhepunkt zu verzichten, aber Blake schien sich revanchieren zu wollen.

»Du musst nicht...«, setzte er an, kam aber nicht viel weiter. Blake wichste ihn ein paar Mal und drehte sich dabei zur Wand um. Es ging so schnell. Auf einmal spürte er Blakes Po an seinem Schoß und wie seine Hand ihn führte.

Dann war er in ihm. Es ging so leicht, dass es ihm unwirklich vorkam. Blake war so wahnsinnig heiß und perfekt. Esra gab den Versuch auf, Blake davon abbringen zu wollen. Dass er ihn in sich wollte, obwohl er schon gekommen war, machte ihn viel zu sehr an.

Vorsichtig drückte er sich an ihn, drang so tief ein, wie es ging. Schon das brachte ihn fast zum Abspritzen ... er hätte es erbärmlich gefunden, wenn es nicht Blake gewesen wäre, der das mit ihm anstellte.

Esra schlang beide Arme um diesen Mann, der alles für ihn war. Blake ... er liebte Blake wirklich.

Seine ersten Stöße waren sanft, aber er konnte nicht lange dabei bleiben. Blake machte ihn so scharf und er legte es auch drauf an, indem er ihm immer wieder das Becken entgegen schob, als könne er es nicht erwarten.

Also fickte er ihn richtig, gab seiner lüsternen Erregung nach und ließ sein Becken hart gegen Blakes Arsch prallen. Sie stöhnten und schrien gemeinsam. Vielleicht lag das an EMPATHY ... Blake schien trotz der ersten Runde genauso heiß zu sein wie er.

Sie bewegten sich zusammen. Keuchend trieben sie einander zu einem harten, schnellen Rhythmus an. Esra sah dem Spiel von Blakes Rückenmuskulatur zu und wie sich seine Arme gegen die Wand pressten, wie seine Finger sich in die Fliesen graben wollten, verzweifelt auf der Suche nach mehr Halt.

Dass er ihn hielt, reichte ihm nicht.

Esras linke Hand glitt hinunter zu Blakes Schwanz, der schon wieder hart war, wenn auch nicht ganz so prall wie vorhin. Mit der anderen neckte er seine Brustwarzen.

Es war die pure Wonne und die pure Verzweiflung. Er hielt so lange stand, wie er konnte, nicht, um irgendjemandem etwas zu beweisen, sondern um in diesem Moment bleiben zu können. Hier in der Dusche, mit Blake.

Glück war so viel flüchtiger und zerbrechlicher als Pein. Esra wollte es festhalten, wollte Blake festhalten, wollte sie beide festhalten. Die Zukunft, die sie haben könnten. Die Zukunft, die erst durch Blake eine wurde.

Mit dem nächsten Atemzug riss seine Welt entzwei – wenn auch auf die beste Weise, die er sich vorstellen konnte.

Esra presste Blake fest an sich, verharrte in ihm und rieb träge weiter seinen Schwanz, bis Blake ihn stoppte. Erst dann merkte er, dass Blake längst gekommen war. Gemeinsam mit ihm. Sachte biss er in Blakes Hals. »Ich dachte, das gibt's nur im Märchen«, raunte er und leckte über dieselbe Stelle.

»EMPATHY«, keuchte Blake nur. Er schien richtig benommen zu sein.

»So krass?«, fragte er und drückte noch mehr kleine Küsse auf Blakes Haut. Er bekam nur ein Nicken zur Antwort. »Auch wenn uns das im Kampf nicht viel nutzen wird, bin ich ein bisschen neidisch.« Schmunzelnd drückte er Blake an sich und hielt ihn so lange, bis Blake sich zu ihm umdrehte.

Küssend und neckend wuschen sie sich. Die Blessuren ihrer Prügelei waren genauso vergessen wie die Worte. Sie waren Verfluchte. Noch waren sie das. Er würde nicht aufhören, Blake zu beschützen, ganz egal, was der dazu sagte. Wegen ihm sollte niemand mehr leiden müssen. Nie wieder. Genau fünf Mal wollte er noch töten – und jedes einzelne Mal würde zählen.

KAPITEL 17

NACH EINER WEITEREN sehr friedvollen Nacht erwachte Blake in ihrem Hotelzimmer in Mailand und schob sich unter Esras Arm hervor aus dem Bett.

Verstohlen blickte er zu dem Mann zurück, neben dem er eingeschlafen und aufgewacht war. Eigentlich war es immer noch ein Wunder. Nach ihrer RAPE-Abmachung hatte er mit dem Gedanken gespielt, wie es sein könnte, wenn mehr aus ihnen würde. Diese Idee war natürlich vollkommen utopisch gewesen. Ausgerechnet an Esra sein Herz zu verlieren, ... an Mister 'Ich traue niemandem' und 'Verfluchte haben keine Freunde'. Verfluchte verliebten sich auch nicht. Bis sie es eben doch taten.

Er seufzte. Dieses Liebesgeständnis, das er ihm über EMPATHY gemacht hatte, war so überwältigend gewesen, dass er immer noch Gänsehaut bekam, wenn er daran dachte.

Esra liebte ihn. Und vielleicht ergab damit alles sogar etwas mehr Sinn. Zumindest, wenn man Esras Logik folgte. Inzwischen kannte er ihn gut genug, um zu wissen, dass bei ihm nicht immer alles so war, wie es schien. Esra sprach nicht gern, er *machte* lieber, und er nahm den direkten Weg, keine freundlichen Umwege. Er hatte seine Überzeugungen und nach denen handelte er. Auch wenn sie wehtaten. Sie hatten gelernt, zu leiden.

Umso wichtiger war es, dass sie jetzt weitermachten. Der Fluch war noch da und je schneller sie ihn brachen, umso besser. Er hatte ja schon nach diesem einen Tag Pause ein schlechtes Gewissen.

Also setzte er sich an den Esstisch und klappte seinen Laptop auf. Während er hochfuhr, schloss Blake die Augen und folgte den schwarzen Fäden in seinem Geist. Es dauerte eine Weile, bis er bei einer Gestalt ankam. Jeremiah Burns. Ihn würden sie sich als Nächstes vornehmen.

Blake öffnete den Browser und tippte seinen Namen ein. Und staunte.

Jeremiah Burns war der echte Name von J. B. King. Einer seiner absoluten Lieblingsautoren und ein Vorbild, was geniale Thriller und Fantasygeschichten anging. Internationaler Bestseller-Autor mit zahlreichen Auszeichnungen. Er hatte diesen Mann förmlich angebetet. So sehr, dass er damals in New York trotz des Fluches zu einer seiner Lesungen gegangen war. Dort hatte er es sogar geschafft, mit ihm zu reden. Hatte ihm erzählt, dass er selbst auch schrieb, und King hatte ihn ermutigt, dranzubleiben.

Er kniff die Augen zusammen und konzentrierte sich stärker auf die Fäden, wollte, dass die Dunkelheit ihm das Gesicht des Mannes enthüllte. Es gab bestimmt mehrere Menschen mit diesem Namen. Vielleicht auch mehrere, die sehr erfolgreich waren. Doch als der Schleier wich, musste Blake die Wahrheit einsehen.

Blake legte sich die Hand auf den Mund und lehnte sich einen Moment im Stuhl zurück. Das musste er sacken lassen. Fassungslos starrte er auf das Autorenfoto, das die Suche im präsentierte, und das genau den Mann zeigte, der auch mit dem Fluch verbunden war.

J. B. King war einer ihrer Peiniger. Ein Fluchnutzer. Einer von ihnen hing an seiner Kette und litt jeden Tag seines Lebens, damit er mit seinen Büchern Erfolg hatte. Blake stand auf und ging an die Minibar. Er holte eine Flasche Wasser heraus und trank.

Er fühlte sich verraten. Irgendwie hatte er diesen Mann immer als einen Freund gesehen. Einen Verbündeten. Seine Bücher hatten ihn in den letzten Jahren begleitet, wenn er verzweifelt nach einem Weg gesucht hatte, wenigstens für eine Stunde abzuschalten und an etwas anderes zu denken als den Fluch.

Er hatte alle seine Fantasybücher gelesen und sogar diesen Liebesroman, den er mit seiner Frau zusammen verfasst hatte. Seine Geschichten waren so gut geschrieben, vor allem die Figuren so nachvollziehbar und lebendig. So jemand konnte doch nicht ... Blake fuhr sich unruhig durchs Haar.

Sein Blick huschte zu Esra, der sich auf dem Bett regte, dann zu seinem Koffer. Verstohlen ging er hinüber und kramte seinen uralten eBook-Reader hervor. Das Ding hatte nicht mal eine Hintergrundbeleuchtung, aber es funktionierte noch und ermöglichte ihm, viele Bücher leicht zu transportieren.

Er schaltete es ein und fing an, durch die Bibliothek zu blättern. J. B. King. Überall. Er hatte sämtliche Bücher mit fünf Sternen bewertet. Und er wusste auch warum – er schrieb verdammt gut. Wie authentisch und emotional das alles aus den Seiten direkt in einen hineinfloss, wenn man las: Es ging nicht in seinen Kopf.

Dieser Mann hatte sie benutzt. Einem von ihnen das Glück aus dem Leben gesaugt. Sie ins Unglück gestürzt und dazu verurteilt, zu morden, zu vergewaltigen, Feuer zu legen, krank, schlaflos und einsam zu sein.

Blake ließ die Schneidezähne über seine Unterlippe schaben. Er dachte an die Bilder der Zeremonie, die Joy ihnen gezeigt hatte. Sie waren direkt in seinem Kopf gewesen und doch nicht seine eigenen Erinnerungen. Wie ein Film, den ihm jemand vorführte.

Die drei kleinen Mädchen, die vielen Kinder und die Erwachsenen, die Hände hielten und sich wissend anschauten. Es lief ihm eiskalt den Rücken hinunter. Die anderen und er waren damals noch sehr klein gewesen. Aber genauso doch die Fluchnutzer, oder nicht? Sein Fokus verschob sich auf die anwesenden Erwachsenen. Sie waren es, die ihre Kinder zu diesem Ritual geschleppt hatten. Sie hatten das eingefädelt. Mütter und Väter. Sektenmitglieder, die ihrem Nachwuchs dieses Leben in völligem Glück kaufen wollten.

J. B. King war nicht schuld. Oder hatte er als Kind darum gebeten? Hatte er davon gewusst? Wusste er heute davon?

Blake wurde schwindelig. Er musste sich auf einen der Stühle sinken lassen. Der Arm, mit dem er den eBook-Reader hielt, fühlte sich auf einmal so kraftlos an, dass ihm das kleine Gerät fast aus der Hand rutschte. Er legte es sich auf den Schoß.

Was, wenn sie alle nichts davon wussten? Mercer, Leticia, Kelly ... wenn sie alle nicht geahnt hatten, worauf ihre Karrieren fußten? Sie konnten es nicht gewusst haben, oder?

Könnte ein Mensch mit solchem Wissen leben? Oder war es zu naiv, wenn er von sich ausging? Wahrscheinlich. Aber ... war das, was sie taten dann überhaupt richtig?

Blakes ganzes Gesicht kribbelte wie von winzigen Nadelstichen. Er rieb mit beiden Händen darüber und spürte seinem hastigen Herzschlag nach.

»Schon wieder bei der Arbeit?«, fragte Esra mit seiner rauen Morgenstimme.

Blakes Kopf ruckte herum. Er musste aussehen wie ein Reh im Scheinwerferlicht. »Ich hab mich direkt in den Hintergrund des nächsten Nutzers vertieft«, sagte er und versuchte, dabei lässig zu klingen. »Ein Schriftsteller. Das hat mich natürlich besonders interessiert.« Er versuchte ein Grinsen. Zwei Sekunden lang war er sich nicht sicher, ob sein Schauspiel gut genug war oder ob Esra vielleicht merkte, dass er neben der Spur war. Doch dann wandte er sich ab.

Esra griff nach der aufgerissenen Packung Zigaretten, die auf dem Tisch lag und verzog sich damit ans Fenster. Das Feuerzeugrädchen klickte zweimal. Er hörte Esra ausatmen, den Qualm wegpusten. Ein Geräusch, das ihm sonst Frieden schenkte.

Blakes Gedanken waren noch bei dem Ritual. Warum war ihm bis jetzt nicht klar gewesen, dass sie im Grunde immer noch Unschuldige töteten? Dass es eigentlich die Käufer waren, die sie zur Rechenschaft ziehen mussten? Oder die Kirche selbst. Die Monster, die die Drillinge ausfindig gemacht, trainiert und benutzt hatten.

Seine Finger waren eiskalt, als sich seine Hände zu Fäusten ballten.

Indem sie die Fluchnutzer töteten, beendeten sie den Fluch. Aber war das wirklich richtig? Blake war sich nicht mehr sicher. Sicher war er sich nur, dass Esra seine Gedankengänge missbilligen würde. Vorerst durfte er ihm nichts davon sagen.

*

Für Außenstehende war sein Haus einfach nur ein hübsches, ruhig in der Nacht schlummerndes Gebäude mit einfarbigen Vorhängen, hinter denen Lichter glühten.

Dass es das schon seit vielen Jahren nicht mehr war, wussten weder die Nachbarn, noch die Menschen, die in Bussen oder Taxis vorbeifuhren und nur einen flüchtigen Blick auf den Vorgarten erhaschten.

Timothy hatte sich stets bemüht, das Andenken seiner Familie zu ehren, indem er sein Erbe rein hielt. Zumindest für die Außenwelt. Wann immer seine Verfassung es zuließ, kümmerte er sich darum, dass Garten und Fassade sauber und ordentlich waren. Er zupfte in steter Regelmäßigkeit die kleinen Unkrautpflänzchen zwischen den Betonplatten hervor, die den Weg zur Haustür formten, wischte die Fensterbretter sauber, polierte den Briefkasten, kratzte die Ansätze von Moos von den Dachziegeln.

Er liebte dieses Haus. Es war immer seine Zuflucht gewesen – in den Jahren des Fluches noch mehr als zuvor schon. Er hatte es zeitig zu einem Zuhause für seine Freunde gemacht.

Sam und Freddie kannte er schon seit seiner Kindheit. Die beiden Brüder waren ihm zuerst durch ihr neckisches Aussehen aufgefallen. Sie waren die ersten Zwillinge, die er je getroffen hatte, und irgendwie hatte er bei ihnen direkt an eins seiner Lieblingsbücher denken müssen.

Er hatte nicht verstanden, warum die anderen Kinder die beiden mieden und gemeine Scherze über sie machten. Nur wegen ihrer Sommersprossen? Sie waren schnell Freunde geworden, hatten zusammen Fußball gespielt – oder eigentlich eher Tore schießen, weil drei Leute nicht ausreichten, um richtige Mannschaften zu bilden.

Er hatte seine Playstation mit ihnen geteilt und Freddie und Sam ihre Süßigkeiten mit ihm. Sie waren alle gemeinsam ihrer Kindheit entwachsen und zu Männern geworden. Sie hatten gefeiert, sich gegenseitig aufgezogen, sich bei den Schularbeiten geholfen und Freddie, der sich als erster in ein Mädchen verliebte, dabei unterstützt, ein Date klarzumachen.

Alles war irgendwie leicht und unbeschwert gewesen, bis ...

Tim seufzte schwer und steckte die Hände in die dicken Handschuhe, die an einer Kette am breiten Griff des Ofens baumelten. Dann packte er den heißen Topf mit den Nudeln und wuchtete ihn herunter, trug ihn langsam ins Wohnzimmer hinüber.

Aus irgendeinem Grund bevorzugten Eugen und Mike es, im Dunkeln zu sitzen. Lediglich die kleinen Lichter in den Schränken leuchteten. Es hätte gemütlich gewirkt, wenn nicht so viele düstere und gefährliche Gedanken durch den Raum geschwirrt wären.

Anfangs hatte Timothy seine Gabe gruselig gefunden, dann faszinierend und nützlich, und dann hatte er angefangen, die Last zu spüren, die sie ihm auflud. Es war anstrengend, ständig zu wissen, was die anderen dachten. Eltern, Lehrer, Mitschüler, Freunde, Fremde. Und er hatte gewusst, dass es noch schlimmer wäre, wenn sie wüssten, dass er sie hörte. Es war so schon seltsam genug.

In diesen Tagen allerdings war er dankbar für seine Kraft. Sie half ihm, das alles hier zu managen, die Jungs wegzuschicken, bevor ihr Fluchdruck zu groß wurde. Hier drin sollten alle sicher sein. Das war sein Versprechen an sich und die anderen.

So hatte er Mike gebeten, zu gehen, bevor sein RAPE zu konkrete Formen annahm, und auch Eugen dazu gebracht, sich vom Sofa zu erheben, damit nicht einer von ihnen sein Opfer wurde.

Fair war das nicht. Andere leiden zu lassen, damit sie es nicht mussten.

Sam und er hatten den anderen gleich am ersten Abend erzählt, wie sie das früher gehandhabt hatten. Dass sie sich im Fesseln geübt hatten, mit allen möglichen Materialien. Dass sie mit Beruhigungsmitteln experimentiert hatten, die Tim von seinen Eltern klaute, sich gegenseitig eingesperrt hatten – manchmal mit Erfolg.

»Das funktioniert nur, wenn die Abstände zwischen den Wechseln kurz sind«, hatte Mike gesagt und Eugen hatte ihm brummend zugestimmt.

»Wenn es zu lange dauert, zerreißt euch der Druck. Der Fluch kontrolliert dich dann nicht mehr, sondern du *wirst* der Fluch.« Der Schatten auf Eugens Gesicht hatte Tim kühle Schauer über den Rücken gejagt und obwohl er versucht hatte, seine Gedanken zu kontrollieren, waren einige doch an die Oberfläche gedrungen. Tim hatte erfahren, dass Eugen selbst einen Panic Room besaß, sogar einen richtig professionellen, stabil gebauten. Die Erfahrungen, die er damit gemacht hatte, teilte er nicht, aber das brauchte er auch nicht.

»Jetzt bestimmen Esra und Blake das Timing«, hatte Mike sie erinnert. »Wir haben es nicht selbst in der Hand. Ich werde mich auf keinen Fall einsperren lassen.«

Sam und er hatten verständnisvoll genickt. Was war ihnen auch anderes übrig geblieben? Mike und Eugen waren erprobte Kämpfer – sie beide eher so etwas wie Pazifisten, was den Fluch betraf. Sie hätten sie nicht festhalten können.

Eugen lag ausgestreckt auf dem Sofa und tippte auf einem Tablet herum. Seine Gedanken kreisten um den Film, den er schaute, aber sie wirkten bereits gehetzter als im Normalzustand – ein Zeichen für wachsenden Fluchdruck.

Mike spürte er in der Ecke des Zimmers, in einem Schatten. Er hörte Musik, der Text des Liedes hallte durch seine Gedanken. Tim stellte den Topf auf den Tisch und holte Teller und Besteck.

Sam war in der Küche geblieben. Er hatte nicht direkt Angst vor den anderen beiden, aber er fragte sich ständig, wie schlimm es sein würde, wenn sie ihm die Kehle aufschnitten, und dachte daran, wie er das letzte Mal das Messer geführt hatte.

Tim warf ihm ein aufmunterndes Lächeln zu. »Essen ist fertig.«

»Hab ich gesehen.« Sam stieß sich von der Wand ab. Ihre Blicke berührten sich und die düsteren Gedanken verwischten. Stattdessen kamen andere. Vertraute.

Einen Moment verharrte er mit den Tellern im Arm und sah Sam nur an. Dann ging er ins Wohnzimmer. Sam folgte ihm.

Eugen hatte sich auf dem Sofa aufgesetzt und Mike nahm gerade mit etwas Abstand neben ihm Platz. Man merkte den beiden an, dass sie irgendwie vertraut miteinander waren, auch wenn keine richtige Freundschaft zu bestehen schien – eher eine Art gegenseitiger Respekt und Akzeptanz. Es hatte mit dem Spiel zu tun, das sie die Jahre zuvor untereinander gespielt hatten, das wusste Tim aus ihren Gedanken.

»Ich habe die Bolognese nach dem Rezept meiner Großmutter gemacht. Mitsamt Geheimzutaten«, sagte Tim fröhlich und füllte ihre Teller nacheinander mit reichlichen Nudelportionen. Die anderen brummten nur, Sam sagte leise Danke. Dass sie nicht allzu begeisterungsfähig waren, daran hatte Tim sich inzwischen gewöhnt.

»Esst euch satt, ich kann noch welche nachkochen.«

Eugen nahm sich eine große Kelle Bolognese und lehnte sich dann mit dem Teller auf dem Schoß auf dem Sofa zurück. Ein wenig angespannt sah Tim ihm dabei zu und hoffte, dass nichts auf die Polster tropfte.

Eine Weile herrschte gefräßiges Schweigen. Alle vertieften sich ins Essen und Tim konzentrierte sich vor allem auf Eugen, der beim Rot der Soße an Blut dachte und seine Gabel manchmal etwas zu genau beäugte, wenn er sie zwischen die Nudeln schob. Nach dem Essen würde er ihn bitten, einen Spaziergang zu machen.

»Wie viele Tage noch bis zum Vollmond?«, fragte Eugen.

»Drei«, erwiderte Mike sofort, als hätte er sich die Frage selbst gerade erst gestellt.

»Geil«, kam es sarkastisch zurück. Eugen nahm eine Serviette und wischte sich den Mund sauber.

»Glaubt ihr, es wird vorher noch einen Wechsel geben?«, fragte Sam und suchte dabei den Blick der beiden Jäger. Keiner hob auch nur den Kopf.

»Ne«, erwiderte Eugen nach einem kurzen Moment. Dann äußerte er genau das, was er vorher in Gedanken durchgegangen war: »Unwahrscheinlich. Wir vereinen im Moment die beschissensten Plagen, abgesehen von RAGE und DELUSIONS auf uns. Wenn Esra und Blake jetzt sowas wie THEM und DISEASE haben oder DECAY oder meinetwegen PYRO, dann wären sie dumm, vorher nochmal zu tauschen.«

»Ich find's scheiße, an Vollmond Esras Gutdünken unterworfen zu sein«, brummte Mike. »Und was machen wir eigentlich, wenn die beiden als nächstes befreit werden und dann beschließen, die letzten drei am Leben zu lassen? Wir könnten ja nicht mal raus, um ihnen in die Fresse zu hauen.« Diese Zweifel kamen in letzter Zeit immer öfter zum Vorschein. Sie waren wie kleine Flammen, die Tim immer wieder schnell austreten musste, damit sie sich nicht zu einem richtigen Brand entwickelten.

»Das wird nicht passieren«, mischte er sich ein. »Blake und Esra werden sich um alle kümmern. Sie waren aufrichtig, als sie uns versprochen haben, alle Fluchnutzer zu töten. Da war kein Zweifel und kein Hintertürchen. Sie sind fest entschlossen und wir müssen ihnen den Rücken freihalten.«

»Ich hab mal gehört, dass man einen Lügendetektor austricksen kann, wenn man seine eigenen Lügen glaubt«, brummte Mike.

Timothys Mimik verspannte sich. Mike führte den Gedanken schweigend fort. Er traute Esra nicht wirklich, hielt sich eher an die Gruppe. Wenn Eugen seinen Zweifeln zustimmte, könnte es schwierig werden. Tims Blick zuckte zu ihm hinüber.

»Esra ist ein Wichser, aber Blake ist eine ehrliche Haut«, sagte Eugen. »Nicht hinterhältig, sondern geradeheraus. Und bereit, sich durchzubeißen.«

»Und?« Mike zuckte mit den Schultern.

»Die beiden haben was füreinander übrig«, sagte Eugen, als sei das vollkommen offensichtlich. Natürlich wusste Tim es auch – vielleicht sogar besser als sie alle –, aber er hatte sich zurückgehalten, das auszusprechen. »Ihre schlimmsten Ängste beziehen sich aufeinander. Dass dem anderen was zustößt. Wenn Blake den Plan durchziehen will, wird Esra wahrscheinlich auch dabei bleiben.«

Mike schnaufte. Er war eine Weile still, dachte darüber nach. Verwunderung darüber, dass jemand mit Esra zusammen sein wollte, mischte sich mit tiefergehenden Gedanken über Blake.

»Ich weiß nicht viel über Blake«, sagte er schließlich.

»Er hat auf jeden Fall nach den Ursachen des Fluchs gesucht«, sagte Eugen. *So wie ich*, fügte er in Gedanken hinzu. »Und er hat es irgendwie geschafft, Esra mitzuziehen. Ich denke, wir können ein bisschen Vertrauen in ihn investieren.«

Mike zuckte mit den Schultern und nahm gedanklich wieder Abstand zu dem Thema. Tim atmete erleichtert aus und wechselte einen Blick mit Sam.

Du müsstest nicht mehr hier sein und dich diesen Gefahren aussetzen, dachte der ganz klar und gezielt – eindeutig eine Botschaft an ihn.

Tim lächelte dünn. Nein, er musste nicht. Er war inzwischen frei. Aber er hatte ja versprochen, das hier zu managen. Er wollte helfen, so gut er konnte. Das hier war vermutlich der beste Job, den er bei dieser ganzen Sache übernehmen konnte.

Vielleicht brauchen sie dich ja auch, dachte Samuel weiter. *Du bist zwar kein Kämpfer, aber deine Fähigkeit ist perfekt für Aufklärung und Spionage.*

Tim sah seinen Freund an. In solchen Momenten wünschte er sich, die Verbindung zwischen ihnen ginge in beide Richtungen, damit Sam auch seine Antwort hören könnte.

Tim leerte seinen Teller und trug ihn in die Küche. Als er zurückkam, war Eugen bereits aufgestanden und in den Flur gegangen. Der dicke Stoff eines Wintermantels raschelte. Danach klappte die Tür.

Eine gute Portion Anspannung verließ den Raum und es wurde noch stiller.

Mike setzte sich wieder in eine Ecke und hörte weiter Musik. Er schlief sogar ein – auch das ließ sich anhand seiner Gedankenströme lesen.

Tim seufzte hörbar und stützte sich am Fensterbrett ab. Draußen leuchtete die Nacht in ihrem schönsten dunkelblau. Eigentlich fehlten nur die Schneeflocken. Ein Katzenschatten huschte über die Wiese und verschwand in den Sträuchern. Tim schaute hoch zum zunehmenden Mond.

Sam gesellte sich zu ihm. Seine Wärme strahlte durch die Kleidung zu ihm hindurch, so nah war er. Seine Gedanken waren ruhig und leise. Sie lächelten einander vorsichtig an, dann blickten sie gemeinsam nach draußen.

»Ich kann euch hier nicht alleine lassen«, sagte Tim leise.

Sam schmunzelte breiter. »Uns ... oder nur mich?«

Tim weigerte sich, den Kopf zu drehen. Es war schwierig. Dass Sam ihn mochte, wusste er seit sieben Jahren. Bevor er in der Lage gewesen war, Gedanken zu hören, hatte er es nicht bemerkt. Für ihn waren die Zwillinge seine besten Freunde gewesen und er hatte nie einen Gedanken an die zufälligen Berührungen verschwendet, an lange Blicke oder die Menge an Zeit, die sie gemeinsam verbrachten. Für ihn war das immer normal gewesen.

Für Sam war es das nicht. Für ihn war es mehr.

Tim wusste nicht, ob das, was *er* fühlte, dem gerecht wurde. Ob das Liebe war oder Freundschaft oder einfach nur Verbundenheit und tiefes Vertrauen. Er hatte sich darüber noch nie Gedanken gemacht. Weder bei Mädchen noch bei Frauen oder bei Männern ... Und sie hatten jetzt auch keine Zeit dafür. Der Fluch machte es unmöglich ... und dann war da auch noch die Tatsache, dass er mit beiden Brüdern eng befreundet war. Freddie schien nichts davon zu wissen, zumindest dachte er nie darüber nach. Würde es nicht seltsam sein, wenn sie auf einmal etwas miteinander anfingen?

»Und du? Willst du, dass ich Esra und Blake helfe, oder willst du mich eigentlich nur aus der Schusslinie haben?«

Sams Schmunzeln wurde noch breiter. Er kratzte sich am Nacken und seine Hand verharrte dann dort. Nachdenklich begann er, eine rote Strähne ihm seinen Finger zu wickeln.

Wahrscheinlich weißt du sowieso besser als ich, was ich will, oder? dachte er.

Tim betrachtete ihn nun doch aus dem Augenwinkel, sah zu, wie seine Hand sich bewegte.

»Ich will, dass wir alle frei sein können«, sagte Tim.

Sam nickte. »Ich auch. Ich fühle mich zwar nicht ganz wohl mit den beiden, aber ich mache mir auch Sorgen, ob zwei Leute reichen, um eine ganze Sekte zu Fall zu bringen.«

Sollte er gehen oder bleiben? Samuel hatte recht – Esra und Blake könnten seine Hilfe brauchen. Er könnte Freddie mitnehmen, wenn der ebenso dachte. Er müsste sich nicht allein auf den Weg machen.

Vielleicht war es das, was er tun musste. Oder ... war es nur eine weitere Möglichkeit, Sams Gefühlen auszuweichen? Der Entscheidung, die schon längst überfällig war?

»Morgen früh«, sagte Tim und Sam nickte.

KAPITEL 18

VON OBEN SAH die Abenddämmerung noch viel eindrucksvoller aus, als wenn man sie vom Boden irgendeiner Stadt betrachtete.

Hinter dem Fenster lag eine unendliche Weite aus Violett, Dunkelblau und feurigem Orange, das sich sanft auf einen Boden aus Wolken bettete, die sich im Licht der Abendsonne ebenfalls einfärbten.

Eigentlich hatte Esra nichts für Kitsch übrig, aber das Schauspiel war zu besonders, um nicht wenigstens einmal kurz hinzusehen, bevor er sich wieder dem Tablet zuwandte.

Dieses Mal saß er am Fenster – Blake hatte darauf bestanden. Er hielt das Tablet in die Mitte zwischen sie beide, aber dicht genug bei sich und Blake, dass kein anderer lesen konnte, was er geschrieben hatte.

Im Moment war das Gerät nicht mit dem Internet verbunden und er benutzte eine Zeichen-Software, sodass er seine Botschaft handschriftlich auf den Bildschirm zaubern konnte.

So notierte er die wichtigsten Informationen zu ihrem nächsten Attentat für Blake. Natürlich hätten sie das auch machen können, wenn sie gelandet waren und sich wieder im Schutz eines Hotels befanden, aber er hatte das Gefühl, dass er nicht solange warten konnte. Irgendwas war heute früh seltsam an Blake gewesen. Vielleicht weil King Autor war und Blake auch. Eigentlich war es albern, deswegen anzunehmen, dass es Probleme geben könnte, aber ...

Esra löschte das Bild und nahm den Stift in die Hand, um eine neue Botschaft für Blake aufzuschreiben. Er malte ein Scharfschützengewehr und strich es durch. Dann schrieb er 'Suizid?' und 'zufälliger Überfall?'. Während ihres *Urlaubs* war er zu dem Entschluss gelangt, dass er die Morde lieber tarnen wollte. Das hätten sie von Anfang an machen sollen, aber irgendwie war die Euphorie zu groß gewesen, diese Typen einfach so schnell und einfach wie möglich auszuknipsen.

Wenn die Morde eher wie Zufälle aussahen oder sogar wie Suizide, dann würde die Kirche vielleicht nicht so schnell auf die Idee kommen, ihnen reinzufunken. Vielleicht analysierten sie dann stattdessen irgendwelche Sternenkarten oder Planetenbewegungen und schoben die Unglücke darauf.

Blake nickte ihm zu und sah dabei einigermaßen entschlossen aus. Vielleicht hatte er sich zu viele Sorgen gemacht. Er hatte diesen Mann immerhin schon mehrmals unterschätzt. Es wurde Zeit, damit aufzuhören. Vor allem jetzt, da sie zusammen waren.

Blake hatte sogar »ich liebe dich« gesagt. Er würde ihn nicht hängen lassen und er wollte die Freiheit genauso sehr wie er. Es war dumm, sich darüber Sorgen zu machen. Ja, wirklich dumm.

*

Die Nervosität kribbelte in jeder Faser seines Körpers. Menschen schoben sich an ihm vorbei, lachten, redeten. Alle waren aufgeregt und fröhlich. Blake ertrank in einem Meer aus Leben und Geschäftigkeit. Fremd zwischen all der Unbeschwertheit.

In dem Laden roch es nach frischen Buchseiten. Hohe Holzregale säumten die Wände und bunte Buchrücken verliehen dem Raum diesen unverwechselbaren Charme, den nur Buchhandlungen innehatten. Blake sah lieber die Bücher als die Menschen an, widerstand aber dem Drang, zu ihnen zu gehen und mit den Fingern über sie zu streichen.

Stockstarr stand er zwischen den anderen Besuchern, so als könne sich das Monster nur regen, wenn er sich bewegte. Was natürlich Blödsinn war. Der Fluch konnte jederzeit zuschlagen. Und meistens tat er es in den ungünstigsten Situationen. Situationen wie dieser.

J. B. King war wirklich gekommen. Er stand ganz vorn an dem mahagonifarbenen Pult, ein Buch vor ihm aufgeschlagen und begrüßte das Publikum. Alle setzten sich hin. Auch Blake.

Unaufhörlich knetete er die Säume der Ärmel seines Sweatshirts, wollte sich auf King konzentrieren, aber es gelang ihm kaum, einen der Sätze in sich aufzunehmen. Die ganze Zeit suchte er in seinen Gedanken und Gefühlen nach den Spuren des Fluches. Er hatte RAGE, war gefährlich für sie alle. Nicht so gefährlich wie mit MURDER oder RAPE, aber dennoch eine tickende Zeitbombe. Wenn der Fluch die Kontrolle übernahm, würde er diesen schönen Laden vollkommen zerstören, die Regale umwerfen, Bücher zerreißen, Stühle zerbrechen, Menschen verängstigen.

Blake wischte sich die Handflächen an der Hose ab. Er schaffte es nicht, King zuzuhören. Er bekam nur die Reaktionen der anderen Besucher mit. Ihr Raunen und Murmeln, ihr Gelächter und wie sie sich interessiert vorlehnten.

Für einen Moment schloss er die Augen. Reiß dich zusammen, dachte er. Du bist extra wegen ihm hergekommen und jetzt bekommst du gar nichts mit. Er riskierte so viel. Einen Abend als normaler Mensch hatte er sich schon lange nicht mehr geleistet. Aber die Tattoos waren so verdammt unberechenbar. Jederzeit konnten sie sich ändern. Schon sein nächster Atemzug könnte von dem Schmerz geprägt sein, den die Nadeln brachten. Und dann hätte er vielleicht MURDER.

Eine Schweißperle lief an seiner Schläfe entlang, kitzelte ihn. Blake wischte sie fort. Er saß still und auf sich konzentriert da, bis Kings Rede und Lesung vorbei waren. Er bemerkte, wie die Leute um ihn herum aufstanden, wie die Stühle auf dem Teppichboden schabten und wie das Gemurmel sich ein Stückchen entfernte. Sie ließen sich alle sein neustes Werk signieren, stellten Fragen, machten Fotos.

Nur Blake blieb sitzen, ein zitterndes Bündel aus Nervosität. Scheiße, das war so sinnlos. Er hatte King unbedingt treffen wollen und jetzt schaffte er es nicht mal, den Kopf zu heben.

Seine Finger krümmten sich in den Stoff seines Sweatshirts.

»Junger Mann, fühlen Sie sich nicht gut? Sie sehen blass aus.«

Blake schreckte zusammen. Aus Reflex schaute er nach oben und sah J. B. King vor sich stehen, der sich die Brille zurechtrückte und freundlich aber ein wenig besorgt lächelte.

»Ich ... bin nur ...«, stammelte Blake. »Nervös.«

Kings Lächeln wurde noch freundlicher, beinahe väterlich warm. Er setzte sich auf den Stuhl neben ihn. Blake wagte es, sich kurz umzusehen. Die Buchhandlung war jetzt fast leer. Hatte er so lange hier gesessen und mit sich gerungen?

»Mein Bruder litt jahrelang unter Panikattacken. Soziale Ängste. Er konnte nicht mit der U-Bahn fahren. Meine Eltern haben ihn stets chauffiert. Er bekam Fernunterricht. Hatte immer ein schlechtes Gewissen, weil er allen so viele Umstände bereitete.«

Jetzt hörte Blake zu. King war direkt neben ihm und redete mit ihm, als wären sie alte Freunde. Das war so unwirklich. Er schien zu denken, dass er mit einer Panikattacke kämpfte.

Blake atmete durch, so gut er konnte.

»Ich wollte unbedingt herkommen«, sagte er.

»Das ehrt mich.« King reichte ihm ein Buch. Der Umschlag war kühl und fest. Blake schlang die Finger darum, sah, wie die Feuchtigkeit seiner Fingerspitzen glänzende Spuren darauf hinterließ. »Hier, das ist zufällig noch übrig. Wenn du es haben willst.«

Sein neuster Roman. Ein Mystery-Thriller. Genau die Art Geschichte, die Blake am liebsten von ihm las. So hatte er King auch entdeckt. Indem er sich in solche Storys vergrub, kam er sich weniger einsam vor. So als ob auch andere manchmal in dieselbe Finsternis blickten wie er. Natürlich wusste er, dass alles nur fiktiv war. Aber es half manchmal. Und er bewunderte King dafür, dass er diese Fantasien so glaubhaft aufs Papier bringen konnte.

»Danke, das kann ich leider nicht bezahlen.«

»Es ist ein Geschenk. Sieh es als Belohnung, weil du so stark warst, herzukommen.«

Blake schluckte. Er wagte einen Blick in Kings Augen. Der Mann war vielleicht fünf Jahre älter als er, aber er kam ihm unheimlich reif und erwachsen vor. Gefestigt und irgendwie wie ein Freund.

»Das ist wahnsinnig nett«, sagte Blake und rang sich ein Lächeln ab. Jetzt schaffte er doch noch, was er sich nicht zu träumen gewagt hatte. King zu treffen. Seinen Lieblingsautor. Das war der Wahnsinn. Und das Tattoo regte sich nicht. Alles war gut.

Ein wenig mutiger fasste er das Buch und schlug es auf. »Würden Sie es mir auch noch signieren?«, bat er.

King lachte. »Natürlich. Auf welchen Namen?«

»Blake Turner.«

»Sehr gerne.« King zückte einen Kugelschreiber und nahm das Buch wieder auf seinen Schoß. Blake sah dabei zu, wie er seinen Namen als Widmung hineinschrieb und noch ein paar nette Worte dazu.

Sein Herz klopfte aufgeregt, jetzt nicht mehr vor Angst, sondern vor Faszination. Es war das erste Mal in drei Jahren, dass Blake sich kurz wie ein ganz normaler Mensch fühlte, der mit einem anderen ganz normalen Menschen interagierte.

»Danke«, sagte er ein wenig zittrig.

»Nichts lieber als das«, sagte King. »Kann ich dir sonst noch eine Freude machen?«

Blake schüttelte den Kopf. Es war ihm schon fast unangenehm, wie nett King zu ihm war. Natürlich nur aus Mitleid, aber trotzdem. Er musste das hier ja nicht machen. Hier waren nicht mal Kameras, die das aufzeichnen könnten.

»Was gefällt dir an meinen Büchern? Machen sie dir keine Angst?«

»Doch, Ihr Horror ist definitiv furchteinflößend, aber manchmal hilft mir genau das.«

King schmunzelte. »Nun ja, es gibt auch Menschen, die Dramen lesen, wenn sie ohnehin schon traurig sind. Ich nehme an, das ergibt Sinn.«

»Ich schreibe auch selbst.« Eigentlich hatte er das nicht sagen wollen. Es platzte einfach so heraus. Vielleicht, weil er so selten die Gelegenheit hatte, frei mit jemandem zu reden. Wie ein normaler Mensch. Trotzdem war es ihm unangenehm. King hörte das sicher ständig, wurde wahrscheinlich belagert von Neu-Autoren, die sich irgendwas von ihm erhofften.

»Das kann manchmal die beste Form von Heilung sein«, sagte er freundlich. »Mach auf jeden Fall damit weiter. Wer weiß, vielleicht sitze ich dann irgendwann in einer von deinen Lesungen.«

Blake nickte und fuhr sich durchs Haar. Das würde nie passieren – und das wussten sie beide, aber es war nett, dass er das sagte. »Danke, das mache ich.«

So leicht wie in dieser Nacht, hatte er sich lange nicht mehr auf seinen Füßen gefühlt. Blake verließ die Buchhandlung wie ein normaler Mensch, beide Arme fest um das Buch geschlungen, dass King ihm geschenkt und signiert hatte. Fest entschlossen, seinem Leben noch einen neuen Sinn zu geben, selbst wenn er niemals die Quelle des Fluches fand.

*

Esra legte eine Hand auf Blakes Unterarm und weckte ihn.

Ihr Flieger landete bald in Florida. Wieder auf dem Kontinent, von dem sie kamen. Ihr Hotel lag dieses Mal im Randgebiet der Stadt. Salt Springs war bei Weitem nicht so eindrucksvoll wie Paris oder Mailand – konnte aber auch daran liegen, dass er jetzt wieder komplett im Arbeitsmodus steckte.

Das Hotel ragte wie ein kahler Stein aus dem Boden empor. Fünf Sterne gab es dieses Mal nicht, dafür hatte er sich bewusst entschieden. Falls jemand Nachforschungen über sie anstellte oder ihnen vielleicht schon auf den Fersen war, wollte er nicht zu berechenbar sein. Lieber verzichtete er also auf Whirlpoolfunktion und Kingsizebett.

Auf dem Flur pöbelte Blake einen anderen Gast an, der sie zu lange anstarrte, und Esra hatte seine liebe Mühe damit, ihn von dem Fremden fernzuhalten. Er packte ihn an beiden Armen und zerrte ihn hinter sich her ins Hotelzimmer.

Wieder prügelten sie sich, doch dieses Mal fiel Blake danach einfach nur erledigt ins Bett. So vergingen der Abend und die Nacht mit nur wenigen Worten. Blake schien schon vorher nicht in Redelaune gewesen zu sein und Esra war es von Haus aus nicht. Er warf nur hin und wieder stille Blicke zu Blake, betrachtete ihn dabei, wie er auf dem Bett lag und las, bis ihm die Augen zufielen. Hoffentlich nicht die verdammten Bücher von Burns.

Der Kerl war Autor und Anwalt. Anscheinend hatte ihm *eine* Traumkarriere nicht gereicht. Seine ganze Familie steckte im Justiz-Sektor, einer seiner Onkel war sogar Richter.

Wie albern ... ausgerechnet Menschen, die ihr Leben der Gerechtigkeit verschrieben, machten gemeinsame Sache mit einer kranken Sekte, die unschuldigen Kindern ihr Lebensglück raubte.

Esra saß auf dem Fensterbrett und rauchte eine nach der anderen, während er über diese Bastarde nachdachte. Erst, als Blake schlief, holte er sich auch Alkohol aus der Minibar.

Ein dünner Wind umsäuselte das Hotel, strich ihm durchs Haar und kühlte die Blutergüsse auf seinem Gesicht. Esra pustete abwechselnd den Qualm hinaus und nippte an seinem Bier. Für eine Weile fühlte es sich an, als sei er wieder allein und in New York. Aber wenn er sich umdrehte, dann würde er da auf dem Bett Blake sehen und das würde ihn zurückholen in diese neue Realität, in der er ihm sogar seine Gefühle gestanden hatte.

Verrückte Welt.

Esra seufzte. Die Fluchnutzer zu töten, würde sie befreien. Deswegen war er fest entschlossen, genau das zu tun, ohne Rücksicht, ohne Skrupel.

Aber ihn streifte die Frage, ob das reichen würde. Die Hintermänner waren diejenigen, die das alles wirklich verbrochen hatten. Die Wurzel dieser Giftpflanze. Würden sie es in hundert Jahren nochmal versuchen, wenn irgendwo wieder schicksalhafte Kinder geboren wurden, die diese übernatürlichen Fähigkeiten besaßen? Oder waren es tausend Jahre?

Er schnaufte milde amüsiert.

Die Wahrscheinlichkeit, dass es gerade sie traf, war so unfassbar gering gewesen. Am Ende spielte es überhaupt keine Rolle, ob es hundert oder tausend Jahre dauern würde, bis es wieder passierte. Irgendjemanden würde es treffen und diese Menschen würden leiden. Genau wie ihre Familien, Freunde und ihr gesamtes Umfeld, ihre gesamte Stadt.

Wenn er konnte, würde er diese verdammte Sekte komplett vernichten. Ihr Hauptquartier niederbrennen. Ihrem Boss die Kehle durchschneiden. Ganz langsam.

Nein, es ging ihm nicht nur um sich. Sein Hass war groß genug für die ganze Truppe. Anwälte und Richter, die sich auf eine zwielichtige Sekte einließen und sich hohe Ränge erkauften, damit sie ihre Kinder dann bei einem übernatürlichen Ritual mit fremdem Glück segnen lassen konnten ... wie konnte irgendjemand in der Welt überhaupt jemand anderem als sich selbst vertrauen?

Esra drückte die Zigarette aus und warf einen Blick auf den schlafenden Blake. Sofort wollte er aufstehen und zu ihm rübergehen, seinen Rücken streicheln, seine Haare anfassen und ihm einen Kuss auf die Wange hauchen.

Wenn es irgendjemanden gab, dem er vertrauen konnte, dann Blake. Er wollte es wirklich. Nicht zweifeln. Nur sein Freund sein. Sein Partner.

Leider reichte das allein nicht. Er spürte genau, wie sich Widerstand in ihm regte. Er brauchte mehr Beweise. Wenn Blake morgen bei dem Attentat zögerte, wie damals bei ihrem Angriff auf Eugen, oder irgendwie komisch war ... hoffentlich zog er es einfach durch.

Aber was sollte er tun, wenn nicht? Was wenn Blake sich am Ende sträubte? Gott, er hätte sich auch nicht gewundert, wenn Blake vorschlüge, mit den Typen zu reden. Ihnen die ganze Scheiße mit dem Ritual zu erklären und zu hoffen, dass daraus irgendetwas wurde.

Fast musste er lachen, aber er drängte den Impuls zurück. Es gab in diesem Fall nur zwei Möglichkeiten. Töten oder den Rest ihres Lebens verflucht sein. Da war kein Mittelweg und auch kein verdammter Kompromiss.

Die Flasche war leer. Esra rutschte vom Fensterbrett herunter und schlich durchs Zimmer. Er stellte das leere Bier in der Minibar ganz nach hinten und schloss sie wieder. Dann ging er ins Bad, um sich das Gesicht zu waschen.

Er war müde von seinen eigenen Gedanken.

Wahrscheinlich sollte er schlafen. DECAY zog Kraft aus seinem Körper und er brauchte morgen so viel wie möglich. Also zog er sich bis auf die Unterwäsche aus und kroch vorsichtig zu Blake ins Bett. Nicht zu nahe heran, damit er ihn mit seinen Bewegungen nicht weckte.

Er schloss die Augen, konnte aber nicht einschlafen. Alles drehte sich. Finsternis umwirbelte Finsternis. Er sah die

Bänder flattern und Grimassen glühen. Das würde nicht funktionieren.

Mit einem genervten Seufzen drehte er sich auf die Seite, griff nach seinem Handy und stöpselte Kopfhörer ein. Weil er keinen Bock hatte, sich für ein Lied zu entscheiden, schaltete er einfach das Radio an und ließ sich davon berieseln. Zwischen den Neuigkeiten des Tages, der Meldung über einen Meteor, der demnächst von der Erde aus zu sehen sein würde und einigen flachen Popsongs schlief er schließlich ein.

Es war bereits Vormittag, als Esra erwachte. Blake war schon geduscht, als er sich aufsetzte und sich den Schlaf aus den Augen rieb. Sein Körper schien diese Nächte extra lange auszudehnen, seit er gemerkt hatte, dass es endlich funktionierte. In seiner Zeit vor Blake hatte er in vielen Nächten überhaupt nicht geschlafen und war maximal eine oder zwei Stunden weggenickt, bevor er wieder hochschreckte. Oft hatte das kleinste Geräusch ausgereicht, um ihn hochfahren zu lassen. Jetzt schien er nicht mehr so empfindlich zu sein.

Mürrisch brummend fuhr er sich durch die Haare und schob sich aus dem Bett.

Blakes 'Guten Morgen' erwiderte er grimmig und stapfte ins Badezimmer. Heute zählte es.

»Ich bestelle uns Frühstück aufs Zimmer«, drang es dumpf durch die Tür.

»Wehe es ist zu gesund«, brummte er zurück und stieg unter die Dusche.

Als er wieder ins Zimmer kam, bereute er doch ein wenig, kein besseres Hotel ausgewählt zu haben. Das Essen war ein Witz, pappig und ohne richtigen Geschmack. Sie schaufelten es sich trotzdem rein. Noch immer redeten sie kaum und das beunruhigte Esra doch mehr, als er zugeben wollte.

»Dieses Mal machen wir es wieder wie damals auf der Jagd nach dem FREE. Wir steigen in sein Zimmer ein und schlagen direkt zu.« Esra stand auf, ging an seine Tasche und zog ein Notizheft heraus, das er sporadisch dazu benutzt hatte, Stichworte zu notieren, wenn er nachts nachdachte.

Die Namen der Fluchnutzer standen mit wenigen schnellen Strichen darin notiert, ebenso die Adresse des HSC Hauptquartiers in Chicago und einige andere Infos zu ihnen.

Esra blätterte ein paar Mal, um eine Seite zu finden, auf die nichts durchgedrückt war. Diese riss er heraus und ließ den Kugelschreiber klicken, der in der Schlaufe des Notizbuches gesteckt hatte.

»Was machst du?«, fragte Blake interessiert.

»Ich schreibe meinen eigenen Bestseller«, gab Esra ironisch zurück, schob nach einem kurzen Moment aber nach: »Burns wird von einem enttäuschten Fan umgebracht. In diesem Brief wird stehen, was ihn so verärgert hat. Tja, ist schon blöd, wenn man so berühmt ist ... man zieht einen Haufen Bekloppte an.«

Während er redete, schrieb er bereits. Schon jetzt bemerkte er, wie seltsam sich der Stift zwischen seinen Fingern anfühlte. DECAY schritt schneller voran, weil der Vollmond kurz bevorstand. Gut, dass sie es heute Nacht machten. Noch ein Tag länger und er würde wahrscheinlich bei dem Versuch, jemandem das Genick zu brechen einfach seinen eigenen Arm durchbrechen oder aus der Schulter reißen.

Wenn sie Burns erledigt hatten, würden sie sich einen oder zwei Tage in Deckung begeben und danach einen Wechsel bestellen, damit sie den nächsten angehen konnten.

Der Stift kratzte übers Papier und vielleicht war es gar nicht schlecht, dass seine Handschrift durch DECAYs Taubheit in seinen Fingern anders aussah als sonst.

Esra hatte recherchiert, worum es in Burns' letztem Buch gegangen war, damit er Bezug darauf nehmen konnte. Er formulierte die Nachricht möglichst hochgestochen und überzogen. Eben so, wie er sich das vorstellte, wenn ein durchgedrehter Fan mit seinem Lieblingsautor abrechnete.

Dann faltete er den Brief zusammen und steckte ihn ein.

»Meinst du, das schlucken sie?«

Er zuckte mit den Schultern. »Zumindest wird es Zweifel säen. Das verschafft uns vielleicht Zeit. Wenn Burns tot ist, durchsuchen wir seinen Kram. Vielleicht gibt es Schriftverkehr, den wir uns ansehen können. Wenn die Sekte schon auf uns aufmerksam geworden ist, wird sie ihre Kinder sicherlich vor uns warnen. So eine Nachricht abzugreifen, könnte uns helfen. Ansonsten schaffen wir eine schöne Unordnung und hinterlassen den Brief. Dann wird es so aussehen, als habe der Fan vielleicht ein Andenken mitnehmen wollen oder so.«

Blake nickte verstehend. »Okay ... so machen wir es.«

»Wer weiß, vielleicht bist du dann frei«, sagte Esra. Er wusste selbst nicht, woher das kam. Vielleicht von dem Wunsch, Blake wieder lächeln zu sehen. Ihm fehlte sein gewohnter Optimismus. Seit ihrer Urlaubsnacht wirkte er so bedrückt.

Blake sah ihn an und zum ersten Mal dachte Esra diesen Gedanken wirklich weiter. Wenn Blake vor ihm befreit würde ... und er noch gefangen war ... wie ging es dann weiter? Würden sie dann immer noch gemeinsam die letzten Fluchnutzer zur Strecke bringen? War es dann nicht zu gefährlich für ihn?

Wenn sie befreit wurden, behielten sie ihre Fähigkeiten, verloren aber die Selbstheilungskraft. Das ergab aus Sicht des Fluches wohl Sinn, denn der hielt sie ja nur so großzügig am Leben, damit die anderen sie weiter auswringen konnten. Wenn dieser Nutzen nicht mehr bestand, brachte es ihm nichts mehr, dass sie lebten.

Sollte er sich dann lieber wünschen, dass Blake und er bis zum Schluss übrig blieben? Damit sie das Ganze bis zum Schluss gemeinsam durchziehen konnten?

»Woran denkst du?«

Das war so eine typische Blake-Frage. Esra schnaufte milde.

»Nur daran, wie viel schwieriger der Job wird, falls du vorzeitig in den Ruhestand gehst.«

Blake runzelte die Stirn. »Warum sollte ich das?«

»Wenn du befreit würdest, wärst du zu verwundbar.«

»Wir sind auch jetzt verwundbar ... wenn wir beim Springen abrutschen und vom Dach eines Wolkenkratzers aus direkt auf den Asphalt knallen, sind wir Matsch. Dann wird der Fluch uns auch nicht mehr zusammenflicken.«

»Ja, aber wenn dich eine Kugel durchbohrt, oder ein Messer dich schlitzt, wird er es tun«, erwiderte Esra ernst.

»Ich stürze nicht ab. Nicht alleine und erst Recht nicht mit dir.«

»Ich habe geschworen, dass ich das bis zum Ende durchziehe. Bis der Fluch gebrochen ist. Ich habe es Joy versprochen und den anderen und Hannah.«

Blakes Augen waren so klar, dass Esra ihm glaubte. Auch ein Funke Zorn loderte in dem ansonsten so ruhigen Braun, aber er schien dieses Mal gar nicht von RAGE zu kommen. Blake ärgerte, dass er an ihm zweifelte.

Sorry, Blake.

»Okay«, sagte er und ließ das Thema sein. Im Moment wollte er nur noch schnell vorankommen. Er hasste, dass sich alles schon wieder so schwierig und kompliziert anfühlte.

Dabei war es ja nie anders gewesen. Es lag an dem Gefühlsrausch, auf den er sich eingelassen hatte. Der hatte ihm wie eine Droge vorgegaukelt, dass alles gut war.

Blake berührte seine Hand. Es war nur ein flüchtiges Streichen. Eine Geste, die Verbindlichkeit ausdrücken sollte, zusammen mit einem sanften Blick ohne Wut oder Zorn. Wahrscheinlich nicht mal der Versuch, in ihm zu lesen.

Esra seufzte und stand auf.

»Bevor wir zu ihm fahren, organisieren wir uns noch irgendwo was richtiges zu essen.«

KAPITEL 19

WÄHREND SIE FUHREN, tippte Blake die ganze Zeit auf seinem Handy herum. Esra konnte es nur aus dem Augenwinkel beobachten, aber es sah so aus, als würde er mit jemandem Nachrichten austauschen.

Seine innere Stimme war noch immer so misstrauisch wie eh und je. *Vielleicht hat er Kontakt zu Burns oder direkt zur HSC aufgenommen, um sie zu warnen. Hat dich angelogen und will sie doch nicht umbringen, wegen seines Gewissens.*

Aus einem anderen Winkel seines Hirns flüsterte ihm eine Stimme zu, dass Blake über irgendeine Flirt-App mit jemandem schrieb, den er nach seiner Befreiung treffen wollte.

Er musste sich zusammenreißen, um sich auf die Straße zu konzentrieren.

»Schreiben sie irgendwas im Chat?«, knurrte er schließlich, als er es nicht mehr aushielt.

»Nein«, sagte Blake und es hörte sich an, als würde er noch mehr sagen wollen, es sich aber dann doch verkneifen. Eine Tatsache, die Esra jedoch nur noch ungehaltener machte.

Was zum Teufel verbarg Blake denn? Kam ihm nicht in den Sinn, dass sie es absprechen sollten, wenn irgendetwas nicht hinhaute oder unklar war?

»Sonst irgendwas, das ich wissen sollte?«

Blakes Gesicht verspannte sich. Esra sah seinen Kehlkopf hüpfen. Dann rückte er endlich mit der Sprache raus: »Ich habe mich mit Tim darüber unterhalten, ob es nicht gut wäre, wenn die Befreiten mit uns zusammenarbeiten würden.«

»Die Befreiten sollen ihre Scheißfreiheit nehmen und die Fliege machen«, brummte Esra. Das fehlte noch, dass hier irgendwelche Babys herumwuselten, die nur störten. Es war schwer genug gewesen, aus Blake einen hilfreichen Partner in Crime zu machen.

Eugen und Mike konnte man vielleicht noch gebrauchen, aber Mike war noch eingesperrt und mit Eugen würde er ganz sicher nicht zusammenarbeiten.

»Es ist am besten so, wie es jetzt ist. Wir brauchen hier nicht noch mehr Attentäter. Wird irgendwann schwer, unauffällig zu bleiben«, grummelte er. War doch auch vollkommen offensichtlich. Warum musste Blake aus allem einen Sommercamp-Ausflug machen wollen?

»Ja, schon klar.« Es klang tatsächlich einsichtig, sodass Esras aufkeimendes Unverständnis über diesen Vorschlag wieder in sich zusammen sank.

»Okay, wir kommen näher.«

Das Fluchnutzer-Radar schlug immer stärker aus. Inzwischen waren sie ziemlich nahe an diesem Naturgebiet. Der Ocala national Forest, wie diverse Schilder verkündeten. Esra warf einen sehnsüchtigen Blick hinüber auf die üppigen Baumkronen und konzentrierte sich dann wieder auf ihr Ziel.

Burns musste hier in irgendeinem Hotel am Rande des Waldes residieren. Er fuhr langsamer, um die richtige Abzweigung nicht zu verpassen.

»Halt nach Seitenstraßen Ausschau. Ist ganz schön unübersichtlich hier«, mahnte er Blake, obwohl er das selbst gut genug im Blick hatte. Er wollte nur, dass er nicht mehr so viel am Handy rumspielte. Das machte ihn echt nervös.

Das Gefühl wurde stärker und es schien tatsächlich direkt aus dem Wald zu kommen. Hatte Burns sich in eine Waldhütte zurückgezogen? Na ja, passte wahrscheinlich irgendwie zu einem Autor. Esra hatte dieses Schreiben in der Abgeschiedenheit der Natur immer für ein romantisiertes Klischee gehalten ... aber am Ende war es auch scheißegal – wo auch immer Burns war: Er würde ihm die Kehle aufschlitzen. Die Abgeschiedenheit hier war eher noch ein Vorteil.

Falls die HSC etwas von ihren Plänen ahnte und die Morde in Zusammenhang brachte, verhielt sie sich reichlich dumm. Er an ihrer Stelle hätte die Leute unter erhöhten Schutz gestellt. Aber vielleicht wollten sie das ja auch nicht.

Ja, wahrscheinlich fühlten sich diese Bastarde so sicher in ihrem Scheißglück, dass sie sich unsterblich vorkamen. Ein schmales Grinsen legte sich auf sein Gesicht.

»Er ist im Wald«, brummte er und bog ab, ließ den Wagen langsamer rollen. Hier vorn war direkt ein Parkplatz. Sie stellten das Auto ab und huschten wie zwei Schatten in den nächtlichen Wald hinein. Zwischen den Stämmen der hochaufragenden Bäume kamen schnell einige Hütten in Sicht.

Baumhäuser. Deren Ernst?

Esra schnaufte. Gut, dann stiegen sie eben in ein Baumhaus ein. Immer mal was Neues. Er tauschte einen Blick mit Blake und ging voran.

Wie eine Katze lief Esra von einem Baum zum anderen, verbarg sich immer wieder in den Schatten. Allerdings war die Mühe wohl umsonst, denn er konnte keine Kameras erspähen.

Dort, wo Burns' Aura am stärksten war, hielt er inne und blickte nach oben. Ein massiver Baum, dessen Äste sich breit nach allen Seiten gabelten. Es gab natürlich eine Leiter, die nach oben führte – direkt zur Tür des Baumhauses, aber die würden sie nicht nehmen.

Esra schlich zur Rückseite des Baumes, gab Blake ein Zeichen und wartete, dass er auf seinen Rücken kletterte. Dann sprang er aus dem Stand hinauf zur Astgabel. Es war leicht, ging schnell und so gut wie lautlos. Stolz regte sich in Esras Brust. Er liebte seine Fähigkeit und wie STRENGTH sie noch verbesserte.

Oben angekommen hielt er den Atem an. Kein Geräusch zu hören. Kein Tastenklappern oder Telefonat.

Es war zwei Uhr nachts. Wenn Burns schlief, hatten sie umso leichteres Spiel. Schon jetzt fühlte er sich wie ein Sieger. Wieder ein Blick zu Blake, dann näherte er sich dem Fenster. Es war angekippt. Esra zog den passenden Werkzeugarm aus der Tasche und öffnete das Fenster, indem er das Ding durchsteckte und den Hebel damit umlegte.

Still und heimlich verschafften sie sich Zugang.

Esra kletterte zuerst hinein. Die Hütte war geräumig und sah von drinnen viel größer aus als von außen.

Vielleicht hätte er sie sogar gemütlich gefunden, wenn er nicht die lauernde Düsternis des Fluches so deutlich gespürt hätte.

Ein Schreibtisch unter dem anderen Fenster. Viele Lichterketten an den Wänden, die aber jetzt ausgeschaltet waren. Naturfotos in schmalen Rahmen. Pflanzen in Hängetöpfen,

die ihre Ranken herabbaumeln ließen. Sogar eine Hänge-
matte spannte sich an der Wand neben der Tür – aber Burns
schien das Bett zu bevorzugen.

Ein großes, grob gezimmert wirkendes Möbelstück mit
karierter Bettwäsche ausstaffiert. Langsam näherte Esra sich.
Die Decke wölbte sich großzügig nach oben.

Esra warf einen letzten Blick über die Schulter zu Blake,
dann wanderte seine Hand zu dem Messer, das er für Burns
vorgesehen hatte, und sein Blick ging nur noch fokussiert
nach vorne.

Er näherte sich dem Bett seitlich, aus Richtung des Fens-
ters, durch das sie gekommen waren. Blake blieb etwa einen
Schritt hinter ihm.

Esra starrte auf das Bett herab, starrte auf Burns' Hinterkopf, schwarz und buschig im schummrigen Dunkel des Zimmers. Draußen flüsterte der Wind in der Baumkrone.

Die Messerklinge blitzte auf, als Esra sie anhob. Er hielt
den Griff in der Linken und riss die Decke mit der rechten
Hand fort.

Ein Japsen kam aus seiner Kehle.

Jemand griff nach seinen Knöcheln und die Wucht eines
Schusses warf ihn zurück. Hart prallte Esra gegen die
Kommode neben dem Bett. Blake schrie auf. Sein Herz wum-
merte. Seine Schulter pochte siedend heiß.

Mit weit aufgerissenen Augen starrte Esra in die Dunkelheit, wo ein Schatten sich bewegte. Das war eine verdammte
Falle!

»Raus!«, bellte er Blake zu und sprang selbst Richtung Fenster, doch wer auch immer ihnen da aufgelauert hatte, war
schneller. Es mussten mehrere sein. Esra hörte Stoff reißen.
Noch ein Schuss. Blake japste nach Luft, versuchte, den
einen Kerl zu packen, doch im hereinscheinenden Licht

konnte Esra erkennen, dass die Typen komplett vermummt waren, Masken und Handschuhe trugen – es gab keinen Flecken nackte Haut, den Blake hätte erreichen können.

Sie waren vorbereitet. Sie kannten seine Fähigkeit.

Fuck.

In wildem Zorn sprang Esra auf den Typen zu, der mit Blake kämpfte. Er trat ihn mit voller Wucht von Blake weg und schob ihn nach draußen.

Wo war Burns? Er hatte ihn doch gespürt.

In dieser Panik konnte er nicht klar denken.

Sie hatten sie reingelegt.

Scheiße.

Esra sprang in einem kurzen Satz durchs Fenster. Adrenalin pumpte durch seine Venen, sein Atem ging schwer von Schock und Unglaube. Sein Blick fand Blake, der irgendwie eingesunken wirkte. Er wartete nicht, bis Blake auf seinen Rücken stieg, sondern packte ihn und riss ihn mit sich fort.

Sie sprangen durch die Baumkronen, verfolgt von weiteren Schüssen.

Geäst raschelte, Blätter flogen.

Zwischen Ästen und Zweigen herumzuspringen war ungewohnt. Nur das Licht des beinahe vollen Mondes half ihm, den Weg zu finden.

Mehrmals rutschte er fast aus, schwankte auf den wogenden Ästen. Einmal brach das Holz unter ihm, als er sich abstieß.

Esra sprang ins Gras. Die Fortbewegung über die Bäume machte zu viel Lärm.

Geduckt sprang er weiter. Zwischen den Baumstämmen hindurch und weg von dem Lager, in dem sie Burns hatten finden wollen.

Esra kniff die Augen zusammen. Der Schmerz stach grässlich spitz in seine Schulter und auch auf seinem Rücken pochte es.

»Haben sie dich getroffen?«, ächzte er und drückte Blake, der quer über seinen Armen lag und sich seltsam kraftlos an seinem Hals festhielt, stärker an sich.

»Schätze schon«, kam es von Blake. Stimmlos. Der Schmerz musste auch ihn benommen machen.

»Bleib bei Bewusstsein, okay?«

Wenn Blake schwarz vor Augen wurde, würde auch er Probleme kriegen. Aber er musste sie in Sicherheit bringen.

Immer noch sprang und rannte er durch den Wald. Vorbei an Sträuchern, Blumenfeldern, Steinen und Holzschildern und -Tafeln, die für Wanderer gedacht waren.

Irgendwann wurde der Untergrund feucht. Hier musste ein See oder Bach in der Nähe sein. Sie waren weit weg vom Parkplatz. Konnten sie das Auto überhaupt wieder nehmen? Nein, es wäre zu gefährlich dahin zurückzukehren. Wahrscheinlich lauerten die Typen da schon auf sie. Sie mussten irgendwie anders wegkommen.

Aber nicht so.

Er blutete gerade sein Sweatshirt voll und Blake schien auch stärker verletzt zu sein. Sie mussten irgendwo eine Pause machen und heilen, bevor sie abhauen konnten.

Wohin?

Esras Blicke schossen durch die Dunkelheit, suchten in langen Schatten nach einem möglichen Unterschlupf. Gab es hier keine Försterhütte, die sie sich mal ausborgen konnten oder sowas?

Immer wieder schaute er auch über die Schulter. Jedes Mal, wenn er etwas hörte, das verdächtig klang. Leider war der Wald voller verdächtiger Geräusche.

Verbissen rannte er weiter voran, sprang nur noch selten, weil die Erschütterungen Blake jedes Mal schärfer atmen ließen. Er wollte ihn sich ansehen. Ihm sagen, dass er sich nicht so anstellen sollte, aber die Worte kamen nicht über seine Lippen.

Schließlich entdeckte er direkt neben sich einen Bau. Eine von ein paar Steinen umsäumte Höhle im Boden. Besser als nichts?

Esra hockte sich davor, steckte den Kopf hinein und konnte keinen tierischen Bewohner entdecken. Also schob er Blake voran und kletterte ihm dann nach.

Es ging ein Stück abwärts, dann wurde die Höhle etwas größer. Es roch komisch, aber das spielte jetzt keine Rolle. Hier würde sie hoffentlich niemand finden, falls die Bastarde nach ihnen suchten.

Zum ersten Mal seit gefühlt mehreren Stunden atmete Esra durch.

Er half Blake dabei, sich an der Wand des Baus anzulehnen, und kniete sich vor ihn. Direkt neben ihnen drang ein kleines bisschen Licht durch die Decke des Baus. Wahrscheinlich eine Art Notausgang.

Esra nahm sein Handy dazu, um zu leuchten.

Angespannt musterte er Blake. Ein großer dunkler Fleck tränkte seinen Kapuzenpullover, was beängstigend aussah. Der wahre Horror ergriff Esra aber erst, als ihm klar wurde, dass der Fleck in sichtbarer Geschwindigkeit wuchs.

Das sollte nicht so sein. Die Schüsse waren Minuten her. Sie waren so lange durch den Wald geflohen ... inzwischen müsste das längst heilen. War er wirklich so wild gesprungen und gelaufen, dass die Wunde immer wieder aufgerissen war?

»Bleib wach, okay?«, bat er Blake und konnte nicht anders, als seine Hand zu nehmen. Sie war eiskalt. Er rieb sie zwischen seinen Handflächen. »Sie haben uns eine Falle gestellt.« Natürlich hatte Blake das selbst bemerkt. Er wusste nicht, warum er das sagte. »Ich dachte, Burns liegt in dem Bett, aber er muss direkt unten drunter gewesen sein. Und seine Wachleute hat das Radar natürlich nicht angezeigt. Ich war zu unaufmerksam.«

Er merkte, wie seine Stimme anfing zu zittern und wie es ihm schwerer fiel, den Oberkörper aufrecht zu halten. Automatisch fasste er sich an die Schulter. Seine Hand wurde sofort nass. Warmes, frisches Blut.

Kein Wunder bei DECAY ... und dann auch noch Vollmond. Fast hätte er angefangen zu lachen. Was für eine verfickte Scheiße. Sie hätten die Plagen doch lieber wechseln sollen.

Er hatte sich so verdammt sicher gefühlt. Was für ein Anfängerfehler. Man durfte den Feind niemals unterschätzen. Das war immer der Anfang vom Ende. Er hätte sich am liebsten selbst geohrfeigt.

»Wo haben sie dich noch erwischt?«, fragte er Blake und schaffte es nur mit Mühe, sich von der dunklen Fläche auf seinem Pullover abzuwenden und in sein Gesicht zu sehen.

»Mein Bein«, murmelte Blake. Es klang irgendwie nuschelnd. Als wäre er betrunken. Esra ließ seinen Blick nach unten wandern. Blut tropfte auf den kahlen Boden unter ihnen, glänzte im Lichtschein des Handys, das er neben sich gelegt hatte.

Bei genauerem Hinsehen erkannte Esra auch den Riss im Stoff seiner Hose.

»Das ist ein Schnitt.« Wieder so eine unnötige Feststellung.

»Esra ...« Als Blake seinen Namen so kraftlos von sich gab, lief es ihm eiskalt über Rücken und Arme.

Ihre Blicke fanden sich. Blake sah so müde aus.

»Mir ist kalt und übel.«

Esra umschloss seine Hand fester. Warum klang das so nach Aufgeben? So seltsam endgültig?

»Das wird wieder«, sagte er. »Wir heilen gleich. Dann sammeln wir unsere Kräfte und hauen von hier ab. Raus aus dem Wald. Wir brauchen einen neuen Plan. Ich hoffe nur, die Wichser suchen uns nicht.«

Er konzentrierte seine Gedanken auf das Baumhaus. Die Dunkelheit im Zimmer. Wie hatte er die Kerle nicht bemerken können? Sie mussten sich hinter oder unter den Möbeln versteckt haben.

Sein Herz schlug immer noch schnell und angestrengt, versuchte, das Blut durch seine Adern zu pumpen, seinen Körper zu versorgen ... aber das funktionierte natürlich nicht so gut, wenn dieser Körper gleichzeitig mehrere Löcher hatte.

Esra nahm eine Hand von Blake weg, um auf seine Schulterwunde zu drücken. Sie fühlte sich immer noch so feucht an. Das war nicht gut.

Kurzentschlossen zog er sich das Sweatshirt aus.

Blake sah ihn an und Esra konnte an seinen geweiteten Augen schon sehen, dass er keinen sehr beruhigenden Anblick bot. Schussverletzungen sahen immer beängstigend aus. Selbst, wenn man wusste, dass man sie überleben würde.

Esra riss ein Stück vom Ärmel seines Sweatshirts ab, knüllte den Stoff zusammen und drückte damit auf die Wunde. Den Rest des Kleidungsstücks legte er über Blakes Schultern, um ihn zu wärmen, und drückte mit dem anderen Ärmel, der noch dran war, auf dessen Wunde, bis Blakes Hand das übernahm.

Zweifelnd und schweigend sahen sie einander an. Esra spürte die verdammte Unsicherheit zwischen ihnen. Dieser ganze Tierbau war voll davon und das war schlimmer als der Gestank, der hier herrschte.

»Du hast DECAY«, sagte Blake.

»Stimmt, das ist gerade echt unpraktisch«, erwiderte Esra und griff mit der anderen Hand wieder nach dem Telefon. Er verschmierte Blut auf dem Smartphone, als er den Chat öffnete und die Code-Phrase für einen Fluchwechsel eintippte.

Hoffentlich reichte der eine Balken Empfang, den sie hier im Nirgendwo hatten.

»Sobald die Jungs wechseln, gehts mir wieder gut«, sagte Esra so fest und sicher wie möglich. Blakes Lächeln wirkte so verdammt brüchig. Warum? Wo war sein Optimismus, wenn man ihn mal brauchte?

»Wird es besser?«, fragte Esra.

Blake lehnte sich zur Seite, legte sich auf den Boden. Die Blutpfütze unter seinem Oberschenkel war gewachsen. Was stimmte denn nicht mit ihnen?

»Ich heile nicht«, sagte Blake leise.

Esra schüttelte den Kopf. »Der Fluch heilt uns *immer*. Kugeln und Messer töten uns nicht«, erklärte er, als hätte Blake etwas vollkommen Dummes gesagt. Natürlich würden sie heilen.

Wenn sie nicht heilten ...

Seine Kiefer pressten sich fester aufeinander und seine Gedanken stolperten. Sein Hirn ratterte, während sein Herz immer noch so verzweifelt schlug, und alles am Laufen zu halten versuchte, während er Blut verlor.

Hatten die Typen irgendwelche vergifteten Kugeln und Klingen? Gab es einen Stoff, mit dem man ihre Selbstheilung bremsen oder unterbinden konnte? Ihm wurde schlecht, als er sich das vorstellte. Wenn es so war, dann war das ihr Game Over. Sie würden hier unten einfach verbluten.

Esra schloss die Augen und zwang sich, diesen Gedanken als Bullshit abzutun.

Wieso sollten sie so ein Gift besitzen? Es gab keinen Anlass sowas zu entwickeln. Diese Kerle waren sieben Jahre lang sicher vor ihnen gewesen. Sie hatten sie in der Stadt eingesperrt. Unwissend und auf die Jagd nach dem FREE fokussiert. Sie hatten keine Ahnung gehabt, waren keine Gefahr für die Sekte gewesen.

Sie konnten nicht innerhalb von einer Woche so eine Waffe gegen sie entwickeln. Er weigerte sich, das zu glauben. Blake und er mussten überleben.

Seine Armmuskeln bebten, als er sich zu Blake legte und den Arm um ihn schlang. Der Schmerz biss in seine Schulter. Esra ignorierte es. Wenn gleich der Wechsel kam, würde er das kaum noch merken.

Aber er musste auf Blake aufpassen. Blake blutete viel schlimmer als er. Seine Hand tastete noch einen Riss in der Kleidung. Esra schluckte angestrengt, als ihm klar wurde, dass er gerade noch einen Schnitt bei Blake tastete. Noch mehr Blut.

Ich heile nicht.

»Blake?«, fragte er. Er musste seine Stimme hören. Wissen, dass es ihm gutging.

Blake brummte nur leise. Er war noch da, aber es ging ihm nicht gut.

Esra biss die Zähne zusammen. Er wollte schreien. Die Verzweiflung, die er die ganze Zeit schon zurückdrängte, übermannte ihn. Die Finsternis verschluckte ihn wie das weit aufgerissene Maul einer Bestie aus Schatten.

KAPITEL 20

B LAKE STARB GERADE. Hier, direkt neben ihm. In seinem Arm. Zwei Messerwunden und ein Loch und vielleicht noch mehr Verletzungen, von denen er gar nichts wusste.

Mit angehaltenem Atem richtete sich Esra auf. Mithilfe seiner Stärke riss er den Ärmel, den er sich eben noch selbst auf die Schulterwunde gepresst hatte, entzwei, dass er zwei längere Streifen in den Händen hielt, und fing an, damit Blakes Oberschenkel zu verbinden.

Ein lächerlich erbärmliches Unterfangen.

Er verknotete den 'Verband' und beugte sich dann über Blakes Rücken, um die Schnittwunde dort zu untersuchen. Im viel zu grellen Licht der Handytaschenlampe sprang ihm das Bild eines tiefen Spaltes in blassem Fleisch entgegen. Scheiße. Verfickte Scheiße.

Esras ganzes Gesicht krampfte sich zusammen.

Dieses kalte, tonnenschwere Gefühl in seinem Körper gehörte zu einer Angst, die er seit vielen Jahren nicht mehr so deutlich in sich gespürt, ja, sie sogar ausgelacht hatte.

Todesangst war nichts für Verfluchte.

Sie heilten *immer*, selbst wenn ihr Körper vom Gegenteil überzeugt war. Die Narben an seinem Hals waren der Beweis. Sie starben nicht.

Aber Blake ... Blake blutete und war kalt und sprach nicht mehr und diese verdammten Verletzungen schlossen sich einfach nicht.

Ich werde ihn verlieren.

Esra presste die Augen so fest zusammen, dass es schmerzte. Ein verzweifelter Versuch, die Tränen zurückzuhalten und mit ihnen auch dieses ekelhafte Gefühl von Schwäche. Was konnte er tun?

Er fiel durch die Dunkelheit. Sie war bodenlos und schwarz und gefüllt von Erinnerungen, die einfach nur wehtaten. Er hatte viel zu viel geträumt. Das verdammte Date. All die Küsse. Aneinandergekuschelte Nächte. *Ich liebe dich.*

Blake.

Wie hatte er nur so verdammt dumm sein können?

Esra wollte sich nur noch zusammenkrümmen. Mit geballten Fäusten kniete er über Blakes reglosem Körper. Noch hatte der Kettenschmerz nicht eingesetzt, aber es war nur eine Frage von Sekunden.

Das Loch in seiner Seele und in seinem Herzen war hundert Mal größer und schmerzhafter als das in seiner Brust.

Er wollte Blakes Hand nehmen, nochmal die Verbindung zwischen ihnen fühlen, sich an irgendetwas festhalten, aber er wollte nicht, dass Blake dieselbe Finsternis sah.

Es war seine Schuld. Seine Schuld, dass Blake starb. Obwohl er sich gesagt hatte, dass es mit ihnen ganz anders sein würde als mit Nathan, lag Blake hier und regte sich nicht mehr.

Damals bei dem Putzjob hatte Blake so um ihn geweint. Immer mehr Bilder strömten auf Esra ein, machten das Atmen schwer. Er wollte das nicht sehen, nicht daran erinnert werden. Nicht an das Glück, das er in einigen wertvollen Momenten empfunden hatte und nicht an die verdammte Hoffnung, die heute Nacht in ihm zerbrochen war. Ihre Scherben stachen jetzt von innen in seinen Körper und seine Seele. Alles blutete.

Er hatte nie wieder so etwas fühlen wollen. Nie wieder etwas verlieren wollen. Nachdem der Fluch ihm alles genommen hatte, war er ruhiger gewesen. Es steckte Sicherheit in dem Wissen, nichts mehr zu haben. Er war unangreifbar geworden – selbst körperlicher Schmerz war ihm nahezu egal gewesen.

Aber jetzt war er ein verdammtes Wrack.

Er konnte es nicht mehr zurückhalten. Wahrscheinlich hörte Blake ihn sowieso nicht. Esra schluchzte. Die Geräusche klangen wie aus einer anderen Welt. Keuchen und Japsen und Wimmern.

Sein Blick klebte an Blake, der reglos unter ihm lag, aber das Bild verschwamm vor seinen Augen. Tränen fielen in all das Blut. Nur Angst und Pein hielten ihn selbst noch auf allen vieren, das spürte er. Sein Körper war ebenso kalt und müde wie der von Blake. Er weigerte sich nur länger, sich seinem Schicksal zu ergeben. Selbst jetzt war er noch stur.

Das hier war nicht richtig. Blake sollte leben. Sie beide. Zusammen.

Seine Augen brannten. »Blake«, hörte er sich sagen, immer wieder. Sein Schniefen klang so laut in der Stille ihres Verstecks.

Draußen trampelten Schritte. Wahrscheinlich die Bastarde aus dem Baumhaus. Also hatten sie ihre Fährte doch gefunden. Tja, sie kamen zu spät, um noch irgendwas Schlimmes anzurichten.

Esra merkte, wie ihn die Kraft verließ. Ganz langsam sank er in sich zusammen, legte sich dicht neben Blake auf den kalten Boden.

Stimmen am Eingang des Baus.

Schickte die HSC Kinder oder warum klangen die Wichser so aufgeregt und so jung? Esra schnaubte. Wahrscheinlich das Letzte, was er in diesem Leben tun würde. Kraftlos legte er seine Hand auf Blakes.

»Oh oh, bitte beeil dich. Komm.«

Irgendwie ... kam ihm das bekannt vor. Seine Gedanken waren zu träge, um besser zu funktionieren. Lichtkegel von Taschenlampen leuchteten auf, streiften ihn und Blake.

»Esra, wir sind's.«

War das ... dieser Tim? Scheiße, der Gedankenleser. Esras Mund bewegte sich. Ob es noch für einen grimmigen Ausdruck reichte, wusste er nicht. Keine Ahnung, was der Kerl hier machte. Und sein Freund.

»Sie sind schwer verletzt.« Das war die andere Stimme. Dieser Freddie. Ein echtes Genie.

»Kriegst du das hin?« Die Stimmen klangen so fern, aber sie hielten ihn irgendwie bei Bewusstsein.

»Ich weiß es nicht.«

»Ich sag das nicht gerne, aber du *musst* das hinkriegen.«

Stoff raschelte.

Was sollten sie denn hinkriegen? Für erste Hilfe war es zu spät. Esra fühlte regelrecht, wie ihm das Blut ausging. Wie alles austrocknete.

»Freddie kann euch helfen.«

Woher ... ach ja, der Kerl las seine Gedanken. Gott, das war jetzt auch egal. Esra blieb so liegen, wie er war, den Blick auf Blake gerichtet, ihre kalten Hände aufeinandergelegt.

Irgendetwas bewegte sich. Er konnte nicht mal sagen, was es war. In seinem Körper. Es kitzelte. Kribbelte. Ganz leicht nur. Aber es war verdammt seltsam. Esra wollte sich kratzen, aber er hätte gar nicht gewusst, an welcher Stelle er anfangen sollte.

»Bleib ganz ruhig. Das ist normal. Freddie kann ... gewissermaßen euer Blut lenken.«

Esra entkam ein Husten. Es hatte ein Lachen werden sollen. Wer war er denn? Katara aus Nickelodeons Avatar oder was?

»Dieser Komet steht am Himmel«, sprach Tim weiter. »Man kann die Kugel und den Schweif sehen ... ein beeindruckendes Schauspiel, aber er scheint sich auf den Fluch auszuwirken. Deswegen heilt ihr nicht.«

Spannende These. Er hatte von einem Kometen gehört, aber nicht weiter darüber nachgedacht. Also starben sie hier wegen einer glühenden Kugel am Himmel? Na ja, so abwegig war das gar nicht. Der Vollmond malträtierte sie ja auch regelmäßig.

»Vielleicht hat die Sekte ihn sich auch irgendwie zunutze gemacht.«

Dieser Tim redete fast so viel wie Blake.

Das Denken ging wieder leichter und mit dem Kribbeln schien auch sein Körper sich wieder besser anzufühlen ... sich *überhaupt* nach irgendwas anzufühlen. Hieß das, dass Blake es auch schaffte? Der Kettenschmerz war nicht gekommen.

»Blake?«, fragte Esra und drückte vorsichtig seine Hand.

»Kriegst du sie beide?«, fragte Tim seinen Blutmanipulator-Kumpel.

»Ich versuch's.« Besonders überzeugt war der Junge ja nicht von sich. Aber Esra konnte spüren, dass ein Hauch Leben in Blake zurückkehrte. Ein Wimmern drang zu ihm herüber.

Esra zog seine Hand weg.

Waren sie wirklich gerettet?

Tim fummelte an seiner Bauchtasche herum. Holte irgendetwas Kleines heraus, das Esra nicht richtig erkennen konnte.

»Ich werde die Schnittwunden nähen, wenn ich kann«, erklärte er. »Freddie wird euer Blut hoffentlich so lange in euch halten können, bis der Komet weit genug weg ist, dass die Fluchheilung einsetzt.«

Das war also der Plan. Klang ziemlich rudimentär. Er schnaufte. Es gab da nur ein Problem. Er hatte DECAY. Und wenn Tim jetzt hier war, hieß das, dass es von Mike, Sam und Eugen abhing, ob der Wechsel, den er angefordert hatte, durchgeführt werden würde oder nicht. Fast hätte er gelacht.

»Wir kriegen das hin«, erwiderte Tim auf seine Gedanken. »Sie wollen alle, dass ihr erfolgreich seid. Und wir beide geben alles, was wir können.«

»Kümmer dich zuerst um Blake«, fauchte Esra, als Tim Anstalten machte, ihn nach Schnitten abzusuchen. »Oberschenkel und Rücken.«

Der Kerl nickte erschrocken und krabbelte an ihm vorbei zu Blake. Esra rückte ein Stückchen von den beiden weg.

»Nicht so viel bewegen«, kam es von dem anderen. Freddie, der ihre Leben gerade in seinen Händen hielt. Esra seufzte schwer und versuchte, seine Muskeln zu entspannen.

Seine Gefühle waren wie erstarrt. Er spürte den Schock noch in jeder Faser, auch wenn die Kälte mehr und mehr wich. Wenn Freddie lange genug durchhalten konnte, würde zumindest Blake auf jeden Fall durchkommen.

Ihm war schwindelig. Seine Kehle war trocken.

Waren die Bastarde noch da draußen?

Er hörte, wie Blake sich immer mehr regte. Hörte ihn wimmern. Ohne Betäubung genäht zu werden, war schmerzhaft. Aber Blake lebte. Immerhin.

Esra musste an das Gespräch im Auto denken. Wahrscheinlich hatte er die beiden irgendwie hergelotst. Seinen Standort geteilt oder so. Was eigentlich vollkommen dämlich und riskant war, falls doch jemand auf sein Handy zugriff.

Aber am Ende war es wohl auch sein Verdienst, wenn sie das überlebten. Esra hustete. Sein Blick wanderte zu Freddie, der an seinem und Blakes Fußende kniete und sie konzentriert anstarrte. Seine Arme hingen herab, aber seine Finger bewegten sich, als würde er tippen oder Klavierspielen. Sah echt gruselig aus.

Neben ihm redete Tim leise mit Blake, der endlich wieder hörbar atmete.

Er selbst lag still da und obwohl er irgendwie erleichtert war, fühlte er nichts anderes als den harten Boden, auf dem er lag. Es würde eine lange Nacht für sie alle werden.

Einen Tag später saßen sie zu viert in einem heruntergekommenen Hotelzimmer und ihre Nachbarn waren vermutlich Huren und Crackdealer.

Esra lief in dem kleinen Raum auf und ab, während die anderen auf Betten und Stühlen saßen und berieten, wie sie weiter vorgehen sollten. Tim hielt sein Telefon in der Hand.

»Ihr solltet einfach abhauen und den Rest eures Lebens genießen«, brummte Esra. Es ging ihm gegen den Strich, dass die beiden immer noch hier waren. Sie hätten schon heute Morgen gehen können, als klar gewesen war, dass der Fluch sich wieder normal verhielt.

Blakes und seine Wunden hatten sich geschlossen, als sei nie etwas passiert. Die ganze Nacht kam ihm schon jetzt nur noch wie ein ferner Albtraum vor. Ein grässliches Erlebnis in einer Parallelwelt, die aus purem Horror gebaut worden war.

Jetzt floss wieder Sauerstoff durch seine Lungen, schlug sein Herz wieder normal. Und Blake war wieder der Alte. Er redete und lachte. Und er saß wieder viel zu nah bei Tim, dessen wissender Blick und kleines Lächeln Esra nicht entgangen waren.

Ging ihn einen Scheißdreck an, was zwischen ihnen passiert war.

Noch ein Grund mehr, warum sie beiden gehen sollten.

»Wenn wir abgehauen wären, um unsere Leben zu genießen, wärt ihr jetzt tot.«

»Wir waren unvorsichtig«, gestand Esra zerknirscht ein. Das war vor allem seine Schuld. Blake war ihm nur gefolgt. Er hatte sich berauschen lassen von seinen Gefühlen. Von Hoffnung und Liebe und diesem ganzen Scheiß, gegen den er früher immun gewesen war.

Das hatte sie beinahe alles gekostet. Ihre Leben und diese letzte Chance auf so eine Art Zukunft. Den Fehler würde er nicht nochmal machen. Er würde nie wieder seine Deckung fallen lassen.

»Fehler zu machen ist menschlich«, sagte Tim. Esra rollte mit den Augen.

»Wenn wir Fehler machen, sterben wir.«

»Deswegen ist es gut, ein Back-Up zu haben«, mischte Freddie sich ein, der sonst fast nichts sagte. Esra war immer wieder verwundert, wenn er seine Stimme hörte. Mit einem stillen Seufzen sah er zu ihm rüber. Dieser unscheinbare Mann hatte ihre Leben gerettet, als sie am seidenen Faden hingen. Stundenlang hatte er die Kontrolle über ihr Blut behalten, es gezwungen, in ihren Körpern zu bleiben, obwohl es rauslaufen wollte, wie Wasser aus einem durchlöcherten Swimmingpool.

Er hatte ja Recht ... aber ...

»Ich arbeite besser allein.«

»Die HSC ist auf uns aufmerksam geworden«, sagte Tim und ging gar nicht auf seine Worte ein. »Es wird jetzt schwieriger werden, an die Fluchnutzer heranzukommen. Ihr braucht uns. Lasst uns helfen.« Seine Stimme war eindringlich, sein Blick offen und entschlossen. »Wenn ich in der Nähe bin, kann ich euch vor solchen Fallen warnen. Ich höre die Gedanken von versteckten Angreifern, bevor sie zuschlagen können.«

Esra presste den Mund zu einer schmalen Linie zusammen. Ihm gefiel das nicht. Was Tim sagte, klang ja tatsächlich nicht ganz nutzlos, aber war ihnen denn nicht klar, was sie riskierten? Sie waren frei. Längst am Ziel. Wenn sie weiter in Team Fluch spielten, konnten sie leicht sterben. Viel leichter noch als Blake und er. Das wollte er nicht verantworten. Es war *sein* Job. Die Aufgabe, die Fluchnutzer umzubringen, war ihm wie auf den Leib geschneidert. Und der Einzige, den er dabei an seiner Seite dulden würde, war Blake, weil die Kette sie verband.

Nach allem, was letzte Nacht passiert war, hätte er sie gerne durchtrennt, damit Blake in Sicherheit bleiben konnte.

Blake ... Esra mied den Blick zu ihm rüber. Es fühlte sich zu gut an, ihn anzuschauen.

Er war wahnsinnig froh, dass Blake überlebt hatte. Wenn sein Blick ihn streifte, wurde alles wieder lebendig, was ihn so schwach gemacht hatte. Er liebte Blake. Und genau deswegen konnte er nicht zulassen, dass ihn Gefühle blendeten und ablenkten. Er musste sich auf den Job konzentrieren. Aufs Töten. Also keine Küsschen mehr und keine Spinnereien über die Zeit nach dem Fluch. Das war das Beste.

»Du wirst uns anführen, Esra. Es besteht kein Zweifel daran, dass dir das obliegt. Ich bitte dich ja nur, die Möglichkeiten zu nutzen, die sich bieten. Die Leute von der Sekte werden auch alles auffahren, was sie haben. Warum sollten wir unsere Stärken nicht nutzen?«

Er mochte es nicht, wie logisch und sinnvoll das klang. Aber ihm blieb wohl nichts anderes übrig. Was sollte er machen, wenn drei von Blakes Sorte auf ihn einredeten? Er konnte ja nicht mal vor ihnen abhauen, weil er an Blake gekettet war.

Genervt stieß Esra einen Seufzer aus und verschränkte die Arme.

»Burns ist abgehauen. Er ist jetzt in Atlanta.«

Blake griff nach seinem Laptop und stellte ihn sich auf den Schoß. Tim beugte sich zu ihm rüber, um auch auf den Bildschirm sehen zu können. Tippgeräusche. Esra wandte sich ab.

»Seine Release-Party findet da statt«, sagte Blake. »Ein riesiges Event, das sich thematisch an seinem neuen Roman orientiert.« Er schien einen Text zu überfliegen und murmelte leise vor sich hin, ehe er die Stimme wieder erhob. »Es wird ein richtiger Ball. Einige Schauspieler sind eingeladen, wahrscheinlich wird der Roman auch verfilmt. Es geht um Morde auf einem Maskenball.«

»Maskenball?«, wiederholte Esra.

»Ja, wenn ich das richtig verstehe, ist die Feier genauso angelegt. Alle Besucher und auch Burns selbst werden Kostüme und Masken tragen.«

Esra schnaufte abfällig über die Begeisterung in Blakes Stimme. Freute er sich etwa darüber, dass der Wichser eine Party schmiss?

»Das könnte uns in die Karten spielen«, sagte er so kühl wie möglich. »Bei so einer Veranstaltung können wir uns unter den Gästen verstecken.«

»Da kann sicher nicht einfach jeder hin, oder?«, fragte Tim.

Blake schüttelte den Kopf. »Es gibt eine Gästeliste.«

»Und ihr könnt davon ausgehen, dass das ganze Ding streng bewacht und kontrolliert wird.«

»Das hört sich kompliziert an, da reinzukommen«, sagte Tim.

»Wie viel weiß die HSC?«, fragte Freddie und stand von seinem Platz auf, begann im Zimmer auf und ab zu gehen.

Esra runzelte die Stirn. Woher sollte er das wissen? »Sie wissen, dass wir ihre Schäfchen umbringen, und ich gehe davon aus, dass sie auch wissen, wie wir kämpfen. Wer wir sind, wissen sie ja sowieso ... Die werden Akten darüber haben, welche Kinder sie damals für ihr Ritual missbraucht haben. Unsere Identitäten sind kein Geheimnis.«

»Aber sie rechnen nur mit zweien, oder?«, fragte Blake.

»Sie haben uns zu zweit in Aktion gesehen.« Esra überlegte. »Wir haben zwar die Technik im Hauptquartier zerstört, bevor wir gegangen sind, aber es gibt so viele verdammte Kameras und wir müssen davon ausgehen, dass die HSC fast überall jemanden sitzen hat, der ihnen entweder nahesteht oder sich von ihnen kaufen lässt. Wahrscheinlich haben sie uns irgendwo gesehen. In dem Club, als wir mit Mercer geredet haben ... wir waren die Letzten, mit denen er gesehen wurde.«

»Dann sind sie auf euch beide konzentriert«, stellte Tim fest und schaute zwischen ihnen allen hin und her. »Auf diesem Maskenball werden sie nach Blake und dir Ausschau halten.«

»Wenn du jetzt gleich vorschlägst, dass stattdessen du und Mister Blutbändiger den Job erledigen wollt ...«

Freddie machte direkt einen Schritt zurück.

»Nein.« Tim hob abwehrend die Hände und lachte leise. Gut, dass er erkannte, wie absurd allein die Vorstellung war. »Aber wir könnten eine passende Ablenkung sein. Schaut uns doch mal an.«

Esra hob eine Augenbraue. Widerwillig schaute er zu Blake und Tim, wie sie nebeneinander vor Blakes Laptop saßen. Zwei Normalos. Immer noch. Genau wie Freddie. Alles Nicht-Jäger.

»In Masken und Kostümen könntet ihr unsere Doubles sein«, sagte Blake auf einmal. Esra zuckte. Er hatte Recht. Freddie war groß und mit seinen schwarzen Haaren konnte man ihn in einer Menschenmenge und mit Maske vielleicht mit ihm verwechseln. Tim und Blake glichen sich auf dieselbe Weise. Statur und Haarfarbe passten ungefähr, auch wenn sie beide deutlich trainierter waren und Blake diese auffälligen Tattoos hatte.

»Wir gehen zu viert auf das Event und Freddie und ich versuchen, ihre Aufmerksamkeit auf uns zu lenken, während ihr schnell den Plan durchzieht.«

»Wenn ihr es seid, die verbluten, kann keiner von uns was für euch tun«, sagte Esra scharf. »Wir sind keine Blutbändiger und der Fluch heilt euch nicht mehr.«

Er sah Freddie schlucken. Tim hingegen sah ihm ruhig in die Augen. »Das ist mir bewusst. Aber ich will helfen. Ihr müsst das nicht alleine tun.«

»Okay, das ist der Plan: Freddie und du denkt euch Decknamen aus, und ich sorge dafür, dass ihr passende Ausweise mit Fake-Identitäten bekommt, die dann zufällig auch auf der Gästeliste stehen. Wenn ihr euch so Zutritt verschafft, werden sie euch womöglich verdächtig finden und im Auge behalten, haben aber keinen direkten Grund, euch zu packen. Blake und ich steigen von außen ein. Ohne Ausweise und Gästeliste.«

Esra fing Blakes Blick auf. Der war natürlich dafür, dass sie es so machten, da brauchte er ihn nicht fragen. Blake war schon immer ein Teamplayer gewesen. Aber *er* war das nicht. Je mehr Menschen mit ihm in diesen Krieg zogen, umso mehr riskierten sie. Er konnte nicht für alle den Babysitter spielen. Er konnte nicht auf sie alle aufpassen. Es reichte, dass er Angst um Blake hatte. Die hätte er im Moment gerne einfach von sich abgeschüttelt. Er konnte ihn nicht nochmal sterben sehen.

Je weiter er sich diesem Gedanken und dieser Erinnerung näherte, umso brüchiger wurde der Boden unter seinen Füßen. Esra blickte nach unten und sah sich auf dem dreckigen Teppich des Möchtegern-Hotels stehen. Der Abgrund war in seinem Inneren.

»Esra?«

Er hob den Kopf und schaute zu Tim. »Was?«

»Ich dachte nur ... es klang gerade, als würdest du in eine Illusion abdriften.«

Seine Augen verengten sich. So nützlich diese blöde Fähigkeit auch für ihren Plan sein mochte – er hasste sie. Er hasste es, dass dieser Typ die ganze Zeit in ihn reinsehen konnte.

In den Morgenstunden hatten sie zwei Fluchwechsel hintereinander vollziehen müssen, weil die erste Runde RAPE und DISEASE ausgespuckt hatte. Danach hatten sie DELUSIONS und THEM bekommen. Letztendlich hatten die drei Jungs in New York doch irgendwie bewiesen, dass man sich auf sie verlassen konnte.

»Ihr werdet es schon merken, wenn ich anfange, Fledermäuse zu jagen oder mir im Bad den Dreck von der Haut schrubben will, der hier von der Decke tropft. Blake kann mich dann schocken und fertig.«

Raus aus meinen verfickten Gedanken, schob Esra in seinem Kopf noch nach und schoss Tim einen finsteren Blick zu. Sollte er in Blake lesen, wenn er seine Neugier stillen musste. Das war schon unangenehm genug, aber dagegen konnte er ja noch weniger unternehmen.

Am besten war, wenn sie diese ganze Sache so schnell wie möglich hinter sich brachten.

KAPITEL 21

DEN GANZEN TAG über war Esra wahnsinnig kalt und distanziert. Fast wieder wie am ersten Tag. Er hielt sich von ihnen fern – wahrscheinlich wegen Tims Fähigkeit – und durchlöcherte die Luft mit grimmigen Blicken.

Kein einziges Mal kam er in seine Nähe ... kein einziges Mal fand er etwas Weiches in seinen Augen, wenn sie sich ansahen.

Die letzte Nacht hatten sie nur um Haaresbreite überlebt. Er selbst war schon so weit weg gewesen, hatte sich durch die Decke der kleinen Höhle schweben sehen, in der sie sich versteckt hatten. Als wäre seine Seele bereits dabei gewesen, seinen Körper zu verlassen.

Er war dem Tod noch nie so nahe gewesen. Ihm wurde ganz anders, wenn er daran dachte. Diese Kälte und die Leere, die sich in ihm ausgebreitet hatte. Das Gefühl, wenn alle deine Gedanken und Erinnerungen sich einfach auflösten und dein Leben vor dir ablief, wie ein Film, der niemanden interessierte.

Er hatte sich verschwinden sehen. Hatte seinen eigenen letzten Herzschlag gehört. Esras Stimme, die seinen Namen sagte, immer leiser. Sein verzweifeltes Weinen, das am Ende viel schlimmer gewesen war, als die Erinnerung an den Schmerz seiner Verletzungen. Der Körper wurde schnell taub und schwer und dann ganz leicht. Aber die Seele fühlte bis zum Schluss.

Und er *hatte* gefühlt – auch wenn Esra seine Hand am Ende nicht mehr gehalten hatte. Aus gutem Grund vermutlich.

Zweifelnd beobachtete er Esra, der wie eine Katze in dem kleinen Hotelzimmer herumstrich, immer an den Wänden oder am Fenster, immer auf Abstand zu Tim.

Hier hatten die Jungs sie hingebracht, nachdem sie sie aus dem Wald gerettet hatten. Vorher hatten sie noch gechattet. Tim und Freddie hatten von selbst das Thema aufgebracht, dass sie zu ihnen kommen und helfen wollten. Blake war einverstanden gewesen, hatte ihnen mitgeteilt, wo sie hinwollten, ihnen am Waldrand noch seinen Standort gesendet. Sein Instinkt hatte ihm gesagt, dass sie Hilfe brauchen würden. Er war froh, dass er sich so entschieden hatte, und fühlte sich gleichzeitig Esra gegenüber wie ein Verräter, weil er es nicht mit ihm abgesprochen hatte. Ein bisschen befürchtete er sogar, dass er schuld sein könnte am Scheitern des letzten Attentats. Vielleicht hatte die HSC doch sein Handy ausspioniert und dadurch genau gewusst, wann sie kamen?

Nachdem sich alle frischgemacht hatten und Tim sich noch mehrmals erkundigt hatte, ob ihre Verletzungen wirklich gut genug verheilt waren, verließen sie zu viert die Unterkunft und stiegen in den Mietwagen von Tim und Freddie.

Die Stimmung im Wagen war angespannt. Tim fuhr und saß mit seinem Kumpel vorne, Esra und er saßen hinten.

Blake musterte ihn von der Seite, studierte seine verschlossene Haltung und den grimmigen Blick. Esra drehte kein einziges Mal den Kopf in seine Richtung, fast als wäre er für ihn gar nicht da.

Noch vor ein paar Wochen hätte Blake sich gefragt, ob er Esra irgendwie gekränkt hatte oder warum der Kerl auf einmal so abweisend war, aber inzwischen kannte er Esra besser. Er hatte in seine Gefühlswelt geblickt. So viel gesehen, das anderen verborgen blieb – vielleicht sogar Esra selbst. Esras Meer war tief, aber immer gedeckt von seinem Grau gewesen. Mit schillernden Farben darunter, die wunderschön waren, wenn er es denn zuließ, dass sie jemand sah.

Esra kontrollierte seine Gefühle. Und er verbarg sie mit aller Kraft.

Dass er ihn im Moment ignorierte, konnte sein, weil er in Tims Gegenwart nicht über ihn nachdenken wollte und sich nur von ihm ablenken konnte, indem er so tat, als sei er nicht da. Es konnte sein, dass er tatsächlich sauer auf ihn war, weil er die anderen zu ihnen gelotst hatte. Oder weil er spürte, dass er unehrlich zu ihm war, was King beziehungsweise Burns betraf.

Innerlich seufzte Blake. Es hätte doch alles viel einfacher sein können. Er wollte sich mit Esra darüber freuen, dass sie noch lebten. Ihn küssen und in die Arme nehmen. Spüren, dass sie noch am Leben waren.

Hoffentlich gewöhnte Esra sich an Tims Gegenwart. Sicher, es war irgendwie seltsam, zu wissen, dass die eigenen Gedanken die ganze Zeit belauscht werden konnten, aber sie waren es doch gewöhnt, dass ihre Leben alles andere als normal waren.

In Atlanta nahmen sie sich ein Hotel. Esra bestand darauf, zu bezahlen, und so ließen Tim und Freddie ihn die Sache an der Rezeption regeln.

Sie dachten wahrscheinlich alle dasselbe, als sie auf dem Gang standen, und bemerkten, dass zwischen ihren beiden Doppelzimmern ein anderer Raum lag.

»Dann musst du alleine auf sein DELUSIONS achten«, sagte Tim und machte keine große Sache daraus, was vermutlich auch besser so war.

Blake nickte und betrat hinter Esra das Zimmer, schloss sorgsam die Tür. Es war fast wie immer – Esra ging zum Fenster, öffnete es und zündete sich eine Zigarette an. Die Gesten, die Geräusche, selbst der Geruch ... das alles gab Blake ein Gefühl von Sicherheit und Normalität.

Mit neuem Mut näherte er sich Esra, gesellte sich zu ihm ans Fenster. Ihre Blicke streiften sich kurz, dann wandte Esra sich der Aussicht zu.

»Freust du dich schon drauf, es ihm heimzuzahlen?«, fragte Blake. Bestimmt dachte Esra an den Plan. Vor allem, wenn er nicht an *ihn* zu denken versuchte. Esra gab sich kalt, aber er war verdammt leidenschaftlich in den Dingen, in die er sich investierte.

Zur Antwort bekam er nur ein Schulterzucken. Esra zog an seiner Zigarette und pustete den Qualm nach draußen. Die grauen Augen blickten auf die Stadt und in die Weite. Am Himmel standen viele Sterne und ein Mond, dem nur noch ein winziger Hauch fehlte, um voll zu sein.

Morgen war es so weit. Morgen war Vollmond und morgen fand die Release-Feier von J. B. King statt. Sie würden es so machen, wie sie es besprochen hatten. Mit Freddie und Tim als Lockvögel.

Blakes Kiefer verspannten sich, als er sich das vorstellte. Es war gefährlich – aber das war der ganze Job. Er nahm sich vor, doppelt so aufmerksam und konzentriert zu sein wie sonst.

»Ich war noch nie auf einem richtigen Ball.« Eigentlich wusste er ja, dass er Esra mit seinem Gerede schnell auf die Nerven gehen konnte. Aber der Drang danach, mit ihm zu sprechen war zu groß. Und wenn es nur irgendetwas Banales war – er wollte wenigstens einen Blick von ihm. Ein paar Worte. Ein Lächeln, das sie teilten. Dann konnte er weitermachen.

»Das ist kein richtiger Ball.« Nun, da hatte er seine Worte. Eisig vorgetragen.

Blake nickte zustimmend. »Schon klar. Wir werden nicht tanzen.«

Esra drückte seine Kippe aus und wandte sich ab. Viel zu schnell durchquerte er den Raum und verschwand im Badezimmer. Blake sah ihm nach.

Ihn beschlich das ungute Gefühl, dass Esra schon wieder irgendwelche komischen Schlüsse aus dem Ganzen gezogen hatte. Dass sie nicht zusammen sein sollten, weil sie ihre Leben riskierten oder so etwas. Das sähe ihm ähnlich.

Blake erinnerte sich an das Meer. An Esras Gefühle. Der Wunsch, ihn zu beschützen war neben seiner Zuneigung am stärksten und intensivsten gewesen. Das ergab auch Sinn, ... Esra hatte so viele wichtige Menschen verloren. Seine Eltern. Seinen Nathan. Vielleicht glaubte er, auch bei ihm gescheitert zu sein, weil es eng geworden war.

Blake verzog den Mund und blickte in Richtung Bad. »Ach, Esra«, seufzte er leise. Er verstand das ja. Er machte sich ähnliche Vorwürfe seit Hannahs Tod. Aber das mit ihnen war etwas anderes. Sie waren beide erwachsen, keiner war darauf angewiesen, dass der andere ihn beschützte. Sie konnten kämpfen und sie wussten, wie gefährlich ihr Vorhaben war.

Konzentriert überlegte Blake, wie er Esra das klarmachen sollte. Er würde nicht wie früher einfach die Klappe halten und ausweichen. Wenn sie zusammen sein wollten, mussten sie miteinander reden. Die Dinge klären, die falsch liefen. Jetzt noch dringender als jemals zuvor, denn wenn er eines aus dieser Nacht im Wald gelernt hatte, dann doch wohl, dass das Leben schnell vorbei sein konnte. Selbst für Verfluchte mit übermenschlichen Fähigkeiten und Selbstheilungskräften.

Als Esra aus dem Bad kam, war Blake bereit. Er stand auf, ging an ihm vorüber, erledigte schnell eine Katzenwäsche. Das Zimmer war dunkel, als er es wieder betrat.

Blake runzelte die Stirn. Esra lag im Bett. Das war unerwartet. Er hatte damit gerechnet, dass er wieder die ganze Nacht arbeiten würde. Noch mehr Infos über ihre nächsten Ziele recherchieren oder von Tick noch Last Minute den Gebäudeplan vom Veranstaltungsort anfordern – solche Sachen.

Dass er einfach so schlafen ging, machte ihn misstrauisch.

Oder war Esra einfach nur wirklich müde? Nach allem, was sie durchgemacht hatten, wäre das kein Wunder ... ihre Körper steckten viel weg, aber manchmal brauchte auch der Kopf ein bisschen Stille.

Okay, vielleicht sollte er Esra doch nicht sofort heute Nacht konfrontieren. Es war okay, wenn sie erst ausruhten und das dann morgen besprachen.

Seine Schultern entspannten sich, als er auf das Bett zuging. Das Zimmer war nicht richtig abgedunkelt, weil Esra die Vorhänge nur zum Teil geschlossen hatte. Das Licht des Mondes beleuchtete das Bett geisterhaft weiß. Ihm fiel auf, dass Esra genau in der Mitte lag. Schlief er etwa schon? So schnell?

Und wie lag er überhaupt da? Die Arme unter dem Rücken. Das musste unbequem sein und wenn er aufwachte, würden seine Schultern ziehen und die Hände kribbeln, weil er sich das Blut abgedrückt hatte.

Sollte er ihn vorsichtig wecken?

Dass er das ganze Bett einnahm, war nicht so schlimm, aber ...

Blake stockte. Nein, Esra schlief nicht. Er blickte ihn an, das fiel ihm jetzt erst auf. Er starrte zu ihm hoch. Und sein Körper zitterte. Das dunkle Hotelzimmer füllte sich mit einer Atmosphäre aus Angst und Anspannung.

Es dauerte ein paar Herzschläge, bis Blake erkannte, dass es DELUSIONS war. Esra bildete sich irgendetwas ein, projizierte etwas auf ihn. War er wieder Nathan? Blake befeuchtete seine Lippen, bewegte sich jetzt viel langsamer.

»Was ist?«, fragte er so sanft und friedlich wie möglich. Er musste näher an Esra ran, wenn er ihn aus der Illusion herausschocken wollte.

»Warum hast du das gemacht?«

Blake schluckte. Esras Stimme klang ganz anders. Ängstlich und weich und irgendwie höher als sonst.

Fragend schaute er ihn an und musste sich wirklich zusammenreißen, um sich nicht gleich wieder abzuwenden. Esras Gesicht war von Panik und Schmerz verzerrt. Und von Enttäuschung. Traurigkeit.

Was zum Teufel trieb DELUSIONS schon wieder mit ihm?

»Ich dachte, du liebst mich.«

»Esra.« Er kam zu ihm, schob ein Knie aufs Bett. »Das tu ich.«

Esra schüttelte den Kopf. Er schien von ihm wegrücken zu wollen, sobald er näher kam. Aber warum benutzte er seine Arme nicht? Es sah verdammt umständlich aus, wie er auf der Matratze herumrobbte. Bildete er sich ein, gefesselt zu sein?

»Nein. Bleib weg von mir, Esra!« Esra kniff die Augen zusammen und presste die Oberschenkel aneinander.

»Was ... hab ich ...?« Hatte Esra *ihn* gerade Esra genannt? Blake legte die Stirn in Falten. Was zum Teufel? »Es tut mir leid«, sagte er und ohrfeigte sich selbst dafür, dass er nicht einfach die Hand an Esras Arm legte und ihn schockte, um die Sache zu beenden. Aber jetzt musste er wissen, was DELUSIONS ihm einredete. Wenn Esra gerade nicht Esra war – wer denn dann?

»Nein«, sagte der echte Esra und rollte sich mühsam auf die Seite. Immer noch hielt er die Hände auf den Rücken. Ja, er musste sich Fesseln einbilden. Oder ... Handschellen?

Blake packte seine Schulter und drehte ihn zurück auf den Rücken. Esra wimmerte und kniff die Augen zusammen. Tränen liefen ihm über die Wangen. Blake wurde schlecht, als ein neuer Gedanke ihn kreuzte.

»Blake?«, fragte er. Bildete Esra sich gerade ein, in seiner Haut zu stecken? Lag er als Blake auf diesem Bett, auf dem Rücken, mit Handschellen? Einem Esra ausgeliefert, vor dem er so große Angst hatte, dass er anfing zu weinen, wenn er ihm zu nahe kam?

Er wollte es nicht glauben, aber der tränengetränkte Blick, der ihn auf seine Frage hin traf, war eindeutig. Was für eine kranke Scheiße.

Blakes Finger krümmten sich um Esras Schulter. Was würde er fühlen, wenn er Esras nackte Haut berührte? Er hatte Angst davor. Trotzdem musste er es tun, um ihn da rauszuholen.

Entschlossen löste er den Griff und legte seine Hand stattdessen an Esras Wange. Sanft. Er wollte ihm vermitteln, dass er keine Angst haben musste, aber DELUSIONS ließ das natürlich nicht zu. Esra zitterte wahnsinnig stark, biss sich auf die Unterlippe, und in den Sekunden, in denen Blake seinen Strom bereitmachte und versuchte, ihn niedrig zu dosieren, um Esra nicht mehr als nötig wehzutun, spürte er, wie kalt und tief die Panik war, die in ihm brannte.

Sie leuchtete wie ein Feuer unter Wasser, orangerot unter der grauen Oberfläche. Blake tauchte in Esras Meer ein, das heute eiskalt war und von einem harschen Wind aufgewühlt wurde. Er wollte sich seine Angst ansehen, doch das orange Licht war nur die Spitze des Gefühls. Darunter lag eine so intensive, alles verschlingende Schwärze, dass Blake es nicht wagte, dort hineinzuschwimmen.

Was, wenn er nicht daraus zurückkehrte? Diese bange Frage katapultierte ihn zurück in die Wirklichkeit. Zurück zu seinem eigentlichen Plan. Er musste Esra aus dem Griff von DELUSIONS befreien.

Er konzentrierte sich und schloss die Augen. Der Strom kitzelte in seiner Hand und floss direkt in Esra hinein. Esra zuckte und riss die Arme unter seinem Körper hervor – ein gutes Zeichen. Ein Ächzen kam aus seiner Kehle, dann sank er in die Matratze.

Blake nahm seine Hand weg und zog sich von ihm zurück, blieb aber auf dem Bett. Angespannt sah er dabei zu, wie Esras Körper nach einigem Zucken ruhiger wurde und in sich zusammensank. Die Muskeln entspannten sich, die Atemzüge wurden ruhiger.

Das Schweigen zwischen ihnen schien Blake aus dem Raum treiben zu wollen, aber er ließ nicht zu, dass es noch größer wurde.

»Das war wohl DELUSIONS auf Crack«, murmelte er. »Du warst ich?« Er verstand das immer noch nicht ganz. War das eine neue Form von Qual, die sich der Fluch extra für sie angeeignet hatte? Nutzte er die starke Verbindung zwischen ihnen, um sie besonders heftig quälen zu können?

»Passiert«, brummte Esra nur und drehte sich von ihm weg. »Danke für den Elektroschock.«

»Passiert?« Er runzelte die Stirn. »Hattest du das schon mal?«

»Lass uns pennen, Blake. Es ist der Fluch, okay? Wundert dich da noch irgendwas?«

Blake presste die Lippen aufeinander. Nein, es wunderte ihn nicht.

»Wenn du mir unter Einfluss des Fluches etwas antun würdest, Esra, egal was, egal wie schlimm, dann würde ich niemals dir die Schuld dafür geben«, sagte er so klar und ruhig, wie er es im Moment konnte. Er wollte, dass diese Worte sich in Esras Kopf setzten und dort blieben.

Er war selbst verflucht. Er wusste, wie schwer die Schuld wog, wie hart einem die Verzweiflung den Atem nahm und wie sehr man sich selbst hassen konnte. Worte halfen nicht, um das alles zu überwinden.

Dennoch wollte er, dass Esra sie hörte. Dass sein Verstand sie abspeicherte. Falls er diese Wahrheit irgendwann einmal brauchen würde.

»Selbst wenn du das in deinem Großmut könntest, Blake ... ich würde mir niemals verzeihen. Nichts von dem, was ich getan hab.«

Blake schluckte, fand aber den Mut in sich, näher zu Esra zu rücken und ihm eine Hand auf die Schulter zu legen. Immerhin schüttelte Esra sie nicht ab.

»An unsere Beziehung kann man keine normalen Maßstäbe anlegen«, stellte er fest. »Sowas wie ein Schuss in die Schulter gehört zum guten Ton am ersten Morgen danach.«

Esra schnaufte und es klang tatsächlich milde amüsiert. »Und eine Messerstecherei beim ersten Date?«

»Unterste Verhandlungsbasis«, entgegnete er übertrieben ernst.

Ganz langsam drehte Esra sich wieder auf den Rücken. Endlich konnten sie sich ansehen. Ohne Ausweichen. Wieder mehr sie selbst.

»Ich war so verfickt unvorsichtig.«

Esra war wieder in dem Baumhaus. Blake hörte ihm zu.

»Wie konnte mir denn entgehen, dass da bewaffnete Kerle im Raum sind? Das wäre mir früher nie passiert.«

»Du hast dich auf Burns und das Radar konzentriert.«

»Bullshit. Ich hatte sonst auch ein Ziel, auf das ich fokussiert war«, stellte Esra klar. »Ich war unfassbar leichtsinnig. Hab die Wichser vollkommen unterschätzt. Hab gedacht, dass wir sowieso gewinnen.« Er schnaufte. »Mit der Macht der Liebe oder so.«

»Wir *werden* gewinnen. Wohl eher mit der Macht der Schusswaffen, aber wir werden am Ende frei sein, Esra. Weil uns das nicht nochmal passiert.«

»Ich werd' alles dafür tun, dass wir jeden einzelnen kriegen«, versprach Esra und es klang, als würde da noch etwas fehlen. Das *Aber* schwang in der Luft, verklang in Esras Schweigen.

»Wenn es jemand schafft, dann du. Wir wissen beide, dass das die Wahrheit ist.«

Esra brummte leise. »Du bist der einzige, den ich wirklich in meinem Team haben will.«

Blake lächelte. Die Worte machten ihn glücklicher, als irgendjemand je verstehen könnte. Und gleichzeitig fütterten sie das mulmige Gefühl in seinem Bauch, die Zweifel in seinem Herzen. Esra und er waren ein Team. Und er hatte ihm immer noch nicht gesagt, dass er ... nachgedacht hatte. Wegen Burns.

»Gott, ich hasse diesen Gedankenleser.« Esras Brummen kappte seinen Gedanken.

»Die beiden haben unsere Leben gerettet.«

»Na ja, es war eigentlich der Blutbändiger.«

Blake schnaubte. »Wie hätten sie uns ohne Tims Gedankenlesen finden sollen? In diesem Tierbau? Wir konnten uns nicht mehr bemerkbar machen.«

Esras Schweigen deutete er als widerwillige Zustimmung.

»Du hast sie als Verstärkung angefordert.« Es war keine Frage.

»Nein, sie wollten von selbst zu uns kommen und helfen. Tim meinte, die drei Jungs schaffen die Wechsel allein und Freddie und er wollten nicht tatenlos herumsitzen und warten.«

»Hm«, machte Esra nur.

»Vielleicht war es meine Schuld, dass die HSC gewarnt wurde. Weil ich den beiden unseren Standort gegeben habe.«

Esra stieß den Atem aus. »Möglich. Das war auch echt ziemlich dumm. Aber ich gehe davon aus, dass das gar nicht notwendig war. Wir haben in kurzer Zeit drei von ihren Schäfchen getötet. Natürlich kümmern sie sich um die Wölfe.«

Es erleichterte ihn, dass Esra ihm nicht die Schuld geben wollte. Der Esra, den er ganz am Anfang kennengelernt hatte, hätte das ohne zu zögern getan. Manchmal waren die Schritte, die er auf ihn zu machte, so klein, dass man sie leicht übersehen konnte, aber sie waren einen weiten Weg gegangen.

Blake konnte nicht widerstehen. Er lehnte sich ein Stück zu Esra vor. Ein Kuss musste nach so einer Nahtoderfahrung doch drin sein?

»Wir dürfen jetzt keine Fehler mehr machen, hörst du?«, flüsterte Esra gegen seine Lippen, bevor sie sich hatten berühren können, und Blake glaubte schon, dass er ihn wegschieben würde. Vielleicht hatte er das auch wirklich vorgehabt, aber dann zog Esra ihn doch zu sich heran.

»Ich will nicht, dass wir sterben.«

KAPITEL 22

TIM SCHLUG DAS Herz bis zum Kinn, als er die Maske aufsetzte, die sein Kostüm krönte. Seine Finger waren ganz ruhig. Chirurgenhände. Dafür eiskalt.

Er betrachtete sich im Spiegel. Die Haare würde er noch ein bisschen weiter auskämmen, damit sie länger wirkten, aber er reichte damit nicht ganz an Blake heran. Der wiederum würde seine unter einem Hut verbergen. So konnte es klappen.

Hierfür gemacht war er definitiv nicht. Das Abenteuer lockte ihn nicht mit seinem Nervenkitzel – ehrlich, er schätzte Ruhe, Frieden und Langeweile viel zu sehr. Was hätte er für einen gemütlichen DVD-Abend mit Freddie und Sam gegeben. Oder seinetwegen eine Runde Dungeons & Dragons. Irgendetwas, das nicht wirklich gefährlich war.

Die Angst rumorte in ihm, aber ein Rückzieher stand nie zur Debatte. Freddie und er wurden hier gebraucht. Sein Pflichtgefühl wog schwerer als die Furcht vor einem Treffer.

»Ich hätte nicht gedacht, dass ausgerechnet du uns mal in so ein Agenten-Abenteuer führst«, sagte Freddie und las damit mal wieder seine Gedanken, ganz ohne die passende Fähigkeit. Er kannte ihn einfach zu gut.

»Tja, ich stecke eben voller Überraschungen«, murmelte er und setzte ein Lächeln auf. Obwohl die Zwillinge längst nicht mehr gleich aussahen, musste er immer noch jedes Mal an Sam denken, wenn er Freddie ansah. Als er sie kennengelernt hatte, war es ihm unmöglich gewesen, sie zu unterscheiden. Später hatte er sich gefragt, wie man den Unterschied übersehen konnte. Und dann war es für alle einfacher geworden, als Freddie sich die Haare pechschwarz gefärbt hatte ... eine Antwort auf den Fluch. Vielleicht würde er das wieder rauswachsen lassen, wenn alles endete.

»Wir wissen beide, warum wir hier sind«, sagte Tim leise in die Stille hinein.

Für meinen Bruder.

Tim atmete tief ein, zählte bis sieben und ließ die Luft langsam wieder entweichen. »Wenn wir alle befreit sind und wieder vereint ...?« Freddie beendete den Satz nicht. Tim wusste auch so, was er fragen wollte.

»Wäre das nicht seltsam für dich? Du bist mein bester Freund.«

Nach einem Moment des Schweigens lachte Freddie auf einmal. Tim sah ihn verdutzt an. »Es liegt an mir?«

»Na ja«, murmelte Tim. »Ähm.«

»Ich werde dich natürlich umbringen, wenn du ihm das Herz brichst. Aber vielleicht tust du das ja auch nicht.« Freddies Grinsen war weich. »Ernsthaft ... seltsam ist viel mehr, wie ihr seit Jahren umeinander herum schleicht.«

»Es gibt Gründe dafür«, murmelte Tim und zupfte an seiner Fliege herum, obwohl die längst perfekt saß. Alles saß perfekt. Selbst die Schuhe glänzten blank poliert.

»Ja, ich dachte, es liegt daran, dass du keine Männer magst.« Tim blickte zur Seite und rieb sich den Nacken. Ihm wurde auf einmal ziemlich warm. Ihm war immer ganz recht gewesen, dass Freddie seine eigenen Theorien hatte. Tatsächlich hatten sie immer nur über Frauen gesprochen, aber das bedeutete nicht ... Er hatte Sam schon immer hübsch gefunden. Keine Ahnung, ob das bedeutete, dass er Männer mochte. Aber Sam mochte er auf jeden Fall.

»Du warst lange davon überzeugt, dass ich nicht zu ihm passe.«

Freddie runzelte die Stirn. »Weil Sam mit sechzehn einen ziemlich klaren Typ Mann mochte.«

Tim erinnerte sich noch sehr deutlich daran, wie Samuel plötzlich angefangen hatte, sich für Motorräder zu interessieren. Sein ganzer Style hatte sich geändert. Als sie achtzehn wurden, hatte er seinen ersten Freund, der Mitglied einer Biker-Gang war. Aber dann geriet durch den Fluch alles durcheinander.

»Aber er mochte *dich* auch. Du hast uns durch diese ersten Monate geführt. Ich weiß nicht, wie wir das zu zweit überstanden hätten.« Freddie legte ihm eine Hand auf die Schulter. »Nur du hast nie einen Schritt auf ihn zu gemacht, obwohl du wusstest, wie es in ihm aussieht.«

»Während des Fluchs hatte keiner von uns Zeit für Dates.«

»Wir hatten unsere Freundschaft«, erwiderte Freddie. »Und der Fluch macht Dating ziemlich knifflig. Aber ihr beide hättet ... ihr hättet ja zusammen sein können.«

Tim biss sich auf die Lippe. Ganz so sicher war er sich da nicht. Er hatte in Esras und Blakes Gedanken gelesen, dass es alles andere als einfach war, wenn zwei Verfluchte etwas miteinander anfingen.

Er trat vom Spiegel zurück und ging zur Tür. Die Gedanken der anderen beiden näherten sich. Sie kamen sie abholen. Das passte ihm gerade ganz gut.

»Nach dem Fluch. Ist da Zeit für Dates?«, fragte Freddie und klopfte ihm auf die Schulter. »Wenn du mutig genug bist, gegen die Fluchnutzer zu kämpfen, bist du auch mutig genug für diesen Schritt.«

Ja, damit hatte er wohl recht.

Dank der Unterhaltung war er jetzt immerhin nicht mehr so nervös wegen des Attentats. Also nervös war er schon irgendwie, aber gerade wegen etwas anderem. Es verwunderte ihn, dass Freddie die Sache so sah. So ... entspannt. Aber vielleicht kam das auch, wenn man sich immer mehr mit dem Gedanken auseinandersetzte, dass man in einer Stunde tot sein könnte.

Ich werde mit ihm ausgehen, versprach Tim sich selbst. Und deswegen mussten sie das heute auch überleben.

*

Blake wusste nicht, wie er sich fühlen sollte. Der Anblick des Herrenhauses, das in der Ferne auf einem kleinen Hügel emporragte, erinnerte ihn an die Filme, die er früher geschaut hatte. Es war ein historisches Gebäude – schon viel länger auf der Welt als sie beide. Mit dem dichten Wald, der es umgab und einrahmte und den Ästen, die zu den Treppen ragten oder weiter herabhingen, wirkte es fast, als wolle die Natur das Haus verbergen.

Mehrere lange Steintreppen führten hinauf. Erst zwei parallel nebeneinander, dann eine einzige, mit sehr breiten

Stufen. Oben erwartete sie ein gepflasterter Vorplatz mit einem kleinen Brunnen.

Die Bäume um sie herum gehörten zum herrschaftlichen Garten. Ihre Kronen säuselten leise im Wind. Ein hübscher, kleiner Zaun umgab den Platz und vor und hinter ihm wuchsen zahlreiche Blumen – die meisten weiß. Alles wirkte sehr elegant und trotz seines offensichtlichen Alters zeitlos.

Timothy und Freddie spazierten in einem kleinen Pulk von Leuten auf das Anwesen zu. Alle waren fein herausgeputzt, trugen moderne Anzüge oder historisch angehauchte Gewänder.

Ein fröhliches, plauderndes Murmeln zog an ihnen vorbei und die Abendluft roch nach Laub und Holz. Niemand hier ahnte, dass sich Attentäter unter den Gästen befanden. Niemand ahnte, dass J. B. King heute, hier auf seiner Release-Feier sterben sollte.

Blake schluckte und richtete seinen Kragen, obwohl es nichts zu richten gab.

Ein sanfter Windhauch kühlte seine Wangen, als wolle er ihn beruhigen und über allem spannte sich der schönste dunkelblaue Nachthimmel, den Blake je gesehen hatte. Der Vollmond stieg langsam immer weiter auf.

Er kam sich wirklich vor, wie ein Eindringling in einer Filmkulisse.

Freddie und Tim liefen da vorn, während Esra und er sich hier im Wald verbargen und auf den richtigen Zeitpunkt warteten. Die HSC suchte nach zwei jungen Männern, die auf ihre Beschreibungen passten. Sobald sie sie gefunden hatten, würden sie ihre Aufmerksamkeit auf die beiden konzentrieren und nicht mehr so sehr auf Esra und ihn achten.

Vor allem, weil sie beide dafür gesorgt hatten, dass ihre Haare gebändigt aussahen. Blake hatte seine langen Strähnen in den kleinsten Zopf der Welt gebunden und verbarg ihn unter einem Zylinder, während Esra seine schwarze Mähne mit einer viel zu großen Portion Haargel geglättet und in Form gebracht hatte. Außerdem trugen sie natürlich Masken, die jeweils die obere Hälfte des Gesichts verdeckten.

Wenn er ehrlich war, sahen Freddie und Tim ihnen jetzt wirklich ähnlicher als sie selbst.

Blakes Herz klopfte lauter, als Esra ihn an der Hand mit sich zog, unter den Bäumen hindurch in einem weiten Bogen um das Gebäude herum. Auch hier draußen gab es Aufpasser. Sie patrouillierten an den Ecken des Anwesens auf und ab. Esra duckte sich hinter einen Strauch und Blake hockte sich daneben.

»Wir müssen schnell sein«, flüsterte Esra. »Und du darfst kein Geräusch von dir geben.«

Blake nickte. Er war bereit. Sie waren oft genug gesprungen – er würde ganz sicher nicht schreien oder so. Esra nahm ihn auf den Rücken und postierte sich neben einem Baum. Blake spürte seine Anspannung auch ohne den Hautkontakt für EMPATHY. Er brauchte den perfekten Moment.

Einige Atemzüge vergingen. Dann schoss Esra aus dem Stand nach oben. Blake hätte wirklich fast geschrien, weil es ihn so plötzlich nach oben riss, doch er presste die Kiefer aufeinander und japste nur leise nach Luft.

Sie landeten nahezu lautlos am Rand des Daches. Hier oben war niemand. Nur der kühle Nachtwind. Esra duckte sich und lief zu einem der kleinen Balkone. Sie konnten nur hoffen, dass keine der Wachen nach oben schaute.

»Dein Part«, zischte Esra und deutete auf die Tür.

Sie hatten bereits aus Ticks Gebäudeplänen gewusst, dass das Haus elektronisch gesichert war. Ein Vorteil, wenn man Strom kontrollieren konnte. Blake legte seine Finger an den metallenen Türrahmen und ließ vorsichtig seine Kraft fließen.

Solche Schließsysteme waren immer wie kleine Puzzlespiele. Er musste an der richtigen Stelle Impulse setzen, um sie auszutricksen. Diesen hier hatte er zum Glück recht schnell durchschaut – die Tür öffnete sich und Esra und er schoben sich hindurch.

Geschafft. Blake grinste zufrieden und richtete nochmals seinen Kragen, während er Esra folgte. Jetzt mussten sie sich nur noch unter die anderen Besucher mischen.

Unter normalen Umständen hätte er alles hier fotografieren wollen und wäre ganz aus dem Häuschen, weil er seinen Lieblingsautor wiedertreffen konnte. Lange Zeit war dieser Mann so etwas wie sein Idol gewesen, mindestens aber seine Inspiration. Er hatte so großartige und erschreckende Geschichten geschrieben. So viele Figuren, die Blake zum Nachdenken gebracht hatten. J. B. King hatte echte Menschen in all ihrer Sanftheit, Liebe und Grausamkeit aufs Papier gebracht wie kein anderer. Und er hatte bewiesen, dass er auch im echten Leben ein Händchen für Gefühle besaß. Wie er damals nach seiner Lesung auf ihn eingegangen war, wie er ihn ermutigt hatte – das würde er nie vergessen.

Es war riskant gewesen und danach hatte er sich oft dafür verurteilt, die Menschen dort in Gefahr gebracht zu haben, aber es hatte ihm geholfen, zu überleben. Nach diesem Treffen hatte er sein eigenes Schreiben noch mehr in die Hand genommen, hatte angefangen, zu veröffentlichen.

Dass er niemals so eine Release-Party feiern würde, war natürlich klar gewesen. Das wollte er auch gar nicht. Er hatte immer um des Schreibens Willen geschrieben. Weil es ihm geholfen hatte, seine Therapie gewesen war. Dennoch fühlte er sich hier irgendwie zugehörig, sei es wegen King oder wegen seiner Liebe zum Schreiben.

Esra und er erreichten einen runden Vorraum, der links und rechts von einigen Säulen gesäumt wurde. Der Boden war in einem schwarz-weißen Karomuster gefliest und zwei lange schwarz-weiße Wendeltreppen zogen sich nach oben zu einer Galerie.

Das Murmeln der Leute wurde lauter. Einige blieben stehen und nahmen all die Schönheit in sich auf. Blake hätte das hier auch gerne mehr genossen, aber ein Blick auf Esra reichte, um ihn daran zu erinnern, dass er zum Arbeiten hier war.

Er nickte kaum merklich, als Esra ihm einen Blick zuschoss und folgte ihm zu einer Tür am Rand des Vorraumes. Daneben stand eine Staffelei mit einer Leinwand, auf der geschrieben war, dass hier die Lesung, die Fragerunde und das Signieren stattfinden würden.

Der Plan war natürlich, J. B. King nicht direkt vor einer Horde fremder Menschen zu ermorden, sondern ihn an einem stilleren Ort zu erwischen. Entweder suchte er selbst so einen auf und Esra folgte ihm oder er bekam die Gelegenheit, ihn mit EMPATHY dazu zu bringen. Sie waren mehrere Szenarien durchgegangen, um auf möglichst viele verschiedene Situationen vorbereitet zu sein.

Esras Hand streifte seine und Blake spürte, was er ihm damit vermitteln wollte: Hier waren überall Wachleute. Sie standen in den Ecken des Lesungssaals, zwei waren direkt bei King, der bereits vorn hinter einem kleinen Tischchen saß, und einige schienen sich auch direkt unter die Besucher gemischt zu haben.

Das Gefühl, das Esra ihm vermittelte, war Vorsicht. Misstrauen. Blakes Kiefer verspannten sich. Er hatte verstanden.

Er entdeckte Tim und Freddie in der ersten Reihe. Ihm wurde flau im Magen, als er sah, wie sie da saßen – im direkten Blickfeld der Wachleute. Wenn jemand voreilig war ... hoffentlich bekamen die beiden nichts ab.

Esra und er suchten sich freie Plätze im mittleren Bereich des Publikums. Um sich selbst hatte Blake keine Angst – was seltsam war, wenn er bedachte, dass er vorletzte Nacht beinahe gestorben war. Verblutet an mehreren tiefen Schnittwunden und einem Loch in seinem Oberkörper. Jetzt war er wieder ganz und saß hier in der unmittelbaren Nähe von Menschen, die nicht zögern würden, ihn erneut zu verletzen.

J. B. King war entweder sehr mutig, sehr leichtsinnig oder sehr leichtgläubig. Was ihm die Sekte wohl zu dieser ganzen Sache gesagt hatte? Hatten sie ihm mitgeteilt, dass sie die Attentäter erwischt hatten oder dass sie entkommen waren, aber sehr wahrscheinlich sowieso abkratzten?

Und wusste er, warum sie es auf ihn abgesehen hatten? Dass die Verfluchten sich gegen die Fluchnutzer stellten? Oh Mann, er beneidete Tim wirklich ein bisschen um seine Fähigkeit. Ob er seine Gedanken in so einer Menschenmasse hören konnte? Wahrscheinlich war es hier furchtbar laut für ihn.

Esra schien sich ebenfalls nicht gerade wohlzufühlen. Die ganze Zeit über huschten seine Pupillen von links nach rechts. Er schien den Raum abzusuchen und versuchte wohl gleichzeitig, die Wachleute im Auge zu behalten.

Oder war das DELUSIONS? Darauf mussten sie besonders gut aufpassen. Auch deswegen war es gut, dass Freddie und Tim hier waren. Wenn Esra hier in der Menge eine Illusion bekam, konnte das knifflig werden. Je nachdem, was er sah.

Blake atmete angespannt ein und aus. Nur die Ruhe. Es würde schon irgendwie klappen. Er würde Esra einen kleinen Schock verpassen und der Aufschub würde reichen, um ihr Ding durchzuziehen. Ganz easy.

Um seine eigene Plage machte Blake sich die wenigsten Gedanken. THEM war das bequemste Tattoo von allen. Die Toten, die sich genau wie die Lebenden in den kleinen Lesungssaal quetschten, verzerrten zwar das Bild seiner Realität auf eine morbide Art und Weise, aber sie behinderten ihn nicht und niemand außer ihm konnte sie bemerken.

Mit der Zeit lernte wohl jeder Verfluchte, sie auszublenden. Blake versuchte, sie einfach als zusätzliches Publikum zu betrachten, auch wenn es heute wirklich immens viele waren, die sich in seiner Nähe tummelten. Sie standen nicht nur am Rand der Versammlung, sondern drängten sich auch zwischen den Stuhlreihen und manche setzte sich sogar auf die Stühle, auch wenn diese schon besetzt waren.

Es war ein skurriles Bild, in das er sich nicht zu sehr vertiefen wollte.

Kurz berührte Blake Esras Hand. Ein kleiner Check, ob DELUSIONS irgendetwas Komisches mit ihm anstellte. Doch Blake bemerkte keine unpassenden Gefühle in ihm. Nur Anspannung, unterdrückte Wut und eine große Portion Entschlossenheit.

Als die Lesung begann, wurde das Licht im Saal gedimmt.

Blake konnte nicht anders, als sich in den Chor des Raunens, das durch den Raum ging, einzubringen. Das hier war einfach toll inszeniert. Die ganze Location, die Kostüme und Masken ... das alles machte ihn richtig neugierig auf das Buch. Und als King dann auch noch zu ihnen sprach, sie begrüßte und von der Geschichte erzählte, von den Herausforderungen, die sie auch schriftstellerisch für ihn bedeutet hatte – da konnte er nicht anders, als wenigstens für ein paar Minuten wieder Fanboy zu sein.

Er spürte, wie er lächelte und sein Körper sich etwas entspannte. Er dachte nicht mehr ans Töten und an die Gefahr, in der Freddie und Tim schwebten. Für ein paar Minuten lauschte er einfach nur Kings ruhiger, tiefer Stimme, die vorlas.

Eine angenehme Ruhe legte sich über den Raum, denn auch alle anderen hörten schweigend und angetan zu. Die Gefahr schien regelrecht zu den geöffneten Fenstern hinauszufliegen.

Das Knistern der Seiten, die umgeblättert wurden, war eins der besten Geräusche, die Blake kannte. Es erinnerte ihn an früher, wenn er Hannah an ihrem Bett Geschichten vorgelesen hatte.

Er ist ein Fluchnutzer, erinnerte sich Blake pflichtbewusst. Doch es änderte nur wenig an dem, was er empfand.

Was, wenn dieser Mann nicht wusste, was er tat? Nicht wusste, welches grausame Spiel hier gespielt wurde und was seine Rolle dabei war? Was, wenn er unschuldig war?

Dann müssen wir ihn trotzdem töten. Esras Stimme in seinem Kopf gab sofort die Antwort. *Es endet nur, wenn wir die Fluchnutzer töten.* Er hatte Recht. Das hatte Joy gesagt. Sie mussten sie töten. Und er hatte versprochen, es zu tun. Esra und den anderen. Und seiner Schwester – schon lange, bevor er das alles erfahren hatte.

King klappte das Buch zu und Applaus brandete auf. Die Lichter gingen wieder an und einige Leute standen sogar auf, während sie klatschten. Was für eine Begeisterung.

Blakes Herz hüpfte und bebte und war genauso unschlüssig wie sein Kopf.

Jetzt kam die Fragerunde. Wenn die erledigt war, würde King sich vielleicht unter das Publikum mischen. Dann erst würde dieser Ball beginnen. Aus dem Augenwinkel sah Blake, wie Esra mit den Augen rollte, als die typischen Fragen gestellt wurden:

»Wie sind Sie auf die Idee zu dieser Geschichte gekommen?«

»Was inspiriert Sie?«

»Was ist die Botschaft Ihrer Bücher?«

Er musste zugeben, dass er diese Fragen auch nicht sonderlich spannend fand. Als Fan hatte man das doch alles schon längst nachgelesen. Alles davon hatte King schon mehrmals in Interviews preisgegeben. Dennoch beantwortete er die Fragen respektvoll und mit einem Lächeln. Er wirkte kein bisschen genervt oder arrogant. Sein Blick schweifte offen und interessiert durchs Publikum. Angst konnte Blake darin keine finden. Dieser Mann rechnete nicht damit, dass sich jeden Moment eine Kugel durch seinen Kopf bohren würde – oder er war ein verdammt guter Schauspieler.

Im Moment schienen sie alle vier sicher zu sein. Die Wachleute regten sich nicht, niemand machte Anstalten, Freddie und Tim zu ergreifen.

Die Fragerunde ging weiter.

Je länger er King beobachtete und seine Antworten hörte, umso mehr Fragen tauchten in seinem Kopf auf. Wenn King nicht wusste, dass es den Fluch gab ... wenn er nie zugestimmt hatte, Teil dieses Rituals zu sein ... Blake wusste, dass er diese Gedanken von sich schieben musste. Die konnten sie hier nicht gebrauchen. Alles, was ihn zweifeln oder zögern ließ, musste er aus sich verbannen.

Die Fluchnutzer mussten sterben, damit der Fluch aufgehoben werden konnte. Und es ging hier nicht mal um ein Leben für ein Leben – es ging auch um die vielen Menschen, die zu ihren Opfern geworden waren und es noch werden würden, wenn der Fluch fortbestand.

Jeden Tag gab es neue Tote, neue Vergewaltigungsopfer, neue Verletzte. Eugen, Mike, Samuel, Esra und er waren reine Quellen von Unglück, Schmerz und Verderben und sie wandelten unter den anderen Menschen wie Todesengel, wenn das nicht aufhörte. Wenn sie dem kein Ende machten.

Blake schluckte.

Seine Hand schoss in die Höhe.

Esra riss die Augen auf und fuhr zu ihm herum, doch noch bevor er ihn packen und seinen Arm mit STRENGTH herunterziehen konnte, sprach King ihn bereits an und alle Blicke richteten sich auf ihn.

Blake hielt den Atem an. Ja, es war riskant. Aber er brauchte diese Antwort. Sonst würde sein Kopf irgendwann explodieren.

»Eine Frage zu einem Ihrer älteren Bücher, wenn das gestattet ist«, sagte Blake und gab sich ganz entspannt. Wenn er sich als Fan und Kenner von Kings Büchern outete, würde das niemanden auf die Idee bringen, dass er als Attentäter hier war. »In 'Die Pein von jedem und niemand' trifft James am Ende eine sehr egoistische Entscheidung und opfert das Wohl der Gruppe für sein eigenes. Das hat mich sehr schockiert und hallte lange nach. Ich fand es grausam, aber gerade das war so authentisch an seiner Figur. Rückblickend fiel mir auf, dass die Frage sich durch das ganze Buch zog ... Wie wir uns verhalten würden und was richtig ist. Wie viel Egoismus ist moralisch?«

King schien ihm noch ein bisschen aufmerksamer und konzentrierter als den anderen zuzuhören. Blake bekam eine Gänsehaut, als er Kings Blick so lange und intensiv auf sich spürte.

»Eine sehr gute und wichtige Frage. Ich freue mich, wenn meine Leser so aufmerksam sind und meine Figuren analysieren. Wenn Sie *mich* fragen, wäre die beste Welt die, in der jeder die gleiche Chance auf Glück und Zufriedenheit hat. In so einer Welt würde niemand vor die Entscheidung gestellt werden, ob er andere opfert, um für sich selbst ein besseres Leben zu ermöglichen. Aber wenn Sie mich fragen, wie ich an James' Stelle entschieden hätte ...« King machte eine Pause und rieb sich das Kinn. Er schien wirklich darüber nachzudenken. »Ich hoffe, dass ich am Ende die richtige Entscheidung treffen würde und das wäre für mich, die anderen nicht zu opfern. Mit allen Konsequenzen. Ich könnte nicht damit leben, für ihr Verderben verantwortlich zu sein. Ich wäre in meinen eigenen Augen kein Mensch mehr. Selbst wenn niemand anders davon wüsste.« Er schmunzelte. »Ich bin wohl leider deutlich langweiliger als meine Protagonisten.«

Blake bedankte sich für die Antwort und schon wandte King sich dem nächsten Zuschauer zu.

Aus Esras schmalen Augen sprühten geradezu Funken und Blake biss sich auf die Unterlippe. Ja, es war riskant gewesen, Aufmerksamkeit auf sich zu ziehen, aber es war nichts passiert ... und sie hätten ihn schon nicht direkt hier inmitten der anderen Leute erschossen.

Er hielt Esras Blick stand und wusste, dass nicht gut war, was gerade passierte. Irgendwie hatte er gehofft, dass King sich beim Antworten auf seine Frage die Maske der Unschuld vom Gesicht reißen würde. Dass er etwas sagte wie 'Lebensglück ist nun mal nicht fair verteilt' oder 'Das Überleben des Stärkeren war schon immer Teil unserer Welt' oder etwas in der Art. Das hätte ihm geholfen, es einfach durchzuziehen.

Aber King hatte sogar angedeutet, lieber sein eigenes Leben zu opfern, als das von zwanzig anderen zu zerstören und mit dieser Schuld leben zu müssen. Wenn dieser Mann wüsste, was der Fluch war, würde er ihnen vielleicht helfen.

Gab es irgendeine Möglichkeit, King einzuweihen? Ihm aufzuzeigen, dass sein ganzes Lebensglück und all sein Erfolg auf einem dunklen Ritual basierte, das ihnen im Gegenzug das Leben zur Hölle machte? Wie sollte das gehen? Vollkommen unrealistisch. Naiv.

Blake schloss die Augen. Alles in seinem Kopf drehte sich.

*

Mit wachsendem Unmut beobachtete Esra, wie Blake sich in seine Gedanken vertiefte. Dass er Burns und den anderen nicht mehr folgte, war offensichtlich. Er hatte die Augen geschlossen und seine Finger fummelten die ganze Zeit am Saum seines Jacketts herum.

Scheiße, das konnten sie jetzt echt nicht gebrauchen. Blakes Skrupel würden alles kaputtmachen. Hoffentlich konnte der Gedankenleser das hören. Dieser Job war nichts für zu gute Menschen. Nichts für jemanden, der Zweifel hatte.

Grimmig und hart wie ein Steinklotz saß er da und wartete, bis die Show endlich endete. Dann zerrte er Blake am Handgelenk durch die Menge und zog sich mit ihm in die Ecke eines Nebenzimmers zurück, das eigentlich abgesperrt war.

»Das kann nicht dein Ernst sein«, fuhr er Blake an. Mit gesenkter Stimme aber dennoch scharf wie ein gewetztes Messer. »Sag, dass ich mich irre und du nur eine Frage gestellt hast, um unsere Tarnung zu verbessern.«

In Blakes braunen Augen standen Schuld- und Pflichtbewusstsein gleichermaßen. Nein, dieser Mann war nicht entschlossen. Er war verunsichert, wankte in seiner Entscheidung. Deswegen, genau deswegen arbeitete er besser allein.

»Blake!«, mahnte er ihn und legte ihm die Hände auf die Schultern, schüttelte ihn nachdrücklich. »Sag was.«

»Ich weiß nicht, ob das richtig ist, was wir tun.«

Esra wollte lachen. Schallend laut und stundenlang. Ob es *richtig* war? Diese Kerle umzubringen war das Richtigste aus all dem Falschen, das sie in den letzten sieben Jahren getan hatten. Ihre Tode bedeuteten Freiheit. Endlich ein Ende! Nicht mehr morden, frei sein vom Fluchdruck. Blake hatte doch selbst davon geträumt.

»Wer hat uns denn gefragt, ob es *richtig* ist, Blake? Wer hat deine Schwester gefragt? Meine Eltern? Nathan? Die Obdachlosen, die wir getötet haben, weil der Druck uns gezwungen hat? Die armen Männer und Frauen, auf die RAPE dich gehetzt hat? War das gerecht? Joy? All der Schmerz und das Blut? Die Einsamkeit?«

Blake verstand ihn. Er verstand jedes Wort, fühlte jedes Wort, das konnte Esra in den braunen Augen sehen, die so warm und hilflos wirkten. Wenn es gegangen wäre, hätte er für Blake einen Weg gefunden, diese ganze Scheiße zu beenden, ohne, dass noch ein einziger Mensch sterben musste – außer die Drahtzieher.

Aber so einen Weg gab es nicht und sie hatten keine Zeit, die sie darauf verschwenden konnten, trotzdem danach zu suchen.

Er sah dem Mann vor sich fest in die Augen. Er brauchte Blake. Den Blake, der fest an seiner Seite stand und dem er vertrauen konnte. Nur darum bat er. Blake musste die Morde nicht durchführen – er würde ihn nicht mehr dazu zwingen – aber er musste sich sicher sein können, dass er hinter ihm stand. Dass das Ziel für sie beide klar war.

Sein Zorn wuchs, je länger Blake zögerte. Nicht, weil er feige war, sondern weil es sich wie Verrat anfühlte. Weil

Blake so tat, als wäre Burns' Scheißleben wichtiger als ihre Freiheit. Ihre Zukunft. Ihre verdammte Liebe.

»Bring dieses nervige, gute Herz zum Schweigen und mach deinen verdammten Job«, forderte er. Am liebsten hätte er Blake nach Hause geschickt. Er war enttäuscht und verletzt und wütend auf ihn. Aber die verfickte Kette war ja noch da. Sie mussten so weitermachen wie geplant. Es gab keine andere Möglichkeit. Er würde nicht zulassen, dass Blake alles durcheinanderbrachte, weil er mal wieder zeigte, dass er zu weich war. So wie damals bei Eugen. Hier gab es keinen zweiten und dritten Versuch.

Ihn verließ die Geduld. Er stieß Blake von sich weg und wandte sich ab. Er konnte regelrecht fühlen, wie sein Herz sich verhärtete. Aus purem Trotz und um ihn zu schützen. Dabei war er schon längst zu tief drinnen in seinen Gefühlen für Blake, um nicht verletzt werden zu können.

»Ich erwarte, dass du ihn mit EMPATHY rausbringst, wenn du die Chance dazu hast. Ansonsten finde ich einen Weg. Mit dir oder ohne dich.«

KAPITEL 23

ANGEPISST KEHRTE ESRA in den Vorraum des Anwesens zurück und drehte sich nicht mehr nach Blake um. Er würde ihm schon folgen. Das war das Einzige, wobei er sich auf ihn verlassen konnte.

»Ich mach das«, kam es von hinten von Blake. »Ich will nur vorher mit ihm reden.«

Esra schnaubte. Reden. Was sollte das bringen?

Wollte Blake ihren Zielen ab jetzt immer vorher erklären, warum sie ihnen eine Kugel in den Kopf jagten?

Als Blake seinen Arm griff, schüttelte Esra ihn ab. Er wollte jetzt nicht mehr reden. Die Zeit für Worte war vorbei – jetzt ging es um Taten. Um eine Kugel in einem Schädel, eine Klinge an einer Kehle oder einen Stromstoß, der ein Herz zum Stillstand brachte, ihm scheißegal.

Er ging schneller, ohne genau zu wissen, wo er hinwollte. In die Nähe von Burns auf jeden Fall. Nach einigem Umsehen entdeckte er ihn in einem Raum mit einem antiken Schreibtisch. In den feinen Holzregalen standen überall dieselben Bücher – Exemplare seines neuen Romans. King war umringt von einigen Fans, kritzelte Worte in die Bücher, die sie ihm auf den Tisch legten.

Freddie und Tim waren auch in der Nähe.

Noch immer wirkten die Wachleute relativ entspannt, aber das konnte auch Absicht sein, um sie in Sicherheit zu wiegen. Wer wusste schon, was die verdammte Sekte mit ihnen vorhatte?

Vielleicht wollten sie sie wieder einfangen? Sie in ein neues Gefängnis stecken? Eine andere Stadt mit einer neuen unsichtbaren Mauer? Oder direkt in einen richtigen Käfig.

Esra sah das Ritual vor sich, die Bilder, die Joy ihnen gezeigt hatte, als sie sich berührten. Ein Kreis aus Erwachsenen und Kindern. Dunkle gestalten ohne Gesicht. Und diese grässliche Kälte, die in jede Faser kroch. Finsternis, die seinen Körper tränkte, wenn er nur an sie dachte. Sein Körper bebte selbst jetzt unter dem Horror ... wie einst in diesem Waschraum.

Die Sekte.

Ruckartig drehte Esra den Kopf. Die Leute hier. Das waren doch alles Mitglieder, oder? Sie hielten eine Versammlung ab, feierten sich und ihren Erfolg. Er hatte noch nie so viel Ekel empfunden.

Er sollte sie alle abknallen. Warum hatte er nur so eine einfache Pistole dabei und kein Maschinengewehr? Die Kugeln in dem kleinen Magazin reichten nicht mal im Ansatz. Er konnte nur ein paar erschießen, die anderen würde er schlitzen und zu Brei schlagen müssen.

Egal. Hauptsache sie krepierten.

Esra stand inmitten der Menge und ballte die Hände zu Fäusten. Die Glock steckte vorn in seinem Gürtel, verdeckt von diesem zu großen Anzug. Er musste nur nach ihr greifen und feuern. Zielen konnte er sich sparen – egal, wen er hier traf: Es wäre immer das richtige Ziel.

Jedes einzelne Mitglied der HSC verdiente den Tod. Sie wussten es. Niemand hier war unschuldig. Sie hatten nur einen Fehler gemacht: ihn hier reinzulassen. Natürlich, weil sie ihn unterschätzten. Er war jahrelang die Ratte im Käfig gewesen. Nicht mehr als eine menschliche Batterie.

Er würde ihr Untergang sein.

Blut würde diese hohen Wände bedecken und die champagnerfarbenen Vorhänge sprenkeln. Die Kronleuchter ... gut, die würden vielleicht nichts abbekommen. Schreie würden die Musik übertönen, die aus einem der anderen Räume drang. Sie würden nicht mehr tanzen, sondern weglaufen. Sie würden keine Fragen mehr stellen, sondern um Vergebung winseln. Diese Villa würde ihr Grab werden.

Ein Grinsen verzerrte sein Gesicht und seine Hand wanderte zum Gürtel. Er schob den Stoff des Hemdes hoch und berührte den Korpus der Waffe. Was für ein gutes Gefühl.

Gleich würden sie kreischen. Es würde sich so gut anfühlen, wenn sie vor ihm wegliefen, über die Möbel stürzten und sich panisch aneinander vorbeizudrängen versuchten. Sie würden um Hilfe rufen und heulen. Bluten. Sterben.

Ja, dafür war er hier. Er würde jeden einzelnen Menschen in diesem Gebäude töten.

*

Blake schwirrte der Kopf. Er wusste ja selbst, dass es fatal war, wenn er zweifelte. Der Plan war klar. Er hatte sich dafür entschieden. Und er würde es auch durchziehen.

Hoffentlich beruhigte Esra sich wieder, wenn er ihm bewies, dass er trotz seiner Zweifel seine Aufgabe erfüllte.

Ich bin eben nicht wie du, dachte er immer wieder. *Aber ich kann das auf meine Art machen.*

Er entdeckte King im Nebenzimmer. Einige Fans hatten ihn umzingelt und stellten wohl noch mehr Fragen, während King signierte. Eigentlich war es überhaupt nicht seine Art, sich irgendwo reinzudrängeln, aber jetzt spielte das keine Rolle.

Blake schob sich zwischen die Leute und kämpfte sich bis nach vorn zu King durch.

Schließlich stand er direkt bei J. B. King. Oder Burns. Er sollte aufhören, ihn bei seinem Künstlernamen zu nennen. Vielleicht machte es das leichter. Dieser Mann war nicht, wofür er ihn gehalten hatte. Er war zumindest weit genug mit der HSC verstrickt, dass er für dieses Ritual ausgewählt worden war. Das passierte nicht, wenn man gar nichts mit der Sekte zu tun hatte.

Es bedeutete, dass seine Eltern hohe Tiere in der HSC waren. Das waren keine guten Menschen. Sie hatten gewusst, was sie taten. Daran musste er sich festhalten.

Burns lächelte charmant in die Runde. Das Wasserglas, nach dem er immer wieder griff, war fast leer und Blakes Plan schnell gefasst. Er wartete, bis Burns den letzten Schluck genommen hatte, und streckte dann die Hand nach ihm aus, um ihm freundlicherweise das leere Glas abzunehmen. Burns nickte ihm freundlich zu, als er ihm das anbot und machte mit.

Sobald sich ihre Finger berührten, schickte Blake ihm eine konzentrierte Ladung an Gefühlen. Er versuchte, sie wie einen Stromstoß in ihn hineinzujagen, ihm blieb ja nur ein kurzer Moment.

Es war der geballte Wunsch nach etwas Ruhe. Abstand. Um sich zu sammeln. Kurz zu verschnaufen. Eine Gefühlsmischung, die Blake ihm gerade besonders gut senden konnte, weil er sie selbst in sich trug.

Diese ganze Sache rieb ihn auf. Der Streit mit Esra. Sein eigenes Dilemma. Er hasste sich selbst ein bisschen dafür, dass er es ihnen so schwer machte. Dass er kein guter Attentäter war. Wenn er ein bisschen mehr Zeit gehabt hätte, hätte er sich vielleicht gefangen, bevor Esra mitbekam, dass er sich schon wieder Gedanken machte. Aber die Möglichkeit blieb hier einfach nicht.

Blake konnte sehen, wie sein Emotionsschub bei Burns ankam. Er zuckte regelrecht zusammen. Daran musste er wohl noch feilen. Seine Fähigkeit besser tarnen. Doch die Umstehenden merkten nichts. Sie murrten zwar, als Burns meinte, er müsse sich kurz zurückziehen, ließen ihn aber gehen.

Es hatte geklappt! Blake konnte sich ein zufriedenes Lächeln nicht verkneifen. Den Strom beherrschen zu lernen, hatte viel länger gedauert.

Er warf einen Blick über die Schulter. Esra stand ein paar Schritte entfernt in der Menge und rührte sich kaum. Er schien die Wachmänner abzuchecken. Kurz tat Blake dasselbe, dann schob er sich so unauffällig wie möglich aus der Menschentraube heraus und suchte nach Freddie und Tim.

Einer von ihnen musste die Wachen ablenken, damit er Burns unauffällig folgen konnte.

Immer wieder rempelten ihn Leute an. Verschiedene Parfüms streiften seine Nase und das allgemeine Gemurmel schwoll an. Die Leute reden nicht mehr nur über das Buch. Die Gespräche dehnten sich aus. Die Menge verstreute sich ein wenig mehr. Das war gut.

Endlich entdeckte er Freddie und warf ihm einen ernsten Blick zu, nickte vorsichtig in Richtung der Tür, durch die er musste, um an Burns ranzukommen. Freddie zwinkerte ihm hinter der Maske zu.

Dann wandte er sich der Tür zu und marschierte los. Angespannt beobachtete Blake, wie Freddie sie einfach öffnete und hindurchging ... und dann, wie zwei Wachleute sich sofort an seine Fersen hefteten. Einer legte die Hand ans Ohr und schien etwas in sein Mini-Headset zu sprechen.

Sein Herz schlug schneller. Die Jagd war eröffnet.

Er musste jetzt schnell sein. Schon für Freddie. Aber auch für das ganze Team.

Eilig sah Blake sich noch einmal um und schlüpfte dann ebenfalls durch die Tür. Die Wachleute, die Freddie folgten, sah er nur von hinten. Sie strebten den Gang entlang, tiefer in das Anwesen hinein. Hoffentlich konnte er ihnen entkommen.

Blake wandte sich um und folgte dem Radar in Burns' Richtung. Er fand ihn hinter der nächsten Tür. Der Raum musste direkt neben dem Lesungssaal liegen. Er war nicht groß – nur ein Tisch und vier Stühle hatten darin Platz. In eine der Wände war ein kleiner Kamin eingelassen.

Es war gut, dass Burns nicht weiter weg gegangen war. So blieb er innerhalb der Kettenreichweite.

Burns schaute ihn überrascht an. »Entschuldigung. Diese Räume gehören nicht zur Veranstaltung. Ich brauchte nur einen Moment für mich.«

»Ich wollte unter vier Augen mit Ihnen reden«, presste Blake hervor. Anspannung füllte seine Lungen und verhärtete jeden Muskel. Esra konnte jede Sekunde hier reinplatzen, Burns abknallen und ihn mit sich ziehen, damit sie mit ein paar schnellen Sprüngen das Weite suchen konnten. »Kennen Sie mich vielleicht noch? Aus New York?«

Er musste sich beeilen, wenn er mit Burns über den Fluch und die HSC reden wollte. Sich beeilen und gleichzeitig irgendwie das Unmögliche erklären.

Mit einem Mal kam er sich ziemlich dumm vor. Jetzt stand er Burns gegenüber, der ihn irritiert musterte, und drehte und wendete die Worte in seinem Kopf. Wie sollte er irgendjemandem erklären, was der Fluch war?

*

»Scheiße.« Timothy fluchte nur selten, aber diese Situation ließ ihm keine andere Wahl. Esras Gedanken liefen Amok und obwohl sie nur ein tiefes, hintergründiges Flüstern in einem Meer aus schnatternden Stimmen gewesen waren, hatte er sie sofort wahrgenommen.

Sie waren so klar und eindringlich, dass sie sogar Bilder in Tims Kopf heraufbeschworen – etwas, das nur bei sehr starken Gedanken passierte. In diesem Fall war es kein Wunder. Esra hatte DELUSIONS an Vollmond. Die Illusion war extrem intensiv. Und besonders grausam.

Tim kämpfte sich vehement durch die Menge, setzte Ellbogen und Schultern ein, um sich zu Esra hindurchzudrängen, und packte dann ganz gezielt dessen Hand, noch bevor er die Waffe ganz umfasst hatte.

Das war Schritt eins.

Seine dünnen Finger umschlossen Esras kräftiges Handgelenk.

»Nicht«, zischte er. »Das ist nur eine Illusion.« Die denkbar schwächste Strategie. Selbst in der Nähe von Neumond war es fast unmöglich, jemandem DELUSIONS Traumbilder auszureden. In keiner Welt wäre es ihm gelungen, Esra so von seinem wahnsinnigen Plan abzubringen.

Aber ihn anzusprechen, verschaffte ihm wenigstens ein paar Sekunden zusätzliche Zeit.

Esra versuchte, ihn abzuschütteln. Tim krallte sich fest, drückte seine Hand runter. Wenn jemand sah, dass es hier eine Auseinandersetzung gab, würde das auch Aufmerksamkeit auf sie lenken – und dann merkte vielleicht jemand, dass Esra eine Waffe trug. Außerdem waren sie beide zusammen auch genau die Kombination an Verdächtigen, die die HSC suchte ... ein grimmiger Schwarzhaariger und ein netter blonder Kerl.

Wo war Blake? Sie brauchten einen Stromstoß.

Der setzte wahrscheinlich gerade den Plan weiter um. Er konnte ihn nirgends sehen oder hören.

»Bist du auf deren Seite, oder was? Ich hab's geahnt. Ihr seid alle Scheißverräter«, knurrte Esra.

»Nein.« Tim schüttelte vehement den Kopf, während er fieberhaft überlegte, wie er Esra aus seiner Illusion reißen könnte. Aber er hatte keine Chance. Seine Fähigkeit war nutzlos für so etwas.

Er wagte es kaum, den Blick von Esra abzuwenden, in dessen grauen Augen der Wunsch nach Rache brannte. Aber er musste sich nach Freddie umsehen. Der konnte vielleicht was tun. Ihm helfen, Esra zu bändigen.

Wo waren denn alle? Kein Freddie, kein Blake. Nur ganz viele Unschuldige mitten in der Gefahrenzone.

Scheiße, wiederholte er jetzt auch nochmal in Gedanken. Was blieb ihm?

»Du ... du erwischst mehr von ihnen, wenn du in der Haupthalle anfängst«, schoss es aus ihm heraus.

Esra blinzelte verwirrt und schaute ihn dann noch durchdringender an. Tim hörte das Misstrauen in seinen Gedanken.

Der Kerl verarscht mich. Er will ihnen nur irgendwie helfen. Mich ablenken. In Wirklichkeit würde er mir niemals helfen.

»Wenn du hier loslegst, hören sie es nebenan und flüchten durch den großen Vordereingang«, flüsterte Tim hastig. Seine Stimme kam ihm viel zu laut vor. »Aber wenn du dort den ersten Zug machst, treibst du sie davon weg.«

Er hat nicht Unrecht.

Tims Herz klopfte ihm bis unters Kinn. Die Nervosität ließ seinen Kiefer vibrieren und seine Atemzüge beben. Er musste Esra unter allen Umständen davon abhalten, hier mitten zwischen den Leuten das Feuer zu eröffnen. Dutzende Unschuldige würden sterben, wenn das passierte. Leute, die einfach nur zur falschen Zeit am falschen Ort waren.

Angespannt presste er die Lippen zusammen.

Esra ließ die Hand, die Tim immer noch verzweifelt festhielt, sinken. Doch für Erleichterung war es zu früh. Er lief sofort los, strebte auf die Tür zur Eingangshalle zu, vorbei an hübschen Vitrinen, Statuen und Grünpflanzen. Tim stolperte neben ihm her. Jeder Zentimeter seines Körpers glühte vor Panik. Er brauchte schnell eine neue Idee.

Oh Gott. Hoffentlich hatte er mit seinem Verzögerungsvorschlag nicht alles nur noch schlimmer gemacht.

*

Freddie hechtete den Flur entlang. Sobald er polternde Schritte hinter sich vernahm, fing er an, zu rennen. Er bog um die Ecke, riss die erste Tür auf, die er fand. Nur ein kurzer Blick hinein. Bücherregale. Er sprintete weiter. Die Wachen riefen sich etwas zu.

Die nächste Tür. Dieses Mal hatte er Glück. Er stürzte in das Badezimmer und versteckte sich hinter der Tür. Keine Sekunde später erreichten die Wachleute den Raum.

Sobald sie drinnen waren, schlug er die Tür zu und zog das Wasser aus den Leitungen, zerrte so hart daran, wie er konnte.

Fontänen schossen hervor und trafen die beiden Männer, die überrascht aufschrien.

*

Blake ballte die Hände zu Fäusten. Öffnete sie wieder. Ballte sie erneut.

Burns starrte ihn an und in seinem Blick wuchs die Angst und er wandte den Kopf kurz zur Tür. Er fragte sich wahrscheinlich gerade, welchem Psycho oder Stalker er hier gegenüberstand – und wie er entkommen konnte. Bestimmt hatte er öfter mit komischen Leuten zu tun.

»Ihre Eltern ... sie sind in der Holistic Spiritual Church.«

»Ja, das stimmt.« Burns nickte und runzelte die Stirn. »Worum geht es?«

»Vor vielen Jahren, als wir beide noch Kinder waren, führten Anhänger dieser Kirche ein Ritual durch, bei dem ein Fluch erschaffen wurde, der für die einen ein Leben in purem Glück und Erfolg erschuf und für die anderen eines, das sich wie ein endloser Albtraum anfühlt.«

Er dachte nicht mehr nach. Die Worte kamen einfach so aus ihm heraus. Ihm blieb keine Zeit für lange Überlegungen.

»Oh, bitte sehen Sie davon ab, mir eine Buchidee zu pitchen.« Burns hob abwehrend die Hände, und wirkte zugleich erleichtert. Ein dünnes Lächeln erwachte auf seinem Gesicht.

»Ich habe selbst wirklich genug angefangene Konzepte in der Schublade.«

Blake schüttelte den Kopf. »Das ist keine Geschichte.«

»Okay«, sagte Burns und zog das Wort übertrieben in die Länge. Blakes Mut sank. Er würde es nicht schaffen, ihm die Augen zu öffnen.

»Sie wissen wirklich nichts davon, oder?«, fragte Blake.

»Ich beglückwünsche jeden, der eine lebendige Fantasie sein Eigen nennt«, erwiderte Burns ausweichend und lächelte weiter angestrengt. Er hielt ihn eindeutig für verrückt.

Fuck.

Wie immer war es so, wie Esra gesagt hatte: Es brachte nichts, mit den Nutzern zu reden. Er wusste jetzt, dass Burns keine Ahnung hatte, aber er konnte ihm weder die Augen öffnen, noch änderte das irgendetwas.

Das Radar zeigte auf ihn. Wenn er die Augen schloss, spürte er regelrecht die pulsierende Dunkelheit in Burns. Das schwarze Band des Fluches umschlang ihn geschmeidig wie Seide.

Nichts konnte daran etwas ändern.

Verzweiflung stieg in ihm auf, zog an seinen Muskeln und an seinem Herzen, als wollte sie ihn in eine Tiefe reißen, die er bis eben gar nicht wahrgenommen hatte.

Sie saßen alle in diesem Spiel fest. Die Verfluchten genauso wie die Nutzer. Und es konnte nur einen geben, der gewann.

Blake schluckte.

Er musste Burns töten. Dafür waren sie hergekommen. Es war leicht. Er musste nur die Hand nach ihm ausstrecken und ihn schocken. Nein, es war nicht richtig. Es war falsch und doch der Weg, den er gehen musste. Der Weg, der zu ihrer Freiheit führte.

Entschlossen fokussierte er sich auf die anderen. Auf die, denen er versprochen hatte, den Spuk zu beenden. Hannah. Esra. Die Jungs in New York City. Für sie alle tat er das. Und für sich. Nie mehr wollte er einem Unschuldigen ins Gesicht sehen, bevor er ihn unter der unbändigen Last des Fluchdrucks umbrachte. Nie wieder die verzerrten Schreie hören, wenn RAPE ihn zwang, ein Leben zu zerstören. Nie wieder die Kontrolle an eine dunkle Macht verlieren, die sich in seine Gedanken zwängte.

Seine Hand schnellte vor und er packte Burns an der Kehle. Die fremde Haut glühte heiß unter seinen kalten Fingern. Burns keuchte entsetzt, packte seine Arme, wollte ihn wegschieben. Vergeblich. Sein fester Griff erstickte die Rufe.

Auf einmal war der Raum voller Toter.

Blakes Augen weiteten sich, als er ihre Gesichter erkannte. Diese Frau, die er an einem Herbsttag neben einem Waschsalon angegriffen hatte. Der viel zu junge Drogenjunkie, der in der Gasse unter seinem Strom zusammengebrochen war. Der Mann aus dem Fitnessstudio, der das Pech gehabt hatte, in einer RAPE-Nacht an ihn zu geraten. Hanna. Er kannte sie alle.

Sie drängten sich mit einem Mal so nahe um ihn, dass er keine Luft mehr bekam. Wie ein Schraubstock krümmten sich seine Finger um Burns' Hals. Er musste ihn schocken. Noch ein leiser Schrei. Noch mehr verbranntes Fleisch.

Du bist ohnehin schon ein Mörder. Noch viel Schlimmeres bist du.

Blake presste die Augen fest zusammen und suchte nach seinem Strom, der sich tief in seinen Körper zurückgezogen zu haben schien. Die Quelle sträubte sich regelrecht davor, von ihm berührt zu werden.

Nebenan ertönten Schüsse.

KAPITEL 24

ESRA ZOG DIE Pistole, streckte den Arm und schoss. Nur am Rande nahm er das Gewicht wahr, das an ihm hing wie ein viel zu großer, unförmiger Rucksack. Tim brüllte ihm ins Ohr, versuchte, ihn von den Beinen zu reißen, aber Esra geriet nicht einmal ins Taumeln.

Er schoss in die Menge. Endlich bekam die verdammte Sekte, was ihr zustand. Dachten die wirklich, sie könnten hier eine Scheißfeier abhalten, während er und die anderen Verfluchten einfach zusahen?

Dachten die, sie wären alle so wie Blake, der mittendrin den Schwanz einzog?

Nein, so war er nicht. Er war kein bisschen wie Blake.

Es tat so unfassbar gut, den Abzug zu betätigen.

Der zweite Schuss knallte genauso schön wie der erste. Leute schrien und kreischten. Panik hüllte die Menschen um ihn herum ein wie Nebel, verklärte ihre Sicht und jeden klaren Gedanken. Er konnte es genau beobachten. Wie sie kopflos übereinander stolperten, weil alle in verschiedene

Richtungen stürzten. Ein Mann riss eine Kommode um und vorne bei der Tür quetschten sich alle gleichzeitig an den Säulen vorbei. Es war ein einziges Gezappel und Gewimmel. Wie ein zerstochenes Ameisennest. Keiner kam am anderen vorbei.

Das Grinsen wuchs auf seinem Gesicht, während er zusah. Dann erinnerte er sich daran, dass er noch mehr Kugeln hatte. Ja, er wollte alle hier umbringen. Nicht nur ihnen Angst machen. Das reichte bei Weitem nicht.

Deswegen schoss er nochmal. Und dann nochmal.

Blut spritzte an die weißen Säulen vorne bei der Tür. Noch mehr Geschrei. Zwei Männer kamen auf ihn zu. Wachen. Esra bedachte sie mit einem müden Blick. Als ob die eine Chance hätten, ihn zu kriegen. Ein kleiner Sprung und er stand oben auf der Galerie, während die Idioten die ganzen Treppen hinaufrennen mussten, um ihm zu folgen. Und das taten sie auch. Wie nervig.

Der Gedankenleser japste hinter ihm. Der hing immer noch an ihm dran wie eine Klette. Unwirsch schüttelte Esra ihn ab und konzentrierte sich wieder auf die Wachleute.

Ja, er sollte sie überwältigen, und ihre Waffen an sich nehmen. Gute Idee.

Schüsse flogen in seine Richtung, aber Esra wich ihnen mit Leichtigkeit aus, indem er sprang. Ein kleiner Salto rückwärts, seine leichteste Übung.

Ein Schock aus purem Schmerz durchdrang seine Muskeln. Wie aus dem Nichts drückte eine fremde Macht auf seinen Körper, presste ihn wie mit unsichtbaren Händen zusammen – seine Lungen, sein Herz, seinen Schädel.

Esra japste nach Luft, wimmerte vor Pein. Der Kettenschmerz stieß ihn durch die Glasscheibe von DELUSIONS'

Illusion. Die Scherben des Trugbildes flogen an ihm vorbei und klare Gedanken strömten auf ihn ein.

»Fuck«, keuchte Esra und stieß sich vom Boden ab, um wieder in den Radius der Kette zu kommen. Was hatte er getan? Der verdammte Fluch. Der verdammte Vollmond.

Mit einem lauten Knurren sprang Esra auf die beiden Wachmänner zu und trat sie aus dem Weg. Sie flogen beiseite und rührten sich nicht mehr.

Er musste zu Burns. Die Sache schnell erledigen. Die Kette hatte in dieselbe Richtung gezogen wie das Radar. Er musste bei ihm sein. Sie mussten Burns umbringen und dann raus hier. Raus aus diesem Chaos.

Das ganze Gebäude war bis zum Rand vollgestopft mit Horror und Panik. Die Luft war dick und stickig, roch nach Blut und Angstschweiß. Leute schrien und heulten. Befehle wurden gebellt. Alle liefen und stolperten kopflos durch die Vorhalle. Einige knieten und kauerten auf dem Boden oder versteckten sich hinter der Treppe, während andere sich panisch nach draußen drängten. Vorbei an den blutbespritzten Säulen. Einer hatte eine der Statuen gepackt und hielt sie wie einen Schild vor sich.

Esra verzog das Gesicht und wieselte sich durch die ängstliche Meute, rüber zu einer Tür, die zu Blake und Burns führen musste. Sie war abgeschlossen. Esra versetzte dem Türknauf einen Hieb mit dem Ellbogen und trat ein.

Gut. Blake hatte ihn gepackt.

Er hatte sich innerlich schon auf alles Mögliche vorbereitet – auch darauf, dass Blake sich vor den Kerl stellen würde, um ihn vor ihm zu beschützen. Doch das tat er nicht. Vielleicht war er doch noch zur Vernunft gekommen.

»Grill ihn!«, rief Esra. »Wir müssen los. Ich hab ein bisschen zu viel Aufmerksamkeit erregt.«

Gebannt starrte er auf Blake, der wie ein getriebenes Tier zu ihm rüberschaute und Burns mit beiden Händen festhielt. Es sah seltsam aus – wie die Probe zu einem Theaterstück – als wäre es nicht real. Blakes Blick wirkte so fern.

»Mach schon! Hier wird's gleich ungemütlich!«, drängte Esra und kam näher. Aber Blake schien es nicht gebacken zu kriegen. Er war blass und seine Arme bebten. Eine menschliche Ladehemmung.

Esra schnaufte, hob die Waffe des Wachmanns, zielte auf Burns' Kopf und drückte ab. Der Schädel des Autors flog zur Seite. Blutstropfen flogen durch die Luft und besudelten Blakes Hände, Ärmel und trafen sein Kinn.

So viel Weiß um die braunen Augen.

Blake ließ den Kerl los und sein Körper prallte dumpf und leblos wie ein Sandsack auf den edlen Teppich. Esra warf sich Blake über die Schulter und sprang mit ihm aus dem Raum.

Am Ende des langen Flures lag ein Fenster. Wasser überschwemmte hier den Boden. Freddie konnte wohl nicht weit sein. Gut.

Esra öffnete das Fenster und sprang mit Blake nach draußen. Sie landeten auf dem gepflegten Rasen neben dem Gebäude. Von links drangen Stimmen an sein Ohr. Funksprüche. Lichter zuckten rhythmisch. Das waren Krankenwagen und Polizei.

Gut, dass sie jetzt abhauten.

Schnell und leise wie ein Schatten verschwand Esra zwischen den Sträuchern und flüchtete sich in den kleinen Wald hinein, der direkt an das Anwesen grenzte. Er bewegte sich trotz des Gewichts, das er trug, immer leichtfüßiger.

Sie hatten es da rausgeschafft, ohne nochmal verarscht zu werden. Dieser Sieg fühlte sich gut an und Esras war froh, dass Blake sie doch nicht verraten hatte.

Seine Miene entspannte sich deutlich, als sie eine kleine Lichtung erreichten und er Blake sachte von sich wegschob und gegen einen Baum lehnte.

Sie waren in Sicherheit.

Blake schaute ihn an. Er war heil. Und auch, wenn er sich vorhin schon wieder tierisch über ihn geärgert hatte, war Esra in diesem Moment einfach nur froh und dankbar, dass er bei ihm sein konnte. Sehen konnte, dass es ihm gutging.

»Wo sind Freddie und Tim?«, fragte Blake.

»Ich weiß nicht. Im Flur waren Wasserlachen. Vielleicht ist Freddie auch durch das Fenster abgehauen und hier irgendwo im Wald.« Er sah sich kurz um. »Und der Gedankenleser wird schon da rauskommen. Mit seiner Fähigkeit kann er ja leicht alle Gefahren umgehen und merkt es sofort, wenn jemand es auf ihn abgesehen hat. Bestimmt kann er sich einfach durch den Vordereingang davonmachen. Er hat ja nichts getan.« Esra stieß den Atem aus.

Er war der Einzige, der richtigen Mist gebaut hatte. Scheiß DELUSIONS.

»Wir sollten weg hier, bevor der Fluch mir die nächste Illusion verpasst.« Er fragte Blake nicht nach Burns und ob mit seinem Strom alles gut war. Sie konnten reden, wenn sie wieder in einem Unterschlupf waren.

Dennoch musterte er Blake kritisch. Die Blutspritzer an Händen und Kinn konnten sie abwischen. Esra zog ein frisches Taschentuch hervor und reinigte Blakes Haut.

Die Spuren an seinem weißen Kragen könnten aufmerksamen Leuten in einem Hotel auffallen.

»Zieh das Hemd aus und knöpf danach einfach das Jackett zu. Die blutigen Ärmel krempeln wir um. Dann siehst du aus wie neu.« Er trat einen Schritt von Blake zurück und blickte schließlich an sich selbst hinab. Im fahlen Licht des Vollmonds war es wahnsinnig hell. Aber er schien nichts abbekommen zu haben. Er hatte ja auch nur aus der Ferne angegriffen.

Sein Puls beruhigte sich langsam und die Gedanken in seinem Schädel sortierten und strukturierten sich. Sie hatten Ziel Nummer vier ausgeschaltet. Das bedeutete Halbzeit. Es war nicht optimal gelaufen ... er würde Blake ordentlich den Kopf waschen, wenn sie Zeit dafür hatten. Aber am Ende zählte das Ergebnis.

»Esra?«

Blakes Stimme klang dünn und zittrig. Esra rollte mit den Augen.

»Ich will jetzt nichts mehr über Burns hören«, erwiderte er. Nichts davon, wie die Unterhaltung verlaufen war und ob der Kerl ihm gesagt hatte, wie leid es ihm doch tat, dass sie unter dem Fluch litten – ehrlich, das war ihm so scheißegal. Worte konnten keine einzige Fluchnacht ungeschehen machen. Selbst, wenn diese Menschen es zutiefst bereuten ... woran er zweifelte.

»Nein.« Blake hörte sich an, als bliebe ihm der Atem weg. Besorgt hob Esra den Blick von seinen Klamotten, auf denen er kein Blut hatte entdecken können und schaute seinen Freund an.

Um sie herum rauschte der nächtliche Wald. Gespenstisch und friedlich gleichermaßen. Sie beide standen voreinander. Außen ruhig und innen immer noch aufgewühlt wie ein Meer im Sturm. Esra musterte die Konturen von Blakes Gesicht und auf einmal schlug sein Herz so kräftig, dass ihm ganz anders wurde. Es war etwas in Blakes Augen. Er wusste nicht, was, aber ... es fühlte sich an, als würde in diesem Moment die Realität um sie herum flackern. Etwas war nicht wie sonst. Etwas ... brach gerade.

Blakes Blick wies nach unten und Esra folgte ihm.

Bebende Hände öffneten das weiße Hemd, teilten den Stoff wie einen Vorhang vor Blakes nacktem Bauch. Esras Herz setzte aus. Da war nur noch Stille.

Keine Buchstaben mehr auf Blakes Haut.

DER FLUCH

MURDER
Der Träger verspürt den wachsenden Drang,
jemanden zu töten.

NIGHTMARE
Der Träger wird im Schlaf von Albträumen
geplagt, die seinen Körper real verletzen.

DISEASE
Der Träger leidet an den Symptomen
einer hartnäckigen Krankheit.

PYROMANIA
Der Träger verspürt den wachsenden Drang,
etwas anzuzünden.

DECAY
Der Körper des Trägers wird
nach und nach brüchig und zerfällt.

RAGE
Der Träger ist besonders reizbar und
verspürt eine bis ins Übermaß anwachsende Wut.

DELUSIONS
Der Träger wird von Halluzinationen
und Wahnvorstellungen heimgesucht.

RAPE
Der Träger verspürt den wachsenden Drang,
jemanden zu vergewaltigen.

THEM
Der Träger sieht tote Menschen,
darunter auch Opfer des Fluches.

FREE
Der Träger ist frei von jedem Fluchdruck.

Nachwort und Danksagung

Ich bin mir ziemlich sicher, dass du jetzt kein Nachwort lesen willst, sondern lieber zu Band 3 greifst. Von daher sage ich nur: Ich hoffe, du hast diesen Teil genauso geliebt wie ich. Über eine Bewertung auf Amazon und anderen Buchseiten würde ich mich sehr freuen!

Ich danke allen, die an diesem Buch mitgearbeitet haben, vor allem Sarah, die spontan bereit war, mein Team mit einem Lektoren- und Korrektorenauge zu verstärken, als die eigentlichen Pläne für die Überarbeitung scheiterten.

Danke, liebe Fluchbrecher auf Patreon: Caro, Claudia, Sabrina, Ulrike und Vanessa! Ihr habt die ganze Reise per Tagebuch verfolgt. Ich bin gespannt, was ihr sagt!

Und danke liebe Leser, dass ihr die Fluchnächte kauft oder leiht. Damit unterstützt ihr meine Arbeit und sorgt dafür, dass ich noch mehr solcher Geschichten schreiben kann.

Alles Liebe für euch!

Nichts mehr verpassen

Wenn du wissen willst, wie es weitergeht, dann abonniere am besten meinen Newsletter. Du findest ihn auf meiner Website gabriella-queen.de. So wirst du auf jeden Fall informiert, wenn ein neues Buch von mir erscheint. Außerdem erhältst du exklusive Einblicke in meine Arbeit und hin und wieder coole Überraschungen wie Verlosungen.

Auch auf Instagram (gabriella.queen.autor) poste ich regelmäßig Updates zu meinen Büchern.